Jeanne Sélène

Pour Margot !

LA VENGEANCE SANS NOM

Bienvenue dans le monde d'Asthwal et bon voyage au long de l'Agrante !

Amicalement,

JS

– mars 2017
Cultura Barentin –

DU MEME AUTEUR :

Balade avec les Astres – Livre 1 : Un souffle de liberté

Balade avec les Astres – Livre 2 : L'héritage des dieux

Balade avec les Astres – Livre 3 : Le vent du nord

(Aussi disponibles aux formats numériques.)

http://jeanneselene.blogspot.fr
jeanne.selene@outlook.fr

Illustration couverture : Erica Petit
http://andromnesia.fr

Jeanne Sélène, Saint-Brice, France

ISBN : 978-2-9551054-5-0

LA VENGEANCE SANS NOM

Jeanne Sélène

Prologue

Un grand feu brûlait dans l'âtre de pierre, éclairant de ses hautes flammes ondoyantes la pièce exiguë chichement meublée. Un homme se tenait accroupi face à la belle cheminée, un enfant blotti contre son torse. Le petit garçon leva sur lui des yeux brillants.

— Raconte-moi encore, père, comment se présentait le monde en ton temps.

L'homme soupira mais sourit à son fils.

— Je t'ai déjà répété toutes ces histoires des centaines de fois... répliqua-t-il.

— Alors, une fois de plus ou de moins, père...

Il embrassa son enfant sur le front.

— Bon, je vais te faire visiter encore une fois le monde dans lequel j'ai grandi. Installe-toi bien, mon garçon, nous partons dans le passé...

Au début des temps, alors que je n'étais pas encore né, Astheval était vaste et habitée d'innombrables créatures enchantées. Les hommes, encore peu nombreux, vivaient regroupés dans les terres centrales : la merveilleuse Vallée de l'Agrante creusée par le fleuve dont elle portait le nom. En aval de cette rivière, au-delà des hautes montagnes entourant la large combe, se trouvaient les étranges Terres Oubliées où nul n'osait pénétrer. On les disait peuplées de créatures malfaisantes avides de sang humain. Plus loin encore, les tristes landes continuaient jusqu'à l'horizon où vivaient d'autres entités inconnues de notre race.

En amont de l'Agrante, les montagnes se dressaient, plus hautes encore et chargées de maléfices. En ce lieu maudit, la légende raconte qu'un homme vendit son âme aux Royaumes Inférieurs. Son souhait de devenir l'être le plus redouté d'Astheval se réalisa pour le malheur de tous. Il commença son terrible ouvrage en détrônant tous les dieux adorés par les communautés d'Astheval. À chaque déité détruite par sa puissance pernicieuse, une partie de la création disparaissait, happée par les forces du non-être.

Lorsque je suis venu au monde, Astheval ne s'étendait plus que depuis les montagnes cruelles où régnait l'ombre du damné jusqu'aux Terres Oubliées. Disparues les landes mythiques, envolées les contrées lointaines peuplées d'êtres secrets. Il ne restait plus que le pays du mal dans les montagnes, celui des hommes dans la vallée et un peu plus loin, où le cours de l'Agrante devenait tumultueux, les fameuses Terres Oubliées et leurs peuples légendaires...

Première partie

Et que viennent les ténèbres

L'obscurité régnait encore dehors mais ses yeux verts lisaient sans difficulté les ombres de la nuit. Elle rampa le long de son arbre creux, priant pour ne pas réveiller sa mère endormie, et se glissa silencieusement à l'extérieur. L'herbe rase semblait si douce sous ses mains et ses genoux qu'elle ressentit l'envie de s'y rouler. Le lever pouvait pourtant survenir d'un moment à l'autre et elle devait quitter le centre du Falsp avant que les autres ne s'éveillent. Elle s'éloigna le plus vite possible sans se redresser puis s'arrêta enfin, le souffle court. Il y avait un mince filet d'eau entre les mousses. Elle se pencha et y but quelques gorgées avant de se remettre debout.

Elle était grande et élancée, comme tous ceux de sa race, et ses fines oreilles étirées pointaient vers le ciel. Elle passa tranquillement une main dans ses courts cheveux d'un châtain clair aux brillants reflets émeraude et scruta les ténèbres. Personne à l'horizon... Un murmure monta pourtant depuis l'arbre au pied duquel elle se tenait.

— Sylvéa ! Je suis là-haut, rejoins-moi.

Un grand sourire éclaira son long visage, elle se retourna et sauta avec légèreté pour attraper la plus basse des branches. Avec la souplesse d'un chat, elle se hissa sans difficulté dans la ramure et continua son ascension, sautant de branche en branche tel un écureuil.

Enfin, elle arriva sur une sorte de plateau formé par le départ – en un même lieu – de plusieurs rameaux.

— Tu es là ? demanda-t-elle.

Une silhouette atterrit en douceur devant elle et ses lèvres s'étirèrent à nouveau en un tendre sourire.

— Solgi, tu es l'elfe le plus stupide de ce Falsp ! fit-elle en se glissant entre ses bras.

— C'est pour cela que tu es venue me retrouver, Sylvéa ?

— Bien sûr ! Tu es le seul assez bête pour plaire à une elfe aussi fantasque que moi...
Il caressa tendrement ses cheveux et l'embrassa sur le front. Ils restèrent un long moment ainsi enlacés avant que le brusque lever illumine la vaste forêt, les obligeant à cligner des yeux.
Sylvéa était toute petite encore – à peine dix cycles – lorsque les deux astres qui rayonnaient côte à côte dans le ciel étaient morts, détrônés par l'Ombre Maléfique. Depuis lors, une lueur venue de nulle part éclairait chaque jour Astheval, une lumière effrayante qui la faisait trembler. Elle semblait s'allumer tous les matins mais l'on avait beau scruter le ciel, on ne parvenait ni à en déterminer l'origine ni même à définir l'étrange couleur que possédait désormais la voûte stellaire. Sylvéa préférait de loin la nuit au jour maintenant. Même si les quatre lunes qui brillaient autrefois au milieu des étoiles avaient elles aussi été avalées par l'Ombre Maléfique, le ciel nocturne, dorénavant du plus profond des noirs, semblait moins sournois.
Après s'être attaquée aux cieux, l'Ombre Maléfique avait commencé à défier un à un les dieux des peuples des landes, faisant petit à petit disparaître maquis et garrigues. C'était il y a cent cinquante cycles, Sylvéa en avait alors cinquante. Elle n'était qu'une enfant à cette époque mais elle se souvenait encore du voile sombre qui avait traversé le ciel lors du passage de l'Ombre.
Pendant une centaine de cycles, on n'avait plus entendu parler de cet être destructeur, il avait cessé d'annihiler les terres et tombait peu à peu dans l'oubli... C'est alors que la guerre avait éclaté. *Il* avait envoyé ses troupes au bord des Terres Oubliées, à la frontière du non-être. Il s'agissait uniquement d'un jeu pour lui, il lui aurait suffi de venir en personne pour triompher mais il voulait plus qu'une victoire... Ce qu'il attendait, c'était de voir souffrir les elfes, longtemps, très longtemps ; et il possédait tout le temps nécessaire ainsi que tous les pouvoirs.
Cinquante cycles auparavant, le Falsp le plus proche des landes disparues avait surpris une troupe à la frontière du néant : mille soldats de l'Ombre en marche, armés jusqu'aux dents.

L'état d'alerte générale avait été déclaré et tous les elfes mâles de plus de deux cents cycles avaient été envoyés sur les lieux, armés de leurs seuls arcs de chasse. Le père de Sylvéa en faisait partie. Jamais il n'était revenu.
La guerre avait fait rage pendant plus de vingt cycles avant de s'arrêter brusquement. Un beau matin, l'armée de l'Ombre avait tout bonnement disparu et les derniers combattants en vie étaient rentrés dans leurs Falsps.
Solgi la repoussa doucement, la tirant de ses pensées, et se dressa.
— Alors, tu m'accompagnes ?
— Je ne suis pas venue pour rien ! répliqua Sylvéa en se levant à son tour.
— Dans ce cas, allons-y !
Le jeune elfe bondit sur le côté, attrapa une branche puis sauta sur une autre jusqu'à atterrir avec souplesse et légèreté sur le sol couvert de mousse de la profonde forêt. Sylvéa poussa un cri de joie et se lança à son tour dans le vide pour saisir au dernier souffle une ramée.
Elle se posa enfin aux côtés de Solgi et se mit sur la pointe des pieds pour l'embrasser. Même pour un elfe, Solgi était particulièrement grand et le regard de Sylvéa ne lui arrivait qu'au niveau des épaules. Il était plutôt maigre et ses longs cheveux d'un châtain sombre accentuaient sa ligne élancée.
Depuis qu'ils étaient tout petits, Sylvéa et Solgi jouaient ensemble et depuis quelques cycles, un nouveau sentiment était né entre eux. C'était venu comme ça, sans prévenir, brusquement. Ils s'étaient embrassés et depuis, tout avait changé. Dans quelques temps, ils s'uniraient, pour le plus grand bonheur de tous.
Le Falsp entier était au courant de leur relation mais Sylvéa et Solgi continuaient à se donner des rendez-vous secrets au cœur de la nuit. Ils se retrouvaient dans cet arbre, celui où ils jouaient étant enfants.
— Il faut nous dépêcher, Sylvéa, sinon nous ne pourrons pas les voir !

Il saisit la main de la jeune elfe et s'élança. Leur course entre les hauts arbres dura un long moment puis ils s'écroulèrent en riant. Ils se trouvaient sur un petit promontoire rocheux qui surplombait l'étroite combe formée par les eaux tumultueuses de l'Agrante. Au milieu des hautes herbes brunes paissaient quelques petits animaux paisibles : plusieurs qâas, un troupeau de gretins et même quatre fropeans occupés à boire dans une flaque boueuse.
Ces placides herbivores n'intéressaient pas les deux jeunes elfes. Ils attendaient les maîtres du lieu...
Soudain, l'un des fropeans releva brusquement la tête et huma l'air. Ils approchaient. Glissant au cœur de la végétation, aussi silencieux que des chats, arrivaient les terribles leorces. Comme les lions, ils étaient pourvus d'une crinière abondante et de puissantes pattes griffues mais leur corps semblait plus massif et leurs dents bien plus longues. Leurs oreilles se dressaient, triangulaires et élancées, sur leur tête énorme. Quant à leur fourrure, entre le gris et l'orange, elle leur permettait de se camoufler aussi bien contre les ternes rochers bordant le vallon que dans les prairies arides.
Doucement, les cinq fauves encerclèrent le petit groupe des fropeans. Le spectacle promettait d'être grandiose ! Le cri d'un qâa retentit sur la gauche et brusquement, les prédateurs se ruèrent en avant. Paniqués, les fropeans s'élancèrent et se dispersèrent. Aussi rapides que l'éclair, les leorces se jetèrent comme une seule bête sur l'un des herbivores. Ce dernier poussa un hurlement suraigu avant de s'écrouler sur le sol, les pattes encore animées d'étranges soubresauts. Les carnivores entamèrent aussitôt leur repas en poussant des feulements de victoire. La chasse était achevée.
— C'est magique, intervint Solgi. Je n'arrive pas à comprendre comment ces leorces communiquent pendant les battues. On n'entend pas un bruit – pourtant, nos oreilles d'elfes sont censées tout percevoir – et ils semblent attaquer d'un commun accord. C'est tellement étrange.

— Sûrement possèdent-ils un langage qu'il nous est impossible de comprendre parce que nous ne sommes pas en mesure de l'appréhender...
Solgi haussa les épaules.
— Une chose est sûre, dit-il, je ne me lasserai jamais de ce spectacle. Ils possèdent une telle majesté... Bon, maintenant que les fauves ont mangé, si nous retournions au Falsp afin d'en faire autant ?
— Excellente idée ! Je n'ai pas pris le temps de grignoter avant de te rejoindre et pour tout dire, j'ai l'estomac dans les talons !
Elle se redressa d'un bond et se mit à courir.
— Attrape-moi si tu le peux ! s'exclama-t-elle.
Aussitôt, le jeune elfe se rua à sa poursuite, s'aidant des branches les plus basses pour sauter et gagner ainsi du terrain.
Ils arrivèrent au Falsp essoufflés mais le sourire aux lèvres et s'écroulèrent au centre de la petite clairière à l'ombre des hauts arbres millénaires. Un elfe se tenait un peu plus loin, appuyé contre un tronc.
— Encore partis en escapade, les enfants !
— Eh ! répliqua Solgi. Je ne suis plus un enfant, j'ai passé avec succès les rites ancestraux il y a maintenant plus de trois cycles !
— Mais tu as toujours l'âme d'un petit garçon, très cher Solgi. Il te faudra du temps encore avant de devenir un sage. Ce n'est pas un reproche, rassure-toi. Profite de ta jeunesse et de ton insouciance car les temps ne seront pas toujours aussi paisibles.
— Que se passe-t-il, grand Cruangi ? demanda Sylvéa. Tu sembles bien morose aujourd'hui.
L'elfe soupira mais conserva l'énigmatique sourire qui pointait au coin de ses lèvres.
— Notre meneur a consulté les augures, douce Sylvéa, et nous craignons le pire. Cependant, rien ne sert de se lamenter avant que viennent les ennuis ! Profitons plutôt du calme qui règne dans notre Falsp aujourd'hui, rions et jouons !
Il effectua un pas de danse et sauta dans les airs pour disparaître dans les branchages feuillus de son arbre-demeure. Il réapparut un

souffle plus tard, un tout petit instrument à cordes entre ses doigts fins et le porta à sa bouche. Un son cristallin s'éleva dans l'air frais tandis qu'il pinçait les cordes de ses dents et Sylvéa éclata de rire. Elle tendit la main à son jeune ami.
— Viens, Solgi ! Cruangi a raison, profitons donc de cette magnifique journée !
Ils se mirent aussitôt à tournoyer, bientôt rejoints par d'autres elfes vêtus de longues bandes d'étoffes légères et colorées. Sylvéa arrêta pourtant rapidement sa danse, elle n'avait rien avalé depuis son réveil et sa tête tournait. Elle rentra rapidement à l'intérieur de son arbre-demeure et s'assit sur le sol de mousse blanche.
— Mère ?
Une grande elfe aux yeux émeraude émergea d'une pile de tissus.
— Sylvéa ! Où étais-tu encore passée ?
— Nous observions les leorces avec Solgi, c'est tout.
— Vous devriez faire attention ou bien un jour, c'est vous qui servirez de repas à ces êtres immondes !
— Mère ! Ce sont des animaux magnifiques ! Et très nobles...
— ...ce qui ne les empêcherait pas de vous utiliser comme amuse-gueules !
— En parlant d'amuse-gueules, j'ai vraiment très faim....
Sa mère eut un sourire évanescent et saisit un bol de bois sur l'une des étagères naturelles formées par leur arbre.
— Tiens, c'est de la sève fraîche de coudrier.
— Ma préférée ! Merci !
Elle avala rapidement la boisson épaisse dont elle raffolait et tendit l'écuelle à sa mère.
— Je retourne dehors, tu devrais venir, Cruangi a sorti son luthlavec et tout le monde danse !
— Je l'entends parfaitement d'ici, Sylvéa, et j'ai beaucoup à faire, je dois préparer encore trois parures pour la famille Karans.
— Tu devrais prendre un peu le temps de vivre !
Sylvéa s'élança hors de son arbre-demeure. Au milieu du Falsp, la majorité des quelque trente elfes vivant dans ce lieu s'amusait, jouant d'un instrument ou gambillant. La jeune elfe bondit pour

les rejoindre mais ses pensées se tournaient vers sa mère. Ces derniers cycles, depuis que son père avait disparu lors de la grande guerre, elle était devenue aussi sombre qu'une pierre. Lounéa ne dansait plus et riait si rarement... Auparavant, elle représentait la plus enjouée des elfes de ce Falsp et ce n'était pas peu dire car son peuple se montrait par nature très joyeux.
Sylvéa se souvenait comme si c'était hier de ce sinistre jour où la troupe était rentrée au Falsp. Sur les dix elfes partis, seuls trois étaient revenus. Et son père n'en faisait pas partie. Sylvéa avait hurlé, pleuré, mais rien ne ramenait son défunt père. Cela semblait pourtant impossible. Il était le meilleur combattant de tous car il maniait l'épée ! Son père était un elfe remarquable, il avait vécu un temps parmi les hommes au-delà des montagnes et y avait appris l'art de l'escrime. Il n'aurait pas dû mourir !
Sylvéa se rappelait son rire clair, lorsqu'il lui apprenait à combattre une lame à la main. N'ayant pas eu d'enfant mâle, il élevait sa fille comme si elle devait être à la fois homme et femme. Sylvéa considérait cet apprentissage du monde comme un don. Grâce à cette éducation peu commune parmi les siens, il lui semblait pouvoir appréhender le monde si différemment...
Sylvéa commençait à se fatiguer, elle dansait au milieu des autres depuis un certain temps déjà et son souffle devenait court. Elle s'éloigna de quelques pas du centre du Falsp et s'allongea sur la mousse tendre qui recouvrait le sol. Une très légère brise caressait son visage. Elle ferma les yeux et laissa son âme pénétrer au cœur des troncs. Comme tous les elfes, Sylvéa savait communiquer avec la végétation. Son esprit recevait des pensées. Ce n'était pas des mots mais plutôt des sensations, des émotions dont elle pouvait s'imprégner. Parfois, elle trouvait ce langage bien plus profond que celui des mots car il était vrai : il ne mentait jamais. Sylvéa laissa son esprit vagabonder le long des tiges, bondissant de feuille en feuille jusqu'à atteindre le sommet. Tout en haut, elle voyait comme un océan de frondaisons, une vaste mer d'émeraude. Chaque arbre semblait former un nuage vert, c'était magnifique !
Les nuages…

En même temps que les dieux stellaires, ces étranges masses cotonneuses – qui autrefois paraissaient dans le ciel d'Astheval – avaient disparu. Sylvéa se souvenait très peu de ces êtres de vapeur qui avaient sillonné le monde. Elle aurait pourtant tellement souhaité les revoir.
Elle était heureuse, certes, comme tous les elfes, et elle passait son temps à rire, danser, s'étendre dans l'herbe... mais au plus profond d'elle-même, le malaise subsistait. Elle aurait voulu être encore un tout petit enfant dormant dans les bras de son père. En ce temps-là, elle le savait, les elfes étaient vraiment comblés. En ce temps-là, l'Ombre n'avait pas étendu son sombre manteau sur le monde.
Sylvéa s'étira longuement puis s'assit. De nombreux elfes s'amusaient encore au centre du Falsp. Elle sourit doucement. Elle appréciait tant de les voir ainsi, radieux et insouciants, comme devraient l'être tous les elfes.

***

Sylvéa porta une main à sa bouche et fit claquer contre ses dents l'un de ses ongles aux reflets verts.
— Sylvéa ! gronda sa mère. Arrête de te ronger les ongles ! Tu n'es pas contente de passer enfin les rites ancestraux ?
— Ça ne m'empêche pas d'être stressée !
— Bois plutôt un peu de sève ou bien mange quelques racines de drans.
— Je ne peux rien avaler, j'ai un trac fou !
— Dans ce cas, enfile ta parure !
Sylvéa hocha la tête et se leva pour commencer à attacher les nombreuses bandes d'étoffes multicolores préparées par Lounéa. Tout était dans des tons très gais : jaune, orange, rouge et même quelques touches de violet.
Lorsqu'elle eut enfin achevé de se vêtir, elle se tourna vers sa mère.
— Alors ? demanda-t-elle.
— Mets un peu d'ordre dans tes cheveux et ce sera parfait.

Une fois prête, Sylvéa sortit de son arbre-demeure, suivie de Lounéa. Une fois arrivés au milieu du Falsp, tous les elfes émergèrent de leurs foyers respectifs et se mirent à produire une étrange sérénade. On aurait dit le roucoulement d'un oiseau. Ou bien le clapotis d'une rivière contre la roche. Ou peut-être un peu des deux à la fois.

Brusquement, tout bruit cessa et un vieil elfe au visage encore lisse et aux très longs cheveux blancs comme neige s'approcha de Sylvéa en levant les bras. Sa voix profonde s'éleva dans le petit matin.

— Sylvéa, afin de devenir *Elfe*, il te manque la mémoire des arbres. Pars dans la forêt et ne reviens qu'une fois le souvenir déniché !

Selon la coutume, elle s'élança et disparut entre les hauts arbres-demeures du Falsp. En attendant son retour, tous les elfes danseraient, chanteraient et joueraient de la musique. Si pendant un seul souffle tous s'arrêtaient, Sylvéa serait condamnée à errer jusqu'à la mort dans la forêt, à la recherche d'un être qu'elle ne trouverait jamais.

Quand elle fut hors de vue, la jeune elfe arrêta sa course et se mit à marcher tranquillement. Elle possédait tout le temps nécessaire. Elle passerait tout d'abord par le refuge où Solgi et elle se rencontraient chaque jour. Elle y avait dissimulé des paquets : quelques provisions, un couteau d'ivoire et même une petite couverture absorbante afin de s'essuyer s'il lui prenait l'envie de se baigner. Elle n'en aurait sûrement pas le temps mais parfois la quête durait un long moment.

Elle atteignit enfin l'arbre et y grimpa vivement en prenant garde à ne pas accrocher ses étoffes au tronc noueux. Au beau milieu de la plate-forme naturelle, une musette bien rebondie trônait. Le sac passé en bandoulière, Sylvéa se jeta avec un sourire dans le vide. Elle adorait jouer ainsi avec la pesanteur. Au dernier souffle, elle attrapa une branche qui la freina juste assez pour qu'elle puisse atterrir sans bruit sur le sol après une petite pirouette. Son père lui avait aussi appris à combattre de façon artistique, à la mode

elfique : il fallait ainsi échapper aux ennemis à force de sauts, saltos ou volte-face dans les airs.
Sylvéa adorait se déplacer ainsi lorsqu'elle était seule. Ses mouvements, devenus naturels, lui donnaient une sensation de liberté qu'elle ne trouvait nulle part ailleurs. Sylvéa devait pourtant arrêter sa course folle et commencer ses recherches. Elle devait trouver son *arbre*, celui qui l'aiderait à comprendre sa véritable personnalité et à devenir ainsi une elfe adulte.
Elle se coucha sur le dos et ferma les yeux pour se mêler une fois de plus aux végétaux de la forêt. Elle allait commencer sa quête en questionnant l'immense chêne au pied duquel elle se trouvait. Si Sylvéa pouvait s'unir avec eux un court moment sans grande difficulté, il fallait en revanche une grande concentration pour converser réellement avec les géants de jade. Elle devait auparavant faire la paix en elle-même, oublier l'espace d'un instant qui elle était vraiment et ne plus se voir que comme une âme vagabonde. Plusieurs elfes s'étaient déjà perdus dans cet état, jamais ils n'avaient retrouvé le chemin de leur corps. La légende disait qu'ils erraient maintenant, glissant d'arbre en arbre, prêts à entraîner derrière eux tout elfe négligent. Sylvéa devait donc opérer avec la plus grande prudence. Peu importait le temps qu'elle mettrait à établir le contact, il lui fallait protéger au maximum son esprit.
Doucement, elle visualisa son anatomie dans sa totalité et davantage encore... Sylvéa ne voyait désormais plus une enveloppe de peau et des organes mais une série de runes incompréhensibles dont la répartition dans l'espace rappelait vaguement celle d'un corps étendu.
Comme on découd une tapisserie, l'elfine commença à effacer précautionneusement cette silhouette de lettres tortueuses. Membre après membre, elle étira ces dessins sinueux puis les envoya avec détermination dans le non-être. Quand il ne resta plus d'elle que le reflet de son essence, Sylvéa tenta alors d'oublier pour un instant la mémoire qui la liait à son véhicule physique. Elle devait se détacher de sa vie d'elfe mais suffisamment s'en

souvenir pour ne pas risquer de la perdre à jamais. Tout résidait dans un dosage minutieux. Une maille dénouée de trop et Sylvéa disparaîtrait.
Une sorte d'ivresse s'emparait d'elle. Sa raison lui intimait de cesser mais à chaque souvenir effacé, une sensation de légèreté et de bien-être l'envahissait. Elle dut utiliser toute sa volonté pour arrêter son ouvrage. Un souffle de plus et elle aurait sûrement basculé dans le néant. Toujours avec délicatesse, Sylvéa laissa son esprit monter le long du tronc du vieux chêne. Elle plongea avec un certain plaisir au cœur même de l'arbre où résidait *l'âme*.
Un flot d'images, parfois incompréhensibles pour sa conception de la vie, l'envahit. Elle s'abandonna à ces visions l'espace d'un instant, savourant leur incroyable fraîcheur. Elle devait maintenant se ressaisir, poser sa question avant que son énergie mentale ne devienne trop arbre pour retrouver sa nature elfique.
Tentant de reproduire le langage propre aux végétaux, la jeune elfe demanda au chêne s'il connaissait un pair dont le symbole éthérique serait comparable au sien. Il eut un moment de convulsion, comme un spasme de douleur, où tout devint sombre et terne. Puis les flux d'images revinrent et avec eux la reproduction d'une onde étrangement claire et vive.
L'esprit de Sylvéa fut envoyé en arrière et elle réintégra son corps avec force dans un flot de souffrance. Elle aurait voulu crier sa douleur et son désespoir d'avoir perdu un si beau monde mais en elle résonnait encore la vibration de *son* arbre et elle devait maintenant le rejoindre.
Sylvéa ouvrit avec difficulté les yeux après ce long voyage spirituel. La nuit était tombée et un froid pénétrant régnait dans la forêt. Le paysage s'était paré d'étranges couleurs que ses yeux elfiques parvenaient à saisir dans les ténèbres. Sylvéa ignorait où se trouvait vraiment l'arbre qui bruissait en elle mais ses longues et fines jambes suivaient un chemin invisible sans qu'elle ait besoin d'y songer.
La jeune fille traversa ainsi la forêt, les pensées perdues dans un autre monde. Il lui semblait naviguer comme à distance de son

corps. Ses sens, habituellement si aiguisés, ne lui transmettaient une vision d'Astheval qu'à travers un épais brouillard qui rendait tout inconsistant. La matière devenait vaporeuse et floue. La seule sensation qui l'atteignait encore avec force, était celle de cet être végétal qui semblait l'appeler avec impétuosité.
Sylvéa quitta la forêt sans même s'en apercevoir et longea quelques instants les flots d'une étroite rivière. Elle monta le long d'une butte boueuse, ses pieds glissant dans la terre humide puis atteignit enfin un étrange belvédère d'aspect elliptique. De hauts rochers couverts de mousse formaient un large cercle. La majorité d'entre eux semblaient plantés verticalement dans le sol. Certains mégalithes supportaient de lourds blocs couchés à leurs sommets, formant comme des portes géantes. On aurait dit un temple oublié ou bien une étrange œuvre d'art venue d'un autre monde. Sylvéa marqua un temps d'arrêt tant elle était subjuguée par l'étrange spectacle puis, comme une force intérieure la poussait en avant, elle pénétra dans le cercle de pierres. Elle passa, le cœur battant, entre deux énormes monolithes gravés de curieuses runes sinueuses. Avec délicatesse, Sylvéa laissa glisser une main le long de l'un de ces dessins.
Qui avait pu ériger un tel monument ?
Une forte résonance semblait émaner de la pierre elle-même comme si elle possédait une volonté propre. Doucement, l'elfe posa sa joue contre la roche froide et ferma les yeux. Peut-être parviendrait-elle à pénétrer les mystères du monde des minéraux comme elle savait le faire avec celui des arbres ?
Au lieu de recevoir une nouvelle perception d'Astheval, des mains invisibles saisirent l'âme de Sylvéa et l'attirèrent dans les profondeurs de la roche. Elle se sentait prisonnière, ses poumons ne parvenaient plus à se gonfler et l'étouffement la gagnait. Elle se débattit énergiquement mais l'emprise s'affirma autour de son esprit. Immobilisée par la volonté de la roche, une image pénétra avec force son âme, comme projetée par une catapulte.

Il y avait un arbre immense au milieu d'une clairière et Sylvéa y était enchaînée, quelques elfes de son Falsp étaient réunis autour d'elle. Tous semblaient empreints d'une grande tristesse peu commune chez les elfes.
Quelque chose sembla la frapper en pleine face et la vision s'évanouit. Sylvéa secoua la tête. Pourquoi cette pierre l'avait-elle montrée ainsi, captive de l'*ancêtre* ? Pour se retrouver ainsi entre les « mains » de cet arbre, il fallait avoir outrepassé les règles des elfes et ce n'était nullement l'intention de Sylvéa. Elle resta un moment immobile, les yeux dans le vague… mais l'étrange appel qui montait en elle devenait trop pressant. Il fallait continuer.
Sylvéa se remit en marche vers le cœur du cercle de pierres. Une forme agitée par quelque bourrasque semblait y rayonner. Une vibration émanait de cet être troublé par le souffle impétueux.
Sylvéa s'en approcha à pas lents. Il s'agissait d'un petit arbre un peu moins haut que la jeune elfe. Ses longues feuilles finement dentelées brillaient d'une teinte argentée. Sylvéa s'approcha du jeune peuplier blanc et son esprit sembla résonner à l'unisson avec lui. Elle le comprenait complètement. Pour la première fois, le monde du végétal s'ouvrait totalement à elle. Au plus profond de son cœur, elle était cet arbre.
La jeune elfe pouvait sentir le vent frais caresser ses feuilles qui se tendaient vers le ciel à la recherche des énergies célestes. Ses racines dendritiques plongeaient dans la terre riche, se délectant de l'ardeur d'Astheval. Une sève fougueuse bouillonnait en elle, parcourant son être de toutes parts.
Enfin, elle parvint à retrouver, parmi ces folles sensations, sa perception elfique du monde. Il fallait qu'elle domine ses propres faiblesses, elle devait maîtriser *son* arbre et lui enjoindre de la suivre malgré la force que déployait l'ypréau[1] pour éviter à tout prix ce lien. Si elle parvenait à créer le *contact*, il serait alors enchaîné à elle.
L'univers s'était réduit à cette seule entité qui trônait au centre de l'enceinte circulaire. Usant de toute sa volonté, elle imposa au végétal sa supériorité. Avec une lenteur exaspérante, le peuplier

---

[1] Autre nom du peuplier blanc.

blanc sortit une à une ses racines de la terre. Il se dressait désormais en face de Sylvéa, totalement tributaire, attendant ses ordres.
Doucement, l'elfe recula, sans quitter des yeux la silhouette de l'arbre. À chaque pas qu'elle faisait, l'ypréau avançait lui aussi. La sueur commençait déjà à couler le long de ses tempes. Si ses pensées se détournaient un seul instant, elle perdrait le contrôle et de l'arbre, et de sa propre âme. Elle se trouvait désormais enchaînée ; en égarant le *contact* – cette faible rune qui les liait l'un à l'autre – elle sombrerait dans la folie.
La nuit étendait à nouveau son voile sombre au-dessus du monde. Une journée entière s'était écoulée entre la première fusion et cet instant où son alter ego s'était dressé devant elle, soumis.
Le Falsp paraissait bien loin et les forces de Sylvéa se désintégraient un peu plus à chaque souffle. Elle devait non seulement user de toute sa volonté pour éviter que le peuplier ne détruise leur lien mais il lui fallait aussi distribuer à l'arbre le peu d'énergie qui lui restait afin de le pousser en avant.
Enfin, après des chiffres de lent cheminement, Sylvéa perçut le son, encore faible, d'un luthlavec. Une bouffée d'espoir l'envahit. Elle redoubla de prudence et renforça l'emprise sur son partenaire spirituel.
Soudain, elle sentit le sol trembler sous ses pieds, ses pensées quittèrent l'espace d'un instant le *contact*. Au dernier souffle, elle rattrapa la mince rune. L'appui extérieur qui lui permettait de tenir depuis si longtemps avait disparu. Sylvéa serra les dents et recula. Ses jambes semblaient de plomb. Le séisme avait probablement surpris les elfes, les stoppant dans leurs danses. Elle était désormais seule pour accomplir cette prouesse et lutter contre la volonté libertaire de son homologue. Il fallait qu'elle réussisse. Puisant dans ses dernières forces, elle parvint enfin à proximité du Falsp. Un seul pas suffisait pour entrer dans le bouclier protecteur des elfes… Avec un cri de douleur, elle franchit la limite invisible et s'écroula.

***

Sylvéa revint à elle aussitôt. Enfin à l'intérieur du Falsp, le *contact* n'absorbait plus sa vitalité mais se maintenait seul grâce à la formidable puissance réunie en ce lieu. Les elfes s'étaient rassemblés autour d'elle et du jeune peuplier patientant à ses côtés, soumis.

Le vieil elfe aux interminables cheveux blancs s'approcha et étendit ses longs bras vers le tout nouveau couple. Il prononça des paroles étranges qui vibrèrent dans l'air, projetant un nouveau son qui n'avait rien de naturel. L'instant d'après, le terrible poids qui serrait la poitrine de Sylvéa s'allégea. Le patriarche venait de concrétiser leur union. Seule la mort pourrait à présent rompre ce lien, les entraînant alors tous deux dans l'Après-Monde. Cet être à la fois si différent et si semblable faisait maintenant partie d'elle. Cette association dans laquelle il ne pouvait être que perdant lui avait été imposée par Sylvéa. Aurait-elle dû ressentir une certaine culpabilité de se servir ainsi d'un être vivant pour son propre intérêt ?

Quelqu'un se pencha au-dessus de Sylvéa. Elle leva les yeux et rencontra ceux de Solgi. Ses doutes s'évanouirent aussi vite qu'ils étaient apparus.

— Bienvenue parmi les tiens, dit-il. Ton exploit restera dans la légende, tu as su ramener *ton* arbre alors que ceux de ton Falsp avaient cessé de danser pour toi...

Sylvéa lui sourit et se tourna vers l'ypréau qui attendait à ses côtés. Avec une vitesse incroyable, elle remonta le long de la rune qui maintenait entre eux le contact et pénétra le monde du peuplier blanc. Usant d'images et de sensations végétales, elle le libéra de son emprise et lui permit de retourner où il avait grandi.

L'arbre sembla s'incliner devant elle.

— *Nous nous reverrons très bientôt.*

Ce n'était pas réellement des phrases mais c'est ainsi que l'esprit elfique de Sylvéa transcrit les évocations mentales de sa moitié feuillue. Les elfes étaient intimement liés à *leur* arbre mais jamais

ils ne se voyaient en dehors de l'association. Pourquoi pensait-il la rencontrer prochainement ?
Ce rite ancestral n'existait que pour permettre aux siens de survivre. Si au cours de leur deux centième cycle, les jeunes elfes n'avaient pas pris contact avec *leur* arbre, ils disparaissaient de la surface d'Astheval comme s'ils n'avaient jamais existé. Une fois la communication établie, la mort de l'un signifiait celle de l'autre mais aucun elfe n'entretenait par la suite une relation avec cet alter ego. L'unique but de cette communion était la survie, une pure relation d'intérêt sans aucune affection.
L'elfine observa le départ de l'arbre. Ses enjambées chancelantes le mèneraient jusqu'à l'étrange cercle de pierres... Retournerait-elle vraiment en ce lieu ?

***

Le patriarche liait ses longs cheveux blancs d'un geste lent quand son arbre-demeure l'avertit que quelqu'un souhaitait le voir.
— Entre, Cruangi, dit-il d'une voix profonde.
L'elfe pénétra dans le tronc, une grande coupe évasée à la main.
— Je vous apporte un peu de sève aux épices.
— C'est très gentil, Cruangi.
Le vieil elfe se tourna tranquillement et tendit les mains pour saisir le bol.
— Tu as autre chose à dire, je crois. Je sens un fort trouble en toi.
— Oui, Grand Elfe, j'ai une question à vous poser, il marqua une courte pause avant de reprendre : Ce séisme, il est l'œuvre de l'Ombre Maléfique, n'est-ce pas ?
Le doyen poussa un sombre soupir et se retourna.
— Merci pour cette boisson, Cruangi. Retourne donc danser avec tes amis et profite de notre sérénité, mon enfant.

***

La lumière s'était levée, brusquement, comme toujours. Une douce brise pénétrait l'épaisseur des arbres, glissant dans les longs cheveux de Solgi. Blottie au creux de ses bras, Sylvéa semblait perdue dans ses pensées. Soudain, sa voix claire brisa le silence.
— As-tu déjà parlé avec *ton* arbre ? demanda-t-elle.
— Tu veux dire, comme un dialogue ?
Sylvéa hocha vivement la tête.
— Non, jamais. Quand nous nous sommes unis, j'ai vu le monde par ses sens. Juste l'espace d'un instant. Mais depuis, je ne fais que sentir en moi une faible résonance. C'est sa présence, je sais qu'il est là et qu'il m'enchaîne à ce lieu, c'est tout.
Sylvéa ne répondit pas tout de suite mais après un long silence, sa voix cristalline s'éleva à nouveau.
— Cela me fait un peu peur d'avoir créé le *contact*, dit-elle. J'ai passé toute ma vie dans cette forêt que les hommes appellent les Terres Oubliées et maintenant, je sais que je ne pourrai jamais plus la quitter. Parfois, je pense que j'aurais dû agir comme mon père et profiter de mes cycles de liberté pour parcourir le monde.
— À quoi cela t'aurait-il servi ? Notre Falsp est un endroit merveilleux, nulle contrée ne peut l'égaler.
— J'en suis sûre, Solgi, mais je me sens comme prisonnière désormais. Avant mon union, j'étais au Falsp de mon plein gré mais maintenant… La présence de mon arbre m'oblige à rester ici, près de lui. Je crois que mon père a eu raison d'explorer Astheval avant sa communion. Il a tellement appris là-bas. Quand j'étais petite, il me racontait tant d'histoires sur les hommes et les nombreuses créatures qui vivent de l'autre côté des hauts sommets. Il avait sillonné les landes et les montagnes, vécu parmi les grands canidés qui chassent dans les déserts... J'ai en tête des milliers de paysages et tout autant d'êtres fantastiques. J'aurais tellement voulu les rencontrer réellement. Tu comprends ? Je désirais tellement voir s'ils ressemblaient à l'image que je m'étais faite d'eux. Mais maintenant, c'est trop tard, je suis captive... Les hommes ont bien raison de nommer nos forêts les Terres

Oubliées. Elles ont beau être magnifiques, en vivant dans ces lieux, nous sommes contraints d'oublier le reste du monde...
Solgi caressa le visage de Sylvéa et tourna doucement sa tête pour plonger ses yeux dans les siens.
— Qu'est-ce que tu as aujourd'hui ? Tu sembles bien soucieuse pour une elfe !
Sylvéa ferma les paupières un instant. Il avait peut-être raison, elle devait faire un effort et taire le trouble qui régnait en elle. L'elfine se força à sourire et se leva d'un bond. Elle jeta un œil espiègle à Solgi avant de s'élancer dans le vide.
— Attrape-moi si tu le peux !

Après une course effrénée au milieu des hauts arbres, Sylvéa et Solgi s'arrêtèrent un instant au bord d'un mince filet d'eau. Leurs fines oreilles d'elfes captaient le moindre murmure, jusqu'à la lente et profonde respiration du monde lui-même. Avec délice, Sylvéa s'étendit sur la mousse encore humide de rosée et se laissa pénétrer par la sérénité qui envahissait ce lieu.
— Je perçois le murmure d'un luthlavec ! s'exclama Solgi. J'ai bien envie de danser ! Pas toi ?
Sylvéa ouvrit les yeux avec un grand sourire.
— C'est une excellente idée, Solgi !
Ils se précipitèrent en avant, main dans la main, et atteignirent, haletants mais heureux, le centre du Falsp où régnait une ambiance des plus festives. On avait disposé autour de l'aire de danse de nombreux paniers en osier remplis de fruits colorés et de boissons fraîches. Sylvéa en profita pour prendre un étrange agrume jaune et vert dont la forme rappelait vaguement celle d'une outre. Elle mordit à pleines dents et le jus glacé dégoulina le long de son menton. La dernière bouchée avalée avec plaisir, elle s'accroupit en face d'une cuvette d'eau en bois et y plongea ses mains collantes.
Les cadences endiablées se poursuivaient derrière elle. Plusieurs elfes jouaient gaiement de leur instrument. Cruangi pinçait les cordes de son luthlavec de ses incisives sans cesser de bondir de

tous côtés. Un peu plus loin, une jeune elfine, Tilia, avait sorti son alyeva : cet instrument de bois en forme d'étoile était criblé de trous dans lesquels elle soufflait, émettant chacun des sons très différents. Adossé à un arbre-demeure, un vieil elfe aux courts cheveux blancs tapait avec entrain sur un morceau de bois vertical planté dans le sol. Suivant l'endroit où il frappait, la note s'élevant dans l'air résonnait plus ou moins.

Assise en tailleur, Sylvéa profitait de cette ambiance prodigieuse qui rythmait le Falsp. Dans ce microcosme où elle avait grandi, rien ne pouvait anéantir l'insouciance et la frivolité. Même l'infâme guerre menée par l'Ombre Maléfique n'avait pu changer leurs habitudes festives. Les elfes restaient fidèles à leur nature : ancrés dans l'instant présent, ils vivaient sans passé ni futur.

Solgi – qui dansait depuis plusieurs mi-chiffres – vint bientôt rejoindre Sylvéa et la prit dans ses bras.

— J'adore la sonorité de l'alyeva, c'est tellement pur... Dès que le son de cet instrument s'élève dans l'air, je me sens plus léger qu'un oiseau...

Sylvéa lui sourit tendrement.

— ... et le temps file sans qu'on puisse le voir.

L'elfine savait que les hommes ne vivaient pas plus de cent cycles, parfois même à peine soixante ! Elle se demandait comment ils pouvaient ainsi profiter de leur existence. Elle-même vivait depuis maintenant plus de deux cents cycles et il lui semblait qu'un souffle seulement s'était écoulé depuis son premier souvenir. Au cœur des Falsps, le temps glissait ainsi, avec la vitesse de l'éclair et sans que nul ne puisse jamais le retenir.

***

Comment m'expliquer ? Je me trouvais dans ces lieux depuis toujours mais pouvais-je dire que j'y vivais ? Non, c'était loin d'être le cas. Certes, j'avais beaucoup d'affection pour les miens mais l'oisiveté régnant dans le Falsp me pesait. J'avais envie de découvrir le monde, de courir

d’aventure en aventure et au lieu de cela, je passais mes journées à les écouter jouer de la musique et danser. Ne se rendaient-ils pas compte qu’ils laissaient filer leur vie sans en profiter réellement ? Ne s’arrêtaient-ils jamais pour réfléchir à leur existence ? Se posaient-ils parfois les mêmes questions que moi ?
Qui suis-je ? Pourquoi suis-je né en Astheval ? Ai-je un rôle à jouer dans ce monde ?
J’en rêvais.
Chaque soir dans mon arbre-demeure, je m’inventais des histoires dont j’étais le héros. J’imaginais qu’une nuit, enfin, un grand chevalier viendrait. Alors, je deviendrai l’un des siens, l’épée à la main, je libérerai les opprimés. Comme dans les légendes des hommes ! Mais à mon réveil, le matin, je me trouvais toujours au Falsp, aussi inutile que la veille.
Je devais partir, le temps pressait. Dans cinquante cycles, j’en aurai deux cents et je devrai me lier à un arbre. Alors, il serait trop tard pour les voyages.
J’ai quitté les miens à leur insu, c’était un soir comme les autres mais pour moi, il fut le commencement d’une vie nouvelle...

***

La mère de Sylvéa nouait une légère étoffe orange autour de la taille de la jeune elfe qui piaffait d’impatience.
— Voilà, ma chérie, tu es fin prête pour lancer ton appel.
— Merci maman ! J’ai le cœur qui bat comme un fou et je suis tellement heureuse !
En réponse, un triste sourire éclaira le visage de sa mère. Sylvéa se doutait que plusieurs raisons lui valaient sa peine mais elle était bien trop gaie elle-même pour s’en préoccuper. Tous les elfes savaient que Lounéa était étrange : elle demeurait mélancolique depuis la mort de son compagnon et ne jouait jamais.
Sylvéa n’y pensa plus et sortit de son arbre-demeure. Elle marcha majestueusement jusqu’au centre du Falsp où un grand disque de

métal trônait, suspendu verticalement. Elle prit entre ses mains un long morceau de bois posé à côté et frappa avec force sur le bronze.
La forte vibration emplit aussitôt l'air et tous les elfes sortirent de leur habitat pour se réunir autour d'elle. Quand tous furent présents, la voix de Sylvéa s'éleva, prononçant les paroles rituelles.
—En ce jour, j'ai l'honneur de me proposer à vous, elfes sans compagnes. J'ai choisi de quitter ma mère pour fonder à mon tour une famille. À tous les courageux de mon Falsp, je m'adresse. Qu'ils parcourent les forêts et les landes et me ramènent le plus beau des présents. Alors, si le cœur m'en dit, j'élirai celui d'entre vous qui le plus me plaît. Courez, elfes, car dans dix jours seulement je réapparaîtrai et alors je choisirai.
Sur ces mots, l'elfine se mit en marche vers son arbre-demeure et fendit la foule.
—Je rapporterai un bien plus beau cadeau que cet idiot de Solgi, murmura l'un des elfes à son oreille. Alors, tu ne pourras faire autrement que de me choisir.
Elle resta tête haute et pénétra dans son foyer. Celui qui venait de parler s'appelait Yzarc. Elle l'avait toujours détesté mais l'elfe, de soixante-seize cycles son aîné, semblait follement épris de Sylvéa. Elle lui trouvait pourtant tous les défauts : borné, prétentieux, inintéressant, méchant... Jamais elle ne pourrait l'admettre en tant que compagnon de demeure. De toute façon, il n'y avait aucun doute, elle choisirait Solgi. Quel que soit le présent rapporté par son ami, il ne pourrait être que le plus précieux puisqu'il serait offert et reçu avec amour.
Maintenant il lui restait dix jours à patienter, seule, dans la pièce qui lui servait de couche. Comparé à la durée de sa vie, un spattus semblait habituellement un souffle mais celui-ci semblerait sans doute le plus long de toute son existence…
Sylvéa marcha jusqu'à une échelle taillée dans l'arbre qui permettait d'atteindre le niveau supérieur où elle dormait. La chambre n'était pas très grande et des centaines d'étoffes multicolores couvraient le sol. Elle s'allongea sur les tissus et

ferma les yeux. Mieux valait sommeiller ; le temps passerait plus vite ainsi.

Enfin, la dixième nuit touchait à sa fin. Dans quelques chiffres, Sylvéa pourrait enfin choisir Solgi pour compagnon de demeure. Il lui restait encore un rituel à accomplir auparavant. Après avoir bu une coupe de jus frais, Sylvéa se glissa hors de son foyer. Elle ne devait revenir sur la place qu'en milieu de journée, lorsque tous les elfes seraient rentrés de leur quête. Sur la pointe des pieds, elle s'éloigna du Falsp, prenant bien garde à ne pas être aperçue. Dès que *l'ancêtre* fut hors de vue, elle grimpa au premier arbre venu. Elle préférait se déplacer en hauteur pour ne pas croiser un quêteur sur le chemin du retour.
Suivant la coutume, Sylvéa devait ramener l'une des pierres de feu qui jonchaient le lit de l'Agrante. Les ramasser pouvait se révéler très dangereux car le fleuve s'écoulait tumultueusement entre des rochers souvent acérés.
Voyager avec discrétion entre les branches de la sylve demandait du temps et Sylvéa mit plusieurs chiffres pour atteindre le large cours d'eau. Le dégel n'avait heureusement pas commencé dans les montagnes et le courant restait moins important qu'en plein milieu du temps fleuri. Perchée dans un grand chêne à l'orée de la forêt, Sylvéa observait attentivement les alentours. Parmi les hautes herbes brunes, elle remarqua uniquement quelques rongeurs mais aucun carnivore. Elle préférait agir avec prudence. Pour avoir beaucoup étudié les leorces, elle savait qu'ils pouvaient surgir à n'importe quel moment et risquer de la prendre en chasse. Après avoir pris une ample bouffée d'air frais, Sylvéa sauta sur le sol et traversa à grands pas l'étendue plane qui séparait la rivière de la forêt. Elle n'osait pas se retourner de peur de voir surgir un leorce et ses jambes tremblaient. Elle accéléra un peu le pas et bondit au sommet d'un rocher gris. Enfin en hauteur, elle se retourna précipitamment, le cœur battant à tout rompre à l'idée de voir un immense carnivore s'élancer sur elle. Par bonheur, nul fauve ne s'apprêtait à la dévorer et le vallon demeurait dépeuplé à

l'exception de quelques qâas et d'un gros ragondin. Rassurée, Sylvéa se retourna doucement vers le fleuve. Elle devait maintenant récupérer sa pierre de feu au milieu des flots impétueux de l'Agrante. Elle plissa les yeux et examina consciencieusement les nombreux galets qui jonchaient le lit des eaux. Les temps n'existaient pas vraiment dans la forêt des elfes mais au cœur des montagnes, le froid devait encore régner et le niveau n'était pas très haut. En revanche, malgré la largeur impressionnante du fleuve – elle apercevait tout juste l'autre rive à une bonne pilongueur –, le courant demeurait très fort.

Au milieu des remous, les yeux perçants de Sylvéa remarquèrent une lueur inhabituelle. Enfin, elle venait de trouver son présent pour Solgi. Avec précaution, elle descendit du rocher et glissa doucement dans l'onde glacée. Le contraste entre la température extérieure et celle du fleuve la fit frissonner.

L'eau ne lui arrivait qu'aux genoux mais le courant menaçait de la faire tomber et les cailloux, charriés par les remous, cognaient douloureusement ses jambes. Elle laissa échapper un petit cri quand l'un d'eux heurta avec force son tibia.

Précautionneusement, Sylvéa avançait, petit pas après petit pas, attendant de se trouver bien campée dans le sol caillouteux pour tenter de soulever à nouveau un pied. À chaque enjambée, les flots menaçaient de l'emporter et elle perdait un peu l'équilibre. Il restait pourtant plusieurs longueurs à parcourir pour atteindre la fameuse pierre de feu. Les yeux rivés sur son éclat, Sylvéa continuait sa lente progression. Enfin, le gros galet doré était à sa portée. Avec une infinie prudence, l'elfine se baissa et plongea ses mains dans l'eau glaciale pour le saisir.

À ce moment même, elle sentit une ombre passer au-dessus d'elle. Un frisson parcourut son corps et un énorme grondement retentit. Son cœur s'emballa, quelque chose d'anormal se passait. Elle se releva sans lâcher la pierre et regarda en amont. Ses yeux s'écarquillèrent devant l'horrible vision : un énorme mur d'eau noir descendait à une vitesse inimaginable le cours de l'Agrante, provoquant un terrible vacarme.

Sylvéa resta figée un instant à regarder l'immense vague ténébreuse arriver droit sur elle puis l'instinct de survie reprit le dessus. Elle s'élança vers le bord, soulevant sur son passage de grandes gerbes d'eau et risquant à chaque pas de glisser. Il ne restait plus que quelques longueurs à parcourir mais *ça* approchait et serait sur elle d'un moment à l'autre. Mettant en œuvre toute la force de son désespoir, Sylvéa bondit dans les airs et atterrit in extremis sur un rocher. À cet instant même, la terrible lame passa derrière elle dans un éclat de tonnerre, projetant sur son corps de fines gouttelettes. La jeune elfe hurla de douleur quand elles atteignirent sa peau. Elle n'aurait su expliquer cette souffrance, il ne s'agissait pas vraiment d'une brûlure mais elle sentait pour chaque goutte comme un terrible courant qui la traversait, sondant son corps et son esprit, cherchant à s'emparer de son âme. Sylvéa avait la sensation que son corps, comme soumis à la torture, explosait en tourment. Au moment où elle croyait mourir tant la douleur devenait insupportable, tout cessa brusquement. Puis ce fut le sol qui se mit à trembler. Avec régularité, étrangement. On aurait dit qu'une créature démesurée ébranlait Astheval, produisant ainsi une lugubre mélodie qui fit frémir Sylvéa. La panique l'envahit. Elle se dressa d'un bond, le souffle court, serrant toujours contre elle la lourde pierre de feu. Sous ses pieds, le sol continuait de vaciller à intervalles réguliers. La peur au ventre, l'elfine s'élança vers la forêt. Elle devait rejoindre le Falsp au plus vite, quelque chose ne tournait pas rond. Elle le sentait au plus profond de son être.

Ignorant les branches qui la fouettaient au passage, Sylvéa courait sans s'arrêter. Il lui semblait que sa vie entière se résumait à cette course éperdue. Le sol en mouvement faisait vibrer son corps, augmentant les battements de son cœur. Elle devait accélérer encore, arriver avant que...

***

Je courais. Enfin, j'étais libre, la forêt défilait devant mes yeux.
Pour commencer mon périple, j'avais choisi de me diriger vers les landes. On les disait tristes mais je savais qu'elles m'enchanteraient. Je n'avais pas tort. Après des jours et des jours de voyage, les gigantesques arbres des Terres Oubliées laissèrent peu à peu place à de grands pins décharnés puis à de nombreux buissons épineux. Tout me charmait dans ce paysage : depuis la forme de la végétation jusqu'aux odeurs épicées charriées par le vent.
Les baies et les fruits secs abondaient... En revanche, les rus se faisaient de plus en plus rares. Je m'étais éloigné du large cours de l'Agrante dès le début de mon périple et je commençais à le regretter.
Alors que je désespérais depuis quelques jours déjà, mon chemin croisa par chance celui d'un minuscule filet argenté. Je m'agenouillai aussitôt et posai mes lèvres à la surface de l'eau. Ce simple contact apaisa la brûlure des astres diurnes. Je demeurai ainsi un long moment avant de laisser le liquide entrer dans ma bouche sèche. Cela provoqua tout d'abord une souffrance qui résonna dans tout mon corps puis, peu à peu, la douleur se mua en bien-être. Je ne pris même pas garde aux légers bruits de pas derrière moi. Je ressentis uniquement un brusque coup au niveau de la nuque et m'écroulai sans connaissance.

Lorsque je repris mes esprits, une forte odeur animale m'emplit les narines. Je me trouvais dans un endroit privé de la lueur des astres mais ma vision elfique me permettait de voir comme en plein jour.
Il s'agissait d'une grotte au plafond peu élevé et garni d'une multitude de stalactites. Jamais encore je n'avais pénétré en un tel lieu. La « pièce » était petite et il me fallut un moment pour distinguer une ouverture. C'était un simple trou dans le sol, juste assez large pour laisser passer le corps d'un homme. Je m'allongeai sur le bord et y jetai un coup d'œil.

J'étais habitué à grimper jusqu'aux cimes des arbres ou presque mais quand je pris conscience de la hauteur qui me séparait de la salle inférieure, je fus saisi de vertige.
Il existait probablement une autre issue, personne n'aurait pu me placer ici ! Je me relevai pour inspecter avec plus de précision ma cellule. Je cherchai alors pendant plusieurs chiffres un second passage, sans succès. Mon esprit bouillonnait, j'imaginai mille scénarios improbables : un aigle géant m'avait enlevé ou bien une araignée monstrueuse me retenait captif, attendant le moment propice pour me dévorer... J'étais tout entier concentré sur ces hypothèses terrifiantes quand une force invisible se referma sur moi et m'attira vers l'ouverture. La terreur m'envahit, je m'imaginai déjà l'horrible et interminable plongeon puis l'effroyable douleur que je ressentirai en m'écrasant sur le sol quelques centaines de longueurs plus bas.
Il n'y eut ni chute ni impact. Au lieu de cela, je me posai en douceur au milieu d'une meute de chiens aussi hauts que les chevaux des histoires humaines.
Ils me fixaient tous, babines retroussées sur des crocs longs et acérés comme des dagues. Je n'avais aucun moyen de m'échapper ; mon histoire s'arrêterait ici, je ne verrai jamais les grandes étendues d'eau où se jette l'Agrante ; ni les montagnes majestueuses ; ni les contrées lointaines où vivent les hommes.

***

Sylvéa approchait du Falsp mais elle ne ressentait pourtant pas la douce résonance qui sourdait habituellement de ce lieu. Le souffle court, elle pénétra enfin aux abords de la petite prairie. Son cœur se figea dans sa poitrine. Elle eut un moment d'arrêt puis une douleur la traversa de part en part. Elle réprima un hurlement et contempla avec effroi la scène qui s'offrait à ses yeux.
Autour d'elle, tout n'était que chaos. Des corps sans vie jonchaient la place ornée de mousses colorées. Certaines poitrines

semblaient se soulever au lent rythme d'une respiration mais les elfes étaient si mutilés que Sylvéa ne parvenait pas à les reconnaître.
Ses jambes menaçaient de céder mais elle s'obligea à avancer, à regarder tous ces êtres inertes. Aucune femme ne se trouvait ici. Sylvéa ne comprenait pas. Que s'était-il passé ?
Le monde s'écroulait, un terrible poids gonflait au sein de sa poitrine. Sylvéa passa aux pieds d'un elfe dont le buste bougeait faiblement. Elle voulut s'agenouiller près de lui mais se rendit compte avec stupéfaction qu'il était totalement écorché. Sa chair verdâtre était à nu, exhibant muscles et tendons. Horrifiée, elle recula.
Elle aurait souhaité hurler mais elle ne parvenait qu'à gémir doucement. Elle chercha à fuir mais un faible murmure l'arrêta. Sylvéa se retourna lentement, un nouvel espoir naissant en elle. Ce chuchotement appartenait à Solgi, elle le savait. Elle aperçut enfin son corps un peu plus loin et se rua à ses côtés. Délicatement, elle posa la tête meurtrie sur ses genoux, un mince filet de sang vert coulait au coin de sa bouche. Sylvéa caressa tendrement son doux visage, repoussant les mèches qui tombaient sur les pupilles émeraude de son amant.
— Ne t'inquiète pas, mon Solgi, tout va très bien.
La respiration rauque du jeune elfe se fit entendre, ses traits se tordirent de douleur tandis qu'il parvenait une fois de plus à élever la voix.
— C'était l'Ombre Maléfique, Sylvéa... mais je t'ai ramené le plus beau cadeau...
Il souleva un peu sa main gauche et poussa devant lui le petit corps inerte d'un leorce.
— Il l'a tué aussi...
Sylvéa tendit la main vers la boule de poils. C'était doux et chaud mais inanimé. La panique s'empara d'elle, elle voulut se lever mais la voix de Solgi la retint.

— Acceptes-tu ce présent pour devenir en ma demeure la plus belle des étoiles ? demanda-t-il suivant le rite ancestral qui liait les jeunes gens.

Des larmes aux reflets d'émeraude coulèrent le long des joues de Sylvéa. Elle se pencha sur son amant et embrassa ses lèvres ensanglantées.

— J'accepte, répondit-elle.

— Tu vas rester un peu avec moi ?

Il frissonna.

— Je ne veux pas mourir seul.

Combien de temps demeura-t-elle ainsi, penchée sur Solgi, ses larmes coulant sans interruption ? Elle pleurait pour la seconde fois de sa vie. Pour la seconde fois, quelqu'un qu'elle aimait avait péri par la main de l'Ombre Maléfique.

Avec rage, Sylvéa se leva, regarda une dernière fois son ami et amant puis s'éloigna. Elle devait trouver les femmes et essayer de comprendre. Elle ferma les yeux et laissa son esprit se lier à celui d'un châtaignier qui lui envoya aussitôt une image.

Les survivants se regroupaient autour de l'arbre *ancêtre*. Elle coupa le contact et s'élança hors du Falsp, tournant définitivement le dos à celui qu'elle avait tant aimé.

L'*ancêtre* s'élevait dans une clairière à quelques longueurs d'ici. Elle l'atteignit rapidement. Quand elle émergea d'entre les buissons, tous se retournèrent. Sa mère faisait partie des survivants. Il y avait aussi quelques autres femmes et le vieil elfe aux longs cheveux blancs.

Sylvéa sentit une sourde colère monter en elle, une rage comme elle n'en avait jamais ressentie. Brusquement, sans même s'en rendre compte, elle explosa, hurlant des mots d'injures. Comment pouvait-il vivre encore alors que tous les elfes mâles avaient succombé ? Comment pouvait-il se tenir ici, droit et fier ? N'avait-il donc pas bougé pour tenter de sauver les siens ?

Comme aucune accusation ne se formait plus dans son esprit, Sylvéa avança froidement vers l'elfe sans le quitter des yeux, les

poings serrés prêts à frapper. Le doyen resta de marbre mais quand elle se retrouva face à lui le regard chargé de reproches, il parla simplement, sans élever la voix.
— Cette elfe porte en elle la marque de l'Ombre. Voyez comme il l'a corrompue ! Elle a enfreint nos règles de dignité en dénigrant votre chef. Par les pouvoirs qui me sont conférés, je déclare l'elfe Sylvéa condamnée à passer entre les mains de l'*ancêtre* !
Un cri retentit derrière l'elfine. Elle se retourna pour découvrir sa mère, effondrée sur le sol, le visage entre les mains.
Ainsi, les siens la reniaient parce qu'elle avait osé défier leur guide…
Après la perte de Solgi, plus rien ne la retenait sur Astheval, elle n'avait pas peur. Dignement, elle présenta ses poignets, acceptant le sacrifice.
— Alors qu'il en soit ainsi, dit-elle simplement.
Deux jeunes elfes arrivèrent sur les ordres du patriarche et la tirèrent vers l'*ancêtre*.
Le contact du tronc rêche contre son dos sembla la réveiller d'un terrible cauchemar. Qu'avait-elle fait ? Dit ? Elle ne voulait pas mourir dans les bras de l'arbre divin. Elle voulait vivre. C'était comme si quelqu'un d'autre avait pris la direction de son être. Elle n'avait jamais voulu réagir de cette manière. Ce n'était pas elle ! Elle était une elfe, elle aimait la vie !
Tandis qu'on la poussait plus encore contre l'arbre aux noueuses racines, une sombre terreur l'envahit, elle ne pouvait pas disparaître maintenant, pas de cette façon ! Elle tenta de s'échapper, se débattit de toutes ses forces mais une troisième personne vint prêter main-forte aux autres, réduisant à néant ses efforts. Autour d'elle, les elfes criaient, l'invectivaient… Ils disaient qu'elle était une traîtresse, qu'elle avait permis à l'Ombre de s'étendre jusqu'au Falsp. Qu'à cause d'elle, l'Ombre avait volé compagnons de demeure et fils…
Ils avaient trouvé la personne vers qui tourner leur haine, un bouc émissaire qui, exécuté en règle, leur permettrait ce soir de s'endormir la conscience tranquille.

Les larmes coulèrent de nouveau le long de ses joues. Elle avait vécu parmi eux, ils étaient sa famille, ses amis... Désormais, elle ne voyait plus que leurs visages déformés par l'hostilité. Une nouvelle douleur apparut dans sa poitrine. Son cœur se brisait une fois de plus en mille morceaux. Elle n'avait plus aucune raison de lutter. Avec résignation, elle se laissa aller. Quand les racines enserrèrent ses bras, elle ne bougea pas. Au moins allait-elle mourir comme une elfe !

Elle sentait l'*ancêtre* l'attirer en son centre, l'amener en lui. Elle se trouvait comme aspirée par une force terrible qui la broyait inexorablement. Ses yeux se posèrent sur sa mère qui sanglotait, effondrée sur le sol puis tout disparut. L'arbre entrait en elle, sa sève coulait dans sa bouche, l'empêchant de respirer. D'un instant à l'autre, elle disparaîtrait et pourrait rejoindre l'âme de Solgi dans l'Après-Monde.

Pourtant, il y eut comme une secousse. L'*ancêtre* se contracta un instant puis se relâcha soudainement, éjectant brusquement Sylvéa. Elle atterrit lourdement sur le sol sous les regards stupéfaits des elfes. Elle n'eut pas le temps de se relever que le vieil elfe prenait déjà la parole.

— Même l'*ancêtre* la refuse ! s'indigna-t-il. Elle n'est plus une elfe. Le Falsp te renie, esprit démoniaque. Quitte cet endroit avant le lever du prochain jour ou bien nous te tuerons nous-mêmes. Tu es bannie à jamais du Falsp et du monde des elfes.

Sylvéa se redressa avec peine, ses compatriotes s'étaient massés autour d'elle et crachaient sur son passage, proférant des injures, la frappant parfois. Aussi vite qu'elle le put, l'elfine quitta à quatre pattes la clairière. Enfin hors de portée, elle se leva et courut comme une flèche vers les sous-bois.

***

Au lieu de me dévorer, les grands canidés passèrent des jours et des nuits à m'apprendre leur langue. Il s'agissait d'un moyen de communication très compliqué, basé sur les

odeurs et les grognements. Par bonheur, mon odorat elfique était suffisamment développé pour sentir leurs émanations mais il me fallut beaucoup de temps avant de parvenir à les comprendre. Durant tout mon apprentissage, on m'interdit de quitter l'immense salle où j'avais atterri. Plusieurs fois par jour, l'un d'entre eux m'apportait quelques victuailles : fruits juteux, baies tendres, tiges parfumées...
Ils me laissaient dormir de temps à autre sur une paillasse faite de feuilles sèches et d'aiguilles de pin. Les échanges entre nous n'étaient pas aisés car mon corps, contrairement à celui des chiens, était incapable de propager des odeurs sur commande. Je me contentais donc d'un langage partiel en utilisant uniquement les grognements.
Lorsqu'ils me jugèrent « apte » (je suppose qu'ils ne s'attendaient pas à ce que je mette aussi longtemps pour apprendre leur langue), l'un de mes professeurs canidés m'ordonna de le suivre et il me mena jusqu'à leur maître.
C'était, semblait-il, un très vieil animal mais il était encore ingambe et son regard demeurait vif.
— Assieds-toi devant moi, me dit-il dans sa langue. J'ai beaucoup à te dire, l'elfe.
Je m'exécutai, dévoré par la curiosité.
— Tu viens de bien loin ; ceux de ta race n'ont pas pour habitude de s'éloigner de chez eux. Que cherches-tu dans les landes ?
— L'aventure, répondis-je en espérant être compréhensible. Les miens sont trop prévisibles, ils m'ennuient.
— L'aventure... répéta le vieux chien. Voici un elfe bien singulier... Sache que ton vœu est exaucé, ton chemin a croisé celui de l'aventure, l'ami !
— Que voulez-vous dire ?
— Tu as bu à la source sacrée, tu es désormais des nôtres. Maintenant que tu comprends notre langage – plus que tu ne le parles, dois-je dire – tu dois être initié au Grand Secret des grottes. Suis-moi.

Le chien se leva et pénétra dans un long corridor. L'endroit était un véritable labyrinthe et je me pressai derrière le doyen pour ne pas perdre sa trace. Après un long moment de marche, nous entrâmes dans une pièce juste assez grande pour accueillir deux canidés. J'étais seul avec le maître. Il se tourna vers moi.

— Cette eau sacrée donne à celui qui la boit le privilège de connaître une parcelle du futur. Pour chacun d'entre nous, la révélation est différente. Notre peuple a besoin de la vôtre pour avancer. Tu dois monter sur ce rocher au fond de la pièce et respirer au-dessus de la cavité.

J'étais dévoré par la curiosité et n'aurais raté une telle cérémonie pour rien au monde. Je montai donc sur l'estrade de pierre et découvris le fameux gouffre. Il semblait profond et devait donner directement sur une source chaude car l'odeur de soufre était presque insupportable. Je m'efforçai cependant de la respirer profondément bien que cela provoque une désagréable brûlure dans mon nez et ma gorge.

Je ne puis dire exactement ce qui se passa mais lorsque je rouvris les yeux, je savais.

Je me tournai vers le maître des chiens.

— Une menace pèse sur les vôtres, dis-je. Dix d'entre vous doivent m'accompagner : sept femelles et trois mâles. Je dois les mener jusqu'aux montagnes sans quoi le peuple des canidés s'éteindra à jamais et Astheval ne pourra suivre son destin.

Deuxième partie
Les portes d'Astheval

Quel autre endroit que celui où elle rejoignait chaque jour Solgi aurait-il pu recevoir ses larmes ? Le visage entre les mains, Sylvéa attendait que se lève le jour. Alors, les elfes viendraient l'achever et tout serait enfin terminé. Pourtant, une petite voix murmurait en elle. Il fallait préparer un plan. Que faire ? Où partir ? Comment ?

Pour la première fois sans doute, Sylvéa pensait à l'avenir, elle ne pouvait désormais plus se laisser aller au gré du temps. Elle devait prendre sa vie en main... ou périr de celle des elfes.

Un bruissement dans les feuilles interrompit sa réflexion. Il ne s'agissait pas du vent ni même d'un animal. Sylvéa leva les yeux. Les elfes avaient-ils déjà commencé leur chasse malgré la nuit ? Elle s'immobilisa et se concentra sur le faible frémissement des branches. Plus de doute, on venait vers elle. Aussi discrètement qu'elle le put, l'elfine se leva et se dissimula entre deux rameaux feuillus. Son cœur battait la chamade. Elle avait fait son choix, elle voulait vivre !

Quelqu'un surgit brusquement devant elle. Elle réprima un cri et se jeta sur la silhouette pour la renverser.

— Sylvéa !

Elle s'arrêta dans son élan et cligna des yeux.

— Que fais-tu ici, mère ?

— Chut, tu n'as plus beaucoup de temps et si l'on découvre ma traîtrise envers le Falsp, je serai mise entre les mains de l'*ancêtre.*

Elle marqua une pause et caressa tendrement la joue de son enfant.

— Je savais pouvoir te trouver ici, ma petite. Il faut que tu partes vite, avant le lever du jour. Je t'ai apporté tout ce qu'il fallait. Tu vas aller le plus loin possible, ma chérie.

Lounéa se pencha pour ôter un grand sac qu'elle portait en bandoulière et fouilla dedans. Elle en sortit une gibecière

remplie de pains de voyage qu'elle passa au cou de Sylvéa puis elle s'agenouilla à nouveau.
— Voici ton arc et une volée de flèches de la meilleure qualité, dit-elle en les tendant à Sylvéa. Sers-t-en pour défendre ta vie s'il le faut…
Elle lui présenta ensuite une sorte de ceinture de cuir.
— Voici le baudrier de ton père, la bourse est pleine de l'argent qu'utilisent les hommes. Cela pourrait te servir, qui sait ?
Elle marqua un court arrêt et sortit un nouvel objet. Il s'agissait d'une grande épée brillant malgré la nuit.
— Elle appartenait à ton père également. Il voulait que je te la lègue et me disait que tu étais la meilleure élève d'Astheval. J'ai toujours refusé de te donner cette arme mais le moment est maintenant venu... Voici ton héritage, Sylvéa : l'épée du destin.
Lounéa souleva le présent et laissa glisser sa main le long de la lame jusqu'à la garde simplement gravée de quelques runes elfiques signalant son nom.
— Il me disait souvent que chaque arme avait une volonté propre, menant son guerrier exactement où elle le souhaitait. Pour lui, tous les choix des chevaliers étaient dictés par leurs épées… Que celle-ci adopte pour toi le meilleur des destins.
Sur ces mots, l'elfe mit la garde entre les mains de Sylvéa. Elle l'embrassa tendrement sur le front puis recula.
— Pars maintenant, vite, mais ne m'oublie pas...
Une larme coula le long de sa joue puis elle disparut entre les branches.

Sylvéa resta immobile quelques souffles, les yeux fixés sur la lame brillante. Soudain pourtant, un appel retentit en elle. Il ne fallait pas rester ici. Elle boucla rapidement le baudrier. Rangea l'épée dans son fourreau et passa l'arc souple dans son dos. Fin prête, elle choisit de se déplacer parmi les arbres. Elle perdrait du temps mais gagnerait en discrétion grâce à son agilité naturelle.
Son souffle s'accéléra comme la peur l'assaillait. La lumière diurne apparaîtrait d'un moment à l'autre avec sa brusquerie habituelle.

Alors, elle devrait agir plus vite encore. Sylvéa se doutait bien que les elfes prendraient un malin plaisir à la pourchasser. Cette battue permettrait de venger leurs morts. S'ils l'attrapaient... Elle préféra ne pas y penser plus longtemps et pressa l'allure. Elle sentait le lever approcher et la peur la poussait à forcer le rythme malgré la douleur lancinante dans sa poitrine. Chaque inspiration brûlait sa gorge et sa poitrine.
Instantanément, le jour fut là. Sylvéa eut l'impression que son cœur s'arrêtait tant cette luminosité subite l'effraya. Elle s'attendait à voir surgir d'entre les feuilles des visages haineux, des arcs tendus vers elle, des lames prêtes à lui trancher la gorge.
L'elfine redoubla de prudence, passant de branche en branche avec l'agilité d'un funambule. Elle bondit ainsi des chiffres durant avant de ralentir enfin. Elle arrivait à l'orée de la forêt. S'arrêtant brusquement, elle contempla avec stupeur le paysage qui se présentait à elle.
Sur sa gauche, elle distinguait au loin les flots brillants de l'Agrante et juste devant se dressait une large butte surmontée de hauts rochers taillés. Elle avait rejoint, sans même s'en rendre compte, le fameux cercle de pierres au centre duquel s'élevait *son* arbre. Sylvéa observa longuement les lieux puis, quand elle fut certaine qu'il n'y avait personne alentour, elle sauta au bas de l'arbre et parcourut à grands pas l'espace découvert entre la sylve et le tertre.
Aujourd'hui, elle se rendait compte de ce que pouvait être la vie des paisibles herbivores, toujours aux aguets, prêts à fuir en cas d'attaque des carnivores. Pour la première fois, elle n'était plus une simple spectatrice ; elle était la bête traquée.
Enfin, elle atteignit le bas du tumulus. Comme la fois précédente, la terre était détrempée. Il devait régulièrement jaillir[2] en ce lieu. Les nuages ayant disparu en même temps que les astres, il ne pleuvait plus depuis des lustres sur Astheval. À la place, de petits jets d'eau perçaient régulièrement le sol afin d'irriguer la terre.

---

[2] Verbe impersonnel ; on l'utilise ici pour décrire l'eau surgissant de la terre en petits geysers.

Sylvéa devait se trouver suffisamment loin du Falsp maintenant et elle ne pensait pas que l'on puisse la surprendre ici mais elle préférait rester prudente. Après un regard en arrière, elle grimpa rapidement le long de la pente glissante.
Le sol était sec au sommet. Fièrement érigé, le monument de pierres impressionnait par sa taille mais aussi par l'aura de mystère qu'il dégageait. Cette fois, Sylvéa prit le temps d'étudier le lieu. Le cercle était totalement clos : de grands monolithes verticaux se dressaient à intervalles réguliers et supportaient d'autres immenses roches horizontales. À l'intérieur, Sylvéa distingua un deuxième cromlech constitué de blocs plus petits. Puis, plus au centre, disposé en fer à cheval autour du jeune peuplier blanc, s'élevait un ensemble de trilithes en grès. Ils étaient composés de deux blocs verticaux surmontés d'un linteau.
Sylvéa jeta un coup d'œil en arrière mais rien ne semblait bouger parmi les arbres de la forêt.
Aucun elfe ne s'aventurera aussi loin du Falsp, songea-t-elle en s'avançant. Elle posa une main sur la haute pierre placée devant elle et frissonna à son contact. La roche semblait plus froide que la glace. De nombreuses runes incompréhensibles la parcouraient. Qui avait bien pu construire un tel monument ? À quoi pouvait-il bien servir. Était-ce un temple dédié à d'anciens dieux oubliés ?
Piquée par la curiosité, Sylvéa s'engagea entre deux monolithes, levant les yeux sur l'énorme bloc posé en travers à leur sommet, juste au-dessus de sa tête. Une curieuse impression la saisit, ce n'était pas la peur mais un sentiment proche qui l'empêchait de respirer normalement. Ses pas se firent plus hésitants quand elle dépassa le deuxième cercle de pierres et se retrouva aux pieds d'un trilithe colossal. L'air paraissait empli d'une vibration nouvelle, un secret dormait en ces lieux étranges. Sylvéa le sentait au plus profond d'elle-même, elle devait trouver le sens de cette construction. Plus rien ne comptait au monde que ce mystère qu'elle devait résoudre. Les elfes lancés à sa poursuite, l'Ombre Maléfique ôtant la vie de ceux qu'elle aimait..., tout avait disparu. Tout, à l'exception du site mégalithique.

Sylvéa continua sa lente marche jusqu'au centre de la structure puis elle s'arrêta aux côtés du peuplier blanc. Elle sentit aussitôt un flot d'images et de sensations traverser la rune qui l'unissait à l'arbre ; son esprit elfique traduisit instantanément avec une précision inhabituelle.

— *Que comptes-tu faire maintenant, sœur de mon âme ?*

Jamais encore elle n'avait compris ainsi le langage des arbres et à son plus grand étonnement, elle répondit pareillement :

— *Le Ténébreux m'a tout volé, je dois me venger. Je traverserai les montagnes puis le pays des hommes pour le rejoindre dans les terres obscures et le tuer.*

— *Soit,* répondit aussitôt l'arbre, *mais tu oublies que tu es une elfe, Sylvéa. La rune qui nous lie est bien trop forte pour être brisée, tu ne peux quitter le pays des elfes sans moi et je ne peux quitter ce lieu dont je suis le gardien.*

Sylvéa sentit le désespoir l'envahir. L'espace de quelques souffles, sa vie possédait enfin un sens. Elle avait enfin un but à atteindre mais l'ypréau avait anéanti toutes ses espérances. Il ne lui restait plus qu'à mourir.

— *...à moins que,* poursuivit le peuplier, *il se peut que tu trouves une nouvelle sentinelle, alors je saurai te suivre jusqu'à l'antre du Ténébreux. C'est la seule solution pour que ton destin s'accomplisse, sœur de mon âme. Il existe bien des mondes, vois-tu, jeune Sylvéa, et j'en suis le garant pour Astheval. En tant que tel, je t'ouvre aujourd'hui l'accès de l'un d'eux.*

Devant les yeux éblouis de l'elfine, le passage entre l'un des trilithes sembla se brouiller un instant, une brume compacte s'y éleva et tourbillonna en spirale. Puis des couleurs apparurent et un paysage se forma lentement entre les roches. C'était un lieu semblable à celui-ci : de nombreux menhirs s'y dressaient pareillement mais une luminosité différente les éclairait. Les bruits de cet univers semblaient parvenir à Sylvéa de très loin. Elle se tourna d'abord vers l'arbre puis vers l'étrange entrée qui s'ouvrait sur une autre réalité.

— *Voici l'une des nombreuses sœurs d'Astheval. Là-bas, ma présence ne t'est pas nécessaire pour survivre. Va, rejoins l'Île des Brumes. En cette*

contrée, demande un nouveau gardien pour notre monde. C'est ta dernière chance pour accomplir ta destinée, sœur de mon âme. Dépêche-toi, les portes ne doivent pas rester ouvertes...
Sylvéa lança un dernier regard sur Astheval puis, fermant les yeux, elle s'élança à travers la frontière.

***

Le maître des canidés n'émit aucun doute quant à ma vision. Sans perdre de temps, il réunit son peuple dans l'immense salle où j'avais vécu pendant si longtemps. Il désigna les dix chiens qui devraient me suivre ; il fallait faire vite car personne ne savait quand le mal s'abattrait sur les grottes sacrées. Le groupe qui partit avec moi le soir même se croyait maudit. Aucun d'entre eux ne voulait quitter son foyer. Ils ne comprenaient pas qu'ils seraient les seuls survivants de leur race. Je l'avais vu, ils devraient donner naissance à un nouveau clan afin qu'un jour naisse celui dont les yeux voient comme les hommes...

***

Sylvéa pensait qu'elle sentirait quelque chose en franchissant le seuil, un étourdissement peut-être, un frisson, ou une impression de malaise... Mais rien de tout ceci ne se produisit, elle aurait aussi bien pu pénétrer dans son foyer, les sensations seraient demeurées semblables.
De l'autre côté en revanche, tout paraissait différent. En premier lieu, c'étaient les nouvelles odeurs qui l'avaient assaillie : la terre ne portait pas les mêmes arômes que sur Astheval. La lumière ensuite l'avait étonnée. Elle avait levé les yeux vers le firmament, découvrant les nombreux nuages qui s'étiraient devant un astre brillant. Il était unique là où deux rayonnaient autrefois dans les cieux d'Astheval. Sylvéa s'en souvenait parfaitement, l'un d'eux était jaune, comme celui-ci, tandis que le second, plus gros, restait constamment d'une faible lueur rouge. Les deux boules de

lumière se levaient et se couchaient à peu de temps d'intervalle sauf lorsqu'elles marquaient les changements de saisons en éclairant tour à tour le ciel. Mais l'époque où les astres brillaient en Astheval était révolue depuis longtemps déjà ; aussi, à la vue de ce magnifique dieu resplendissant, Sylvéa ne put empêcher l'émotion de l'envahir.
Elle s'arracha pourtant à sa contemplation et fit un tour sur elle-même. Le monument semblait en tout point identique à celui d'Astheval au détail près que le peuplier blanc avait disparu, laissant place à un bloc de grès évoquant une sorte d'autel. Sylvéa s'en approcha, posa une main dessus et ressentit une onde suivie d'un flot de sensations très étranges qu'elle ne saisit qu'à moitié.
— *Quel être es-tu pour venir en ces lieux ?* crut-elle comprendre.
Il devait s'agir du protecteur de ce monde. Sylvéa n'aurait jamais cru qu'un minéral puisse posséder une telle conscience… Elle se ressaisit vite et tenta de s'exprimer à travers la roche.
— *Je viens ici à la recherche d'un gardien pour les portes d'Astheval. Je dois me rendre à l'Île des Brumes.*
L'autel ne répondit pas immédiatement et Sylvéa se dit qu'elle avait sans doute rêvé, cette pierre ne lui avait jamais adressé la parole. Pourtant, au moment où elle comptait s'éloigner, de nouvelles pensées parvinrent à son esprit.
— *Marche vers le soleil couchant ; lorsque le vent tombera, arrête-toi et attends. Le messager viendra alors à toi.*
Sylvéa sentit alors la roche se fermer et elle n'émit plus un mot. Avait-elle bien compris ces pensées ? Qui était le soleil ? Et qui pourrait bien lui venir en aide ?
Elle haussa les épaules. Elle ne pouvait désormais plus se laisser mourir ou rattraper par les siens. Elle avait une quête à accomplir et si elle voulait venger Solgi, il lui fallait d'abord trouver une nouvelle sentinelle pour Astheval. Elle leva les yeux vers le firmament, le soleil devait être le nom de l'astre qui brillait dans le ciel de ce monde. Qui d'autre pouvait se coucher à la vue de tous ?

Sylvéa observa une nouvelle fois le lieu et traversa le cercle de monolithes.

— À bientôt, mon arbre, murmura-t-elle, je te ramènerai celui que tu attends ; et alors, j'irai punir l'Ombre pour m'avoir volé celui que j'aimais.

***

Nous traversâmes maintes contrées. Après les maquis, terres des canidés, il y eut les déserts de rocaille, la mer de sel, le golfe de l'Agrante – où je pus voir l'océan pour la première et dernière fois de ma vie – puis enfin, après une nuit de marche éreintante, les premiers arbres se profilèrent à l'horizon. À leur vue, mon cœur s'emplit de joie. Je ne m'étais pas rendu compte combien ces forêts impénétrables qui avaient bercé mon enfance m'avaient manqué. Je savais bien que nous ne ferions que les traverser mais je me promis d'en profiter pour m'ouvrir tout entier aux profondes vibrations des bois. J'emporterai ainsi avec moi une partie de ces terres où les rayons des astres du jour n'illuminent que si rarement le sol.

***

Une fraîche brise la suivait depuis son départ du monument et le ciel se couvrait peu à peu de lourds nuages gris. Sylvéa se souvenait de la signification de ces masses cotonneuses. D'un moment à l'autre, il se mettrait à pleuvoir, comme lors de son enfance. À chaque fois que l'eau tombait du ciel, son père la prenait dans ses bras puissants qui savaient si bien manier l'épée puis il la berçait tendrement, sans cesser de lui conter son passé parmi les hommes. Sylvéa adorait ces instants de complicité avec son père, il semblait tellement différent des autres elfes. Il avait enduré tant d'épreuves tandis que les autres se laissaient vivre au fil des jours dans leur Falsp. Sur son long visage aux reflets émeraude, une mince ride d'inquiétude se dessinait. De tous ceux

qu'elle connaissait, il était le seul à être ainsi marqué. Quel autre elfe aurait eu des raisons de se soucier ? Aucun ne connaissait la vie comme lui et l'elfine s'en rendait bien compte.
Désormais, elle aussi devait apprendre à subsister loin des siens, seule, vulnérable. Elle posa la main sur le pommeau de sa lame. L'épée du destin. Elle demeurerait son unique compagne désormais.
Sylvéa ne s'était pas trompée en suivant son instinct et elle se dirigeait bien vers l'astre couchant. Au début, elle avait craint que le soleil ne suive pas un chemin régulier mais rien ne semblait perturber sa trajectoire.
Bien que similaire à celui d'Astheval, le paysage de cette planète dégageait des odeurs, des vibrations et des sensations totalement différentes que Sylvéa ne parvenait pas toujours à interpréter. Elle avait aussi croisé le vol de nombreux oiseaux se dirigeant en groupes ordonnés vers un point inconnu sur sa gauche. Un animal à l'épaisse fourrure rousse avait fui à son arrivée. Il se rapprochait quelque peu de la description du chien donnée par son père mais son nez paraissait trop fin et sa queue, terminée par une touffe blanche, trop dense. La bête s'éclipsa finalement dans un fourré et Sylvéa n'en revit pas de semblable. Bientôt, le soleil s'approcha de l'horizon, se muant peu à peu en un disque orangé. Le vent ne baissait pas et semblait même enfler avec la fin du jour, chassant les nombreux nuages. Le ciel bleu, fortement teinté d'orange par le soleil couchant, devint vite sombre et de petits points lumineux s'allumèrent un à un.
À la vue de ces astres brillants, Sylvéa ne put s'empêcher d'arrêter un instant sa marche. Combien de fois son père l'avait-il prise dans ses bras pour lui montrer les étoiles ? Elle pouvait alors demeurer des chiffres blottie contre lui à l'écouter narrer ses histoires. Il disait que quatre dieux les représentaient mais qu'ils avaient disparu et renaîtraient un jour en Astheval comme de simples mortels. Sylvéa adorait cette légende. Parfois aussi, ils s'amusaient ensemble à nommer des constellations, leur attribuant

l'apparence d'animaux, de monstres sortis tout droit de leur imagination...
En ce monde, les étoiles ne s'étalaient pas suivant les mêmes configurations ; l'une rappelait deux formations d'oiseaux côte à côte et une autre, très peu étendue, rassemblait sept étoiles très brillantes…
Comme c'était étrange de sentir enfin une présence au-dessus de sa tête au lieu du néant engendré par l'Ombre Maléfique !
Sylvéa ne s'attarda pas plus sur ces observations de la voûte céleste ; le vent soufflait toujours et elle devait avancer droit devant elle. Bientôt son messager viendrait et elle rejoindrait alors l'Île des Brumes. Tout décor sembla disparaître, plus aucune étoile ne brillait pour elle, nul animal n'apparaissait plus à ses yeux, il ne restait que cette destination énigmatique et la promesse de sa vengeance.

La nuit passa comme un souffle. Sylvéa n'avait cessé de marcher mais son esprit sembla s'éveiller en même temps que le soleil. Elle cligna des yeux comme après un long sommeil et s'étonna de voir à nouveau ce paysage si singulier autour d'elle. Elle n'avait pas rêvé, ni sa venue dans ce monde, ni son bannissement... Sylvéa laissa échapper un long soupir et des images se bousculèrent dans son esprit : les danses endiablées au cœur du Falsp, l'observation des leorces, les tendres moments dans les bras de Solgi...
Ces temps sont révolus, songea-t-elle avec amertume. *Maintenant, tu es seule avec ta soif de revanche et c'est ton unique raison de vivre. Plus rien n'importe que de venger la mort de Solgi et tu feras tout ce qui est en ton pouvoir pour arriver à tes fins.*
Sylvéa suivait depuis plusieurs chiffres déjà, sans s'en rendre compte, un sentier large d'à peine une longueur. Dans quelques instants, elle pénétrerait dans une forêt de grands chênes aux feuilles orangées. Une brume matinale pesante encombrait les sous-bois et le froid l'envahit quand ses pieds nus foulèrent le sol humide sous les arbres.

Parmi les rouvres, on pouvait également apercevoir de nombreux châtaigniers couverts de bogues et quelques hêtres dont les feuilles, longues à la décomposition, jonchaient encore le sol. Mais Sylvéa ne voyait rien de tout cela. Le vent, brusquement, s'était tu, et elle attendait la venue de son messager.
Elle resta immobile, aux aguets, pendant plusieurs chiffres peut-être, quand le son d'un pas résonna enfin dans le silence relatif du bois. Il y eut un tintement étrange quand les pieds touchèrent une pierre. Il devait s'agir d'un chevalier monté sur un animal ferré. Elle décida de se diriger vers ce son. Il ne pouvait s'agir que du héraut envoyé pour la guider.
Sylvéa se retourna doucement pour voir apparaître un jeune cheval lancé dans un lent galop. Il ne portait ni bridon ni selle et aucun cavalier ne le chevauchait. La jeune elfe resta un instant immobile face à cette vision puis l'animal s'arrêta juste devant elle en hennissant. Il s'agissait d'une jument, pas très grande, dont la robe était baie. Une longue liste piquetée sur le nez de poils bruns ornait son chanfrein busqué et de courtes balzanes paraient ses fines jambes. Elle ne portait pas de fers mais ses sabots brillaient comme s'ils étaient faits de métal. Sa crinière noire, inégalement taillée, se dressait ou retombait librement sur son encolure.
— En voici un drôle de messager ! J'ai rarement vu des chevaux dans ma vie mais mon père en chevauchait autrefois, lorsqu'il vivait parmi les hommes. Si tu es bien mon envoyé, petite jument, alors tu dois connaître le chemin jusqu'à l'Île des Brumes et pouvoir m'y emmener !
Le cheval se mit à hennir en secouant vivement la tête et Sylvéa décida que ce geste signifiait l'accord de l'animal.
— Bien, dans ce cas, je vais essayer de faire comme mon père me racontait.
Sylvéa équilibra bien ses affaires sur ses épaules puis, usant de sa souplesse elfique, elle sauta pour retomber avec légèreté sur le dos de la jeune jument. Aussitôt, l'animal se mit à bondir sur place, ruant et se cabrant.

Malgré la stabilité propre à sa race, l'elfine n'eut pas même le temps de s'accrocher à la crinière qu'elle s'effondrait lourdement sur le sol tandis que la pouliche fuyait comme une flèche. Sylvéa se releva en se frottant le coude. Une chance que le terrain soit couvert de feuilles mortes sans quoi elle aurait pu se blesser...
Tout bien réfléchi, il ne s'agissait peut-être pas de mon guide... songea-t-elle avec une grimace.
Quelques souffles plus tard, la jument était pourtant de retour. Elle apparut entre deux arbres et s'approcha de Sylvéa au galop de chasse pour s'arrêter à nouveau devant elle.
— Il faut savoir ! Tu veux de ma compagnie ou pas ? soupira la jeune elfe. Je n'ai pas le temps de supporter tes jeux, j'ai une mission à accomplir et peut-être même un monde à sauver !
La jument ne cilla pas.
— Bien, alors je vais faire un deuxième essai.
Sylvéa s'avança vers le dos de la petite baie. Elle y posa une main et comme l'animal demeurait de marbre, elle prit son élan, bien décidée à triompher cette fois. Cependant, au moment même où elle devait retomber sur la jument, cette dernière fit un écart et Sylvéa eut juste le temps de se rattraper pour ne pas s'étaler à nouveau au sol.
— Parfait, puisque c'est comme ça, ne compte pas sur moi pour te prendre comme messager. Je me débrouillerai seule pour trouver cette île ! lança-t-elle avec colère.
Ce n'était qu'un animal après tout et elle avait sans doute rêvé sa discussion avec la pierre, seuls les humanoïdes disposaient d'une conscience ! Et les arbres liés aux elfes peut-être ?
Peu importe au final ! Elle continuerait à marcher vers le soleil couchant. Elle trouverait bien cette fameuse île, quitte à parcourir cette terre pendant des jours et des jours.
Encore submergée par la fureur, Sylvéa s'éloigna d'un pas rageur. Il y eut un léger hennissement questionneur mais elle ne se retourna pas et continua sa route entre les hauts arbres. La jument ne tarda pas à la dépasser. Elle trottait allègrement, oreilles pointées en avant et queue relevée. Quand elle eut parcouru une

centaine de longueurs, elle revint sur ses pas, trottina quelques instants autour de Sylvéa puis prit à nouveau les devants.
La journée s'écoula ainsi, la pouliche ne cessait ses allers-retours et inconsciemment, l'elfine suivait ce chemin tout tracé. Elle s'arrêta finalement, alors que le soleil se trouvait à son zénith, et s'adossa à un tremble pour manger un peu. La pouliche en profita pour fouiller le sol à la recherche de jeunes pousses et de glands. Épuisée par ses dernières journées, Sylvéa ne tarda pas à s'assoupir... À son réveil, un chiffre à peine plus tard, la jument était couchée à ses côtés, la peau s'agitant de soubresauts tandis qu'une feuille jaune venait de tomber sur son épaule.
Tout était calme dans le bois, quelques oiseaux chantaient et on entendait au loin le claquement de bec d'un pic épeiche. Ce monde se révélait aussi tranquille que la forêt des elfes. Elle s'y sentait en sécurité et, si étrange que cela puisse paraître, elle avait la sensation que quelqu'un veillait sur elle.
Après s'être étirée longuement, Sylvéa se leva et la jument ne tarda pas à faire de même pour reprendre son curieux manège.
À la nuit tombée, elles arrivaient à l'orée de la forêt et Sylvéa décida de s'y arrêter afin de dormir encore un peu. Elle se sentait fourbue et elle s'installa contre un large châtaignier dès qu'elle eut repoussé les quelques bogues qui jonchaient le sol. Il lui restait encore de nombreux pains de voyage très nourrissants mais elle préférait les garder pour plus tard et se contenta de quelques châtaignes sucrées. Très vite, ses yeux se fermèrent malgré son envie pressante d'observer le mince croissant de lune qui venait d'apparaître entre les nuages.

Elle voyageait en ce monde depuis plusieurs jours maintenant, elle en aurait presque oublié sa quête si le visage de Solgi n'apparaissait régulièrement à son esprit. La petite jument dormait toujours auprès d'elle et continuait de lui montrer le chemin. Sylvéa ne savait pas si elle pouvait se fier ainsi à un animal mais elle n'avait pas trop le choix…

Sa route n'avait pas encore croisé âme qui vive mais Sylvéa avait pénétré ce matin dans un lieu moins boisé et marchait désormais en terrain découvert parmi les hautes herbes trempées par les dernières pluies. Elle montait tranquillement une petite colline et la pouliche demeurait invisible depuis plusieurs mi-chiffres. Sans doute avait-elle profité de son avance pour brouter l'herbe tendre du monticule.
Subitement, la brise qui caressait son visage se mua en une terrible bourrasque qui sembla tourbillonner autour de Sylvéa, se gonflant de violence. Parallèlement, une sourde et inexplicable colère s'empara de l'elfine. Elle se retourna. En contrebas, un groupe de cinq chevaliers arrivait au galop. Sans comprendre son geste, elle dégaina et leva l'épée de son père en hurlant des paroles dans une langue qu'elle ne connaissait pas. Les cavaliers ne semblèrent pas s'apercevoir de sa présence et au moment même où elle voulait se jeter à leur rencontre, la jument passa en trombe devant elle, la stoppant net. Infatigable, la pouliche se mit aussitôt à tourner sur un cercle virtuel dont la jeune elfe occupait le centre. Sa vitesse se fit bientôt de plus en plus soutenue et le monde disparut progressivement autour de Sylvéa. Sa rage se faisait pourtant plus puissante encore. Elle voulait massacrer ces chevaliers, elle n'était plus maîtresse de ses actes, elle désirait voir le sang couler, souiller l'herbe verte et enduire son corps. Elle avait l'impression de se tenir sur un autre monde mais le paysage avait réapparu autour d'elle, inchangé. Elle voyait nettement les cavaliers qui couraient désormais dans sa direction. Une grande satisfaction monta en elle et, serrant son épée à deux mains, elle se tint prête. Au souffle où les chevaliers pénétraient le cercle de la jument, elle s'élança, pointe levée, en direction du premier étalon. L'animal passa au galop comme s'il était composé de vent et la lame de Sylvéa ne fendit que l'air. Emportée par son élan, elle se retrouva agenouillée sur le sol, hurlant sa frustration tandis que les chevaux traversaient son corps d'éther.
Immobile sur l'herbe, sa respiration se calma doucement et sa fureur retomba comme elle était apparue. Que s'était-il passé ?

Pourquoi avait-elle bondi ainsi sur des hommes qu'elle ne connaissait pas ? D'où venait cette colère et qui étaient ces chevaliers ?
Le cours de ses pensées fut brusquement stoppé par le nez bombé de la pouliche qui poussait doucement son épaule.
—Je ne comprends rien à ce qui vient de se passer… je crois que tu m'as sauvé la vie ! Je ne sais pas comment tu as procédé pour me protéger de ma propre folie mais je t'en suis reconnaissante. Je ne dois pas périr avant l'achèvement de ma mission.
L'image de Solgi s'imposa avec force dans son esprit. Elle se redressa, ramassa son épée, la rangea dans son fourreau et reprit sa route comme si rien d'anormal n'était survenu.

***

L'installation des canidés dans les grottes de mon rêve prophétique ne posa aucun problème. L'endroit était magnifique. L'atteindre ne fut cependant pas évident car nous dûmes franchir deux cols avant de nous retrouver sur le plateau qui serait désormais la terre des chiens.
Les dix exilés semblaient maintenant heureux d'avoir pris part à l'aventure. Pendant le voyage, des liens s'étaient tissés entre les membres de la meute et au temps fleuri prochain, je prévoyais déjà plusieurs naissances.
J'aurais pu poursuivre ma route vers le pays des hommes le lendemain même de notre arrivée, mais je m'étais attaché à ces individus et répugnais à les quitter déjà.
Il me fallut pourtant partir plus vite que je ne l'aurais souhaité car le temps pluvieux arrivait, les sommets ne tarderaient plus à se couvrir de neige. Il me fallait les traverser avant.

***

Trois jours et trois nuits s'écoulèrent encore. Aucun accès de colère n'avait plus pris Sylvéa mais la jument avait de nouveau usé de sa magie pour les dissimuler aux yeux des hommes.
La pouliche l'avait menée vers un champ cultivé par de nombreux fermiers. Rapidement, l'elfine les avait identifiés comme étant des humains. Bien qu'elle en vît pour la première fois, son père lui en avait tant parlé qu'elle ne pouvait que les reconnaître. Apercevant ces cultivateurs, la petite cavale baie s'était tout de suite mise à galoper autour de Sylvéa et encore une fois, cette dernière s'était sentie plus légère et nul n'avait semblé l'apercevoir. La jeune elfe ne s'était pas posé de question, si sa compagne ne souhaitait pas que les paysans la voient, elle avait sûrement de bonnes raisons. Les elfes n'étaient peut-être pas appréciés dans ce monde ? Sylvéa était désormais persuadée que la jument la protégeait, l'épisode des chevaliers constituait une preuve suffisante. Elle avait donc voyagé sans crainte pendant ces dernières journées.
Ce soir en revanche, l'atmosphère devenait lourde, comme chargée de menaces. Chaque bruit s'était atténué jusqu'à s'éteindre tout à fait. Le silence régnait depuis maintenant quelques chiffres. Tout demeurait sombre alentour et la pouliche avait cessé ses allées et venues. Elle marchait maintenant devant l'elfe d'un pas hésitant, tous les sens aux aguets, les oreilles tournant à chaque murmure.
Brusquement, un craquement sec retentit derrière elles. La jument accomplit un brusque demi-tour, ses yeux écarquillés laissaient apparaître leur bord blanc. Le cœur de Sylvéa bondit dans sa poitrine. À son tour, elle fit volte-face, elle entendait maintenant un grondement sourd et le sol sous ses pieds nus s'était mis à trembler. Trois énormes étalons de guerre venaient d'apparaître au détour du chemin de terre, la bouche ouverte et écumante sous l'action dure de larges mors à levier. Les chanfreins métalliques qu'ils portaient dissimulaient en partie leurs regards tourmentés. Les cavaliers, bardés de pièces d'armure, poussaient leurs montures en hurlant, fléaux d'arme dressés, prêts à frapper.

À nouveau, un sentiment qui ne venait pas d'elle s'imposa dans l'esprit de Sylvéa, elle devait tourner les talons et s'enfuir. Pourtant, elle ne put bouger en voyant la petite jument s'élancer pour faire face aux chevaliers.
Des paroles retentirent en elle :
Elle ne tiendra pas longtemps. COUREZ !
Le maigre barrage que sa volonté tentait de maintenir se brisa net sous la pression de cette voix. Malgré son désir de venir en aide à sa compagne de voyage, ses jambes échappèrent à son contrôle. Elle se rua en arrière puis se détourna à contrecœur de son amie équine.
Plus vite, elle devait avancer toujours plus vite, sa gorge la brûlait et son esprit torturé ne cessait d'être assailli par des images sanglantes. Malgré toute la magie qu'elle paraissait posséder, comment la pouliche pourrait-elle survivre à l'assaut de trois destriers montés par de puissants guerriers ? On tentait de stopper ses pensées, elle devait se contenter de courir. Les arbres défilaient de chaque côté de la route. Courir. Un hennissement de souffrance retentit dans l'air du soir, suivi par un terrible hurlement de triomphe.
Sylvéa s'arrêta net mais une force terrible la tirait en avant, ses pieds qu'elle tentait de fixer dans le sol laissèrent deux traînées dans la terre sèche du sentier.
COUREZ !!!
Encore une fois, sa volonté céda, ou peut-être la peur elle-même l'avait-elle remise en avant car elle percevait à nouveau le tonnerre des sabots claquant sur le chemin et le bruit métallique produit par les fléaux d'armes.
Elle était seule dans un monde inconnu, poursuivie par des chevaliers dont elle ne savait rien. Le paysage défilait. Ses pieds touchaient-ils encore le sol ou volait-elle ? Malgré tous ses efforts, le fracas des armes se rapprochait à chaque instant. Son corps entier s'enflammait, l'air ne parvenait plus à ses poumons, elle n'avait même plus la force d'emprunter une direction précise. Le chemin qu'elle suivait tourna brusquement mais la jeune elfe

continua tout droit, fendant les buissons parfois épineux. Elle ne parvenait plus à penser, ses jambes poursuivaient leur effort et seule la douleur subsistait, la douleur et le vacarme de plus en plus proche derrière elle.
Soudain, elle s'arrêta, net. Elle se trouvait au bord d'un lac. Un croissant de lune se reflétait dans les eaux paisibles. Que faire ?
Sylvéa se retourna. Elle n'avait plus le temps de fuir, les cavaliers venaient de surgir d'entre les arbres à quelques vingtaines de longueurs à peine. Tout était terminé, elle allait mourir, sans même savoir pourquoi.
L'image de Solgi revint avec force dans son esprit. Elle ne pouvait pas l'abandonner, elle devait le venger. Mais comment ?
Alors que les sombres étalons approchaient, l'infernal tremblement de la terre s'amplifiant à chaque foulée, un terrible froid sembla monter du sol. Sylvéa frissonna et observa, incrédule, une épaisse brume s'élever. Elle parut se tendre lentement vers les chevaux lancés à grande vitesse. Dix longueurs les séparaient désormais de Sylvéa. Le frimas glacé la tenait et l'elfine demeurait immobile, contemplant sans trop y croire l'inexorable progression des chevaliers. Elle regardait la mort arriver au galop. Sa mort.
Mais le brouillard hostile s'interposa entre son corps et ses ennemis. Les trois destriers se cabrèrent avec des hennissements de frayeur. La vapeur glaciale entoura leurs corps couverts de sueur blanche et les hurlements de peur se muèrent en de stridents grincements. À son tour, Sylvéa se mit à crier. Ce son terrible, c'était la terreur elle-même, l'expression du mal le plus profond. La plainte sifflante pénétrait son être avec violence, menaçant de le faire exploser… et subitement, tout fut fini. Ses poursuivants s'étaient évanouis en même temps que les ténèbres hivernales et la mort. À la place, une grande quiétude envahit les lieux. La brume s'était faite délicate et une agréable tiédeur envahissait Sylvéa.
Elle se retourna avec calme vers le lac maintenant dissimulé par l'épais voile blanc. Inconsciemment, elle porta ses deux mains

jointes à sa bouche et souffla doucement. Un appel léger s'éleva alors, brisant avec douceur la sérénité des lieux, résonnant comme le chant d'un oiseau nocturne.
Sylvéa baissa les mains et un léger clapotis se fit entendre. Une barque venait de fendre l'eau plate du lac. Six rameurs à moitié nus, la peau tatouée de mystérieuses runes, apparurent fendant le brouillard. Quand l'embarcation s'arrêta devant elle, Sylvéa s'y engagea. Elle se retourna tandis que les hommes effectuaient un demi-tour et affronta les brumes insondables du lac.
Avec assurance, elle tendit ses deux bras vers le ciel, paumes tournées vers les étoiles invisibles et ferma les yeux quelques instants. Une pensée insidieuse parvint à rompre l'espace d'un instant sa concentration. Que faisait-elle ici ? À quel genre de rituel s'adonnait-elle ? Une force intérieure repoussa ces questions et elle entra dans une sorte de transe. Elle respira profondément, expirant lentement. Le brouillard devenait plus épais encore et même ses yeux perçants d'elfe ne parvenaient plus à traverser les ombres blanches.
Puis, brusquement, comme un rideau se déchire, la brume se dissipa.
Une étroite plage ensoleillée se dévoila, bordée par de vastes prairies jonchées de pommiers et derrière elles, une butte élevée autour de laquelle s'enroulait un chemin menant à son sommet où le soleil matinal faisait briller un monument de pierre semblable aux portes des mondes d'Astheval.
Sur le rivage, devant quelques habitations de granite, neuf femmes attendaient.
La barque s'arrêta contre le mince banc de sable et Sylvéa sauta avec légèreté sur le sol. L'une des femmes s'avança, un tissu émeraude brodé d'or jeté sur sa robe ténébreuse, une branche de pommier à la main. Elle était petite et ses yeux sombres dévisageaient Sylvéa sans complexe. Malgré le capuchon noir qu'elle portait, quelques mèches brunes volaient devant son magnifique visage rond.
— Bienvenue sur l'Île des Brumes, elfe Sylvéa. Bienvenue en Avalon.

En dépit de ses paroles cordiales, son ton demeurait glacial.
— Je suis Mori-Gena, la fée Morgane, déesse hivernale et reine guérisseuse. Celui que tu recherches se trouve bien parmi les prêtresses de Ceridwen. Son ombre t'attend au sommet du Tor. Demoiselle Saraide t'y conduira.
Sur ces mots, elle tourna les talons et suivie par sept des femmes, elle disparut derrière une grande arche de pierre sous le regard interrogateur de Sylvéa.
La barque s'était volatilisée et il ne resta bientôt sur le sable qu'une seule femme. Elle s'approcha à petits pas vers Sylvéa. Un sourire accueillant se dessinait sur ses lèvres pleines. Une sorte de chaperon bleu nuit, assorti à la lourde cape posée sur ses épaules, dissimulait ses cheveux. Ses étranges yeux en amande semblaient un instant empreints de tristesse et celui d'après, emplis de joie. Cette femme incarnait pour Sylvéa la beauté humaine. Son corps, très différent de celui des elfes, lui paraissait magnifique. Face à cette demoiselle à la poitrine haute et à la taille fine soulignée par une robe écarlate, Sylvéa regretta ses formes elfiques qui paraissaient aux yeux des humains presque androgynes.
— Je me prénomme Saraide, disciple de la fée Viviane en la forêt de Brocéliande. C'est un honneur pour moi de vous rencontrer, elfe Sylvéa. Ma maîtresse Nimue m'a spécialement envoyée en Avalon pour vous accueillir. Miviene tenait aussi à ce que votre chemin croise celui de Joupie...
Tous ces noms inconnus tournaient dans l'esprit de l'elfine sans parvenir à faire sens.
— Joupie…
Le magnifique visage de son interlocutrice s'assombrit.
— Son sacrifice ne sera pas vain, vous avez échappé aux chevaliers saxons et vous emmènerez avec vous *le* roi.
Sylvéa fronça les sourcils.
— Je suis confuse, dit-elle, je ne comprends pas vos paroles.
— Bien sûr, se réprimanda la jeune femme, vous ne pouvez saisir l'histoire qui ne fut jamais vôtre.

« Ce monde connut un grand roi il y a peu, demi-frère de la fée Morgane. Par malheur, leur fils, conçu dans l'ignorance de leur lien de parenté, trahit son royaume et s'allia à l'ennemi saxon pour renverser son père. Une terrible bataille éclata au cours de laquelle tous périrent ou presque. Le roi mourant fut mené en ce lieu brumeux et son ombre attend pour un jour renaître et libérer la petite Bretagne du joug de ses oppresseurs. Il doit pourtant se rendre en Astheval et y remplir son rôle de gardien avant de renaître en notre monde.

« Venez, continua Saraide, je vous conterai la suite le long du sentier aux processions.

D'un pas lent empreint de grâce, la jeune femme s'engagea sur le chemin de terre qui montait en spirale le long de la colline jusqu'au monument de pierre. Sa lourde cape bleu nuit laissait derrière elle une longue traîne, rehaussant la terrible majesté de la fée.

— ...notre roi possédait en ce bas lieu une épée nommée Excalibur, présent des fées d'Avalon. Tant qu'il la portait sur lui, à peine pouvait-il perdre quelques gouttes de sang. Toutefois, lors de la bataille de Camlann, grièvement blessé, le roi Arthur demanda aux deux seuls guerriers survivants de l'emmener près du lac où il enjoignit Bedivere de jeter l'épée dans les eaux. Réticent, le chevalier finit par s'exécuter et il vit avec stupeur une main émerger du lac pour saisir la lame. Il s'agissait de celle de Morgane la fée. Elle brandit trois fois la lame avant de l'entraîner avec elle. Furieuse que le roi Arthur ait tué son fils, elle avait décidé de le priver de son épée de puissance et de la cacher en un lieu tenu secret dans le monde d'Astheval.

« Cependant, dans un élan de compassion pour son demi-frère, elle devint guérisseuse et envoya un bateau quérir son corps. Accompagnée de deux reines, de la Dame du Lac et de ses prêtresses en capuchon noir, la fée Morgane emmena le roi en cette île. Grâce à un sortilège, elle le figea dans l'espoir qu'il revienne un jour à la vie. Il demeure depuis pétrifié, attendant ta venue pour se rendre en Astheval. Seule ta présence pouvait permettre aux portes de s'ouvrir à nouveau sur ton monde.

« Là-bas, il demeurera esprit et gardien des frontières entre les univers jusqu'à ce qu'Astheval choisisse une nouvelle sentinelle. Alors un être mortel, pourtant fils de dieux, lui redonnera vie. Avant de rejoindre son monde et de libérer la petite Bretagne, Arthur devra néanmoins retrouver son épée, présent des fées.

Le sentier escarpé laissait Sylvéa essoufflée tandis que Saraide conservait une respiration des plus calmes. Cependant, le récit la captivait tant qu'elle gravit la sente sans même y penser.

— Vous disiez que votre maîtresse avait dépêché pour moi un être. S'agit-il de la pouliche qui me protégeait ? demanda Sylvéa.

— En effet, jeune elfe, Joupie était l'envoyée de Nimue. Malheureusement, les cavaliers saxons délégués par l'ennemi pour détruire la prophétie ont eu raison de ma jument. Elle fut pour moi plus qu'une compagne mais Joupie connaissait la fin de sa mission. Elle a accepté l'offre de la fée Viviane avec un grand courage. Son sacrifice ne sera pas vain. Grâce à sa bravoure, vous êtes parvenue jusqu'au monde d'Avalon et le roi Arthur pourra cheminer jusqu'en Astheval…

La prêtresse resta silencieuse un instant et Sylvéa songea de nouveau à la pouliche qui l'avait protégée tout en sachant qu'elle en mourrait. Une question s'imposa aussitôt à son esprit.

— La jument m'a défendue un jour contre un groupe de cavaliers que je m'apprêtais étrangement à attaquer...

— Joupie possédait quelques talents magiques bien utiles pour cette tâche. Ces chevaliers appartenaient à la garde du nouveau roi, Cador, ancien duc de Cornouailles. Ton geste fut inspiré par Morgane la fée. Ses réactions sont parfois obscures et semblent même souvent incohérentes. Elle a tenté de te tuer en contraignant ton esprit à combattre ces guerriers puis elle t'a sauvée plus tard en utilisant ses pouvoirs ténébreux contre les trois cavaliers saxons... Ses pensées sont impénétrables et nous ne connaîtrons sans doute jamais ses motivations.

La progression dura longtemps encore et Saraide ne cessa d'entretenir Sylvéa à propos des histoires de son monde. Elle discourut longuement sur un paladin nommé Lancelot et sur son amour interdit pour l'épouse du roi Arthur. Elle parla aussi des autres chevaliers de la Table Ronde instaurée par le demi-frère de Morgane, puis de l'enchanteur Merlin qui avait permis à l'histoire de se dérouler ainsi…

Quand elles atteignirent le sommet du Tor, le soleil allait disparaître à l'horizon.

— Nous voici devant les Portes des Mondes d'Avalon, Sylvéa.

« Vous rencontrer fut un véritable plaisir. Je chérirai jusqu'à la fin le souvenir de cette lente ascension.

« Pénétrez le cercle de pierres, un corps de marbre repose en son centre, dessinez de votre sang d'elfe sur son front un cercle plein puis tournez-vous vers la porte d'Astheval. Vous saurez de laquelle il s'agit... Franchissez-la sans vous retourner, le roi vous suivra.

— J'ai une dernière question, Saraide, demanda Sylvéa. Qui est le gardien des portes d'Avalon ?

Un tendre sourire se dessina sur les lèvres parfaites de la jeune fée.

— Nous le sommes toutes, nous, les prêtresses de Ceridwen.

Sur ces mots, elle baissa la tête et se retourna, son ample cape bleue ondulant, comme portée par le vent. Puis lentement, elle se mit en marche le long du sentier sans plus regarder en arrière.

Sylvéa demeura un instant immobile, les yeux fixés sur l'endroit où Saraide venait de disparaître, mais les derniers éclats orangés du soleil ne tardèrent pas à la tirer de ses pensées. Peut-être voyait-elle un astre du jour pour la dernière fois... Son cœur se serra et le visage de Solgi apparut dans son esprit.

Encore un souffle, mon amour, j'arrive… Une dernière fois, je contemple les étoiles puis je reviens en Astheval pour venger ta mort.

Troisième partie

La Vallée de l'Agrante

Sylvéa ne pouvait dire exactement ce qui fut le plus difficile lors de son retour en Astheval… Réaliser qu'elle devait maintenant quitter à jamais la forêt où elle avait toujours vécu ? Se retrouver seule à nouveau ? Ou bien lever les yeux vers l'absence de ciel ?
Suivant à la lettre les instructions de Saraide, l'elfine avait pénétré le cercle mégalithique. Le gisant de marbre gris se tenait en son centre. Ses larges mains reposaient sur sa poitrine. Il portait une cotte de maille intégrale mais son visage était découvert. Ses traits étaient plus anguleux que ceux des elfes et ses joues se couvraient d'une barbe courte – Sylvéa n'en avait jamais vu auparavant. Ses yeux étaient clos mais on lisait à travers les paupières de pierre une intense souffrance. Son âme n'avait pas trouvé le repos dans la mort. Un instant, elle avait éprouvé de la pitié pour ce roi déchu. Puis le regard douloureux de Solgi s'était interposé. Déterminée, elle s'était entaillé l'index de la pointe de son épée jusqu'à voir apparaître une perle de sang. Sur le front haut du monarque, elle avait tracé le cercle puis avait franchi le seuil des univers sans se retourner. Le temps de cligner des yeux, le corps de marbre du roi se tenait debout à la place du peuplier blanc qui attendait désormais à l'extérieur du cercle. Ses branches doucement secouées par une brise matinale semblaient danser langoureusement.
La jeune elfe l'observa un instant puis revint vers le roi. Aucun mouvement ne l'animait, en dehors de sa position, rien n'avait changé. Saraide évoquait une prophétie, le retour de leur souverain… Reviendrait-il vraiment les libérer un jour ?
Le temps ne compte pas.
C'était comme si toutes les pierres du monument venaient de se mettre à vibrer, formant ces quelques mots.
Le roi qui fut et qui sera ressuscitera.
Sylvéa resta un instant sans voix puis elle hocha lentement la tête.

— Je n'ai plus personne à délivrer et pour moi, le temps compte. Ma vengeance approche…
Sur ces mots, elle se retourna et quitta le monument. Une pensée s'insinua dans son esprit. Sans doute était-elle la seule personne en Astheval à connaître l'existence de ces portes et des autres mondes sur lesquels elles ouvraient...

***

Sylvéa suivait depuis quelques jours déjà le cours tumultueux de l'Agrante. Pendant son voyage dans l'autre monde, les feuilles des arbres avaient pris les teintes du temps de l'eau et il ne cessait plus de jaillir.
Voyant sa réserve de pains de voyage diminuer, la jeune elfe commença à faire provision et à se nourrir de châtaignes, noisettes et baies de la saison. Un soir, elle s'arrêta devant un grand noyer bleu et profita des nombreuses noix qui jonchaient le sol pour remplir son sac. Elle décida également de préparer quelques nouveaux pains. Dans la gibecière, sa mère avait placé tout le nécessaire dont un bol de bois et un pilon. Elle décortiqua une pleine poignée des fruits secs et les écrasa longuement, produisant une pâte aux reflets d'azur. Elle la disposa ensuite sur de larges feuilles en petits blocs concentrés. Sa tâche accomplie, elle grimpa dans l'arbre et se coucha sur une branche, à l'abri des éventuels prédateurs.
À quelques longueurs, un peu en retrait, un jeune peuplier blanc venait de s'arrêter pour plonger ses racines dans une flaque d'eau fraîche...

Le paysage défilait, toujours semblable : sur sa gauche, le large cours de l'Agrante et à sa droite, la profonde forêt. Son père lui racontait souvent que les hommes nommaient cet endroit les Terres Oubliées. Sylvéa ne pouvait pas leur donner tort : tout paraissait si mort et vide... À peine croisait-elle de temps à autre la course d'un animal. La présence de Joupie à ses côtés lui manquait

terriblement et elle entrait quelquefois dans une transe profonde, s'éveillant des jours plus tard seulement, les jambes fourbues d'avoir tant marché et l'esprit brumeux.
Un matin, lorsqu'elle sauta au bas du châtaignier où elle venait de dormir, ses pieds nus rencontrèrent le sol glacé, couvert d'une fine pellicule brillante. La température avait fortement chuté ces derniers temps et l'eau jaillissant du sol s'était mise à geler au contact du froid mordant. Dans son Falsp, la magie des anciens maintenait tout au long du cycle un climat tempéré mais ici, Sylvéa ne cessait de frissonner malgré la grande résistance de ceux de sa race.
Le temps semblait ne plus exister. Elle n'avait personne à qui parler, nulle présence réconfortante. Seul l'écho de son arbre résonnait en elle, une entité froide, dépourvue d'émotions. Pourtant elle devait continuer de survivre pour assouvir enfin sa vengeance.

Le temps froid passa et avec lui les terribles gelées matinales puis un beau matin, alors que le monde semblait dormir encore, une première fleur perça le sol glacé pour s'épanouir en de multiples couleurs. Peu à peu, Astheval s'éveilla. On voyait maintenant courir le long du fleuve les jeunes qâas et l'on pouvait entendre de temps à autre le doux feulement d'un leorce.
Mais Sylvéa ne remarquait rien de tout cela, sa marche continuait, monotone, et la forêt semblait ne jamais s'arrêter. Combien de temps encore devrait-elle poursuivre sa route avant de franchir enfin la montagne qui la séparait du monde des hommes ?
Le paysage demeurait similaire depuis son départ mais, au fil de son périple, l'Agrante se faisait moins large et progressivement, la nature des arbres changeait. Ainsi on voyait apparaître de hauts flibustiers : ces végétaux aux aiguilles courbées comme des crochets et d'un noir profond qui servaient à la construction de bateaux. Lorsque l'on brisait l'une de ses alênes concaves, une écume blanche s'écoulait. Sylvéa ne se priva pas de ce liquide frais.

Elle en aurait bien garni sa gourde mais le sucre présent dans le fluide risquait de former un bouchon, obstruant l'ouverture.

Le temps fleuri touchait maintenant à sa fin, les pétales commençaient à s'envoler, tourbillonnant autour de la jeune elfe. Elle venait de s'éveiller d'une longue transe et son esprit confus l'obligea à marquer une pause. Elle décida de s'arrêter au bord de l'Agrante où elle fit provision d'eau fraîche. Le brouhaha des flots couvrait tout autre son et Sylvéa choisit de ne pas s'y attarder trop longtemps. Il lui semblait sentir une présence inconnue et elle préférait garder l'oreille attentive aux moindres bruits.
Elle s'installa finalement à distance du fleuve au pied d'un jeune saule et mordit à pleines dents un pain de voyage aux noix bleues. Une étrange senteur persistait que Sylvéa ne parvenait pas à identifier. Piquée par la curiosité, elle ne put s'empêcher de se remettre en route et furetant de droite et de gauche, elle tenta de suivre la piste laissée par ce curieux arôme.
Tandis qu'elle gravissait une colline dénudée, un son inconnu s'additionna à l'odeur de plus en plus forte. Ainsi à découvert, la jeune elfe se sentit soudain vulnérable et elle s'agenouilla au sol pour continuer son ascension entre les hautes graminées. Elle atteindrait bientôt le somment du monticule, il lui restait à peine une longueur à parcourir. Tous ses sens étaient tournés vers cette butte et elle ne remarqua pas le vent qui changeait de sens ni les ombres qui se faufilaient à sa suite...
Elle venait enfin de terminer son ascension et resta sans voix devant la scène qui se déroulait devant elle. Des milliers de petits êtres travaillaient en contrebas : creusant, piochant, poussant devant eux de grosses brouettées de terre et de rochers. Comment n'avait-elle pas mieux entendu le vacarme qui se dégageait de cette étrange carrière ? Les créatures continuaient leur travail, formant une longue procession de brouettes. Vu de cette hauteur, on aurait cru une gigantesque colonie de fourmis ouvrières !
Une pointe s'enfonça entre les omoplates de Sylvéa qui sursauta. Elle se retourna précipitamment pour découvrir trois de ces petits

individus penchés sur elle, arme en main. Si ceux que Sylvéa avait vus dans la vallée représentaient les fourmis ouvrières, elle venait de rencontrer leurs homologues guerriers...
Vu de près, les êtres semblaient humanoïdes mais leurs bras démesurés tombaient presque jusqu'au sol et leurs courtes jambes aux genoux cagneux étaient couvertes d'écailles pointues. Ils portaient des casques ronds pourvus de deux ouvertures triangulaires laissant passer de longues oreilles pointues. Leur peau brune tirait sur le vert.
Le plus grand des trois poussa un grognement guttural et Sylvéa eut juste le temps de sentir une douleur aiguë au niveau de sa tempe avant que tout ne disparaisse.

Un terrible brouhaha l'entourait, résonnant le long de son corps et amplifiant la douleur sur le côté de sa tête. Sylvéa grimaça et tenta de soulever ses paupières, son corps pesait d'une étrange manière... Les images qu'elle reçut lui apprirent qu'elle se trouvait dans un lieu dépourvu de lumière. Sa vision elfique lui permettait pourtant de distinguer tous les coins d'une pièce totalement vide. Comme rien ne semblait bouger, elle voulut se lever mais on l'avait étroitement ligotée contre le mur et elle ne put faire aucun geste.
Le monde parut se mettre en mouvement autour d'elle, se trouvait-elle allongée ? Debout ? Sylvéa secoua la tête et elle sentit que ses cheveux courts ne retombaient plus sur son front. Elle ne rêvait pas et sa céphalée n'était pas seulement due au coup qu'elle avait reçu : c'était le plafond qu'elle distinguait derrière ses pieds et elle était maintenue tête en bas !
Une porte s'ouvrit à l'autre bout de la pièce et une courte silhouette se détacha sur la lumière extérieure. Sylvéa saisit quelques grognements quand l'être pénétra dans la pièce, fermant derrière lui le lourd battant de bois.
Il s'arrêta finalement devant la jeune elfe. Ses yeux se trouvaient juste au niveau de ceux de Sylvéa. Il possédait de grands cils épais dissimulant en partie des pupilles pâles.

— Humf... Gratlvodichtcak.
Il posa un long doigt noueux sur son menton sans cesser d'observer Sylvéa puis ses yeux semblèrent s'éclairer. Il fixa un point sur le sol à côté de la jeune elfe et se pencha en tendant ses bras démesurés. Quand il se redressa, elle découvrit que l'étrange être portait entre ses mains l'épée du destin. Elle voulut hurler à l'inconnu de retirer ses sales pattes du présent de son père mais sa position ne lui permettait pas de parler de façon intelligible.
Impuissante, elle observa l'humanoïde qui caressait doucement la garde. Il leva sur elle des yeux emplis de larmes et prononça d'une voix hésitante :
— Ainsi, il est mort.
Il soupira et continua d'une voix morne teintée d'un fort accent :
— Et vous êtes sa fille. Voici bien longtemps qu'il est parti mais je n'oublierai jamais l'ami qu'il fut pour nous.
Ses paroles s'éteignirent un instant puis il hurla quelques sons gutturaux. Aussitôt, cinq petits êtres entrèrent dans la pièce, vinrent détacher Sylvéa et l'installèrent, toute désorientée après ce long moment passé la tête en bas, contre un coussin moelleux. Puis après un nouvel ordre aboyé dans cette langue âpre, ils disparurent tout aussi rapidement.
— Excusez-moi pour cet accueil, reprit l'être. Nous ne portons pas dans notre cœur les grandes gens. Sauf votre père qui nous sauva autrefois de l'esclavage des hommes. Il était un être inoubliable, il savait ressentir les ondes du futur et avait prévu votre venue. Le temps vous est compté, jeune elfe…
Il se retourna et ramassa un gros paquet apporté par l'un de ses disciples.
— Il y a bien longtemps, il m'a demandé de garder ceci pour vous.
Il poussa le sac vers Sylvéa.
— Maintenant, je dois vous laisser. Mon peuple, les Grichkoks, construit une nouvelle cité et je dois surveiller sans cesse les travaux. Quand vous aurez pris du repos, quittez ce lieu en vous dirigeant droit vers le triangle de bois puis vous obliquerez vers l'amont de l'Agrante. Nul ne tentera de vous arrêter.

Sur ces dernières paroles, l'individu quitta la pièce d'un pas rapide. Sylvéa demeura immobile quelques instants, les yeux fixés sur le bagage. Comment son père avait-il pu prévoir sa venue en ce lieu ? Elle ne connaissait pas non plus l'épisode de la libération de ces « Grichkoks » ! Elle tendit les mains vers le paquetage puis se ravisa. Et si rien de tout ceci n'était vrai. Si elle ne faisait que rêver ? Une terrible angoisse la prenait. Ce sac représentait en quelque sorte une partie de son père… Disparaîtrait-il à jamais si elle se risquait à le toucher ?
L'elfine resta un long moment sans bouger avant que la curiosité ne la pousse à saisir le paquet. Elle ferma les yeux au moment où ses longs doigts effleurèrent le vieux cuir. Une sensation de fraîcheur l'envahit. Elle entrouvrit les paupières. Il était toujours là !
Sylvéa l'attira doucement à elle et le délaça. Une magnifique tunique d'un vert sombre apparut alors. Elle la souleva et se leva pour l'enfiler. C'était doux, chaud et on l'aurait crue taillée sur mesure. Sylvéa jeta au loin les bandes de cérémonie qu'elle portait jusque-là. Elle ne voulait plus les revoir, leur simple présence lui rappelait trop l'issue de cette terrible journée.
Une fois vêtue, elle s'agenouilla devant le sac. Il y avait une seconde tunique semblable mais de coloris marron et une troisième, grise. Elle les mit de côté et plongea à nouveau la main. On avait placé de nombreuses provisions emballées dans des tissus noirs. Elle fouilla quelques instants et ses doigts rencontrèrent un papier de couleur claire. Elle les éloigna précipitamment et observa longuement le document. Le blanc éclatait au milieu des étoffes foncées. Elle mourait d'envie de s'en saisir mais le redoutait à la fois. Et si ce n'était pas ce qu'elle espérait ? Un peu tremblante, elle tendit la main vers la feuille et l'attrapa. Elle était pliée plusieurs fois. Elle l'ouvrit lentement, priant pour qu'il s'agisse bien d'un message…
Quand ses yeux aperçurent les runes noires et qu'elle reconnut l'écriture élégante de son père, elle faillit s'évanouir tant la joie la traversait. Elle resta ainsi à contempler les douces formes sans

pouvoir les lire, juste heureuse de retrouver l'espace d'un instant la présence de son père. Il lui semblait pouvoir saisir son odeur imprégnée dans le papier. Elle essuya d'un revers de main l'unique pleur qui coulait le long de sa joue et se concentra sur les runes.

Ma petite Sylvéa,

Je ne te connais pas encore mais je sais déjà combien mon cœur t'aimera. Je vais te parler comme si nos vies n'étaient plus que passé ; je sais tout ce que nous partagerons.

Je savais avant de partir pour cette guerre que j'y laisserai ma vie et je voulais te demander de me pardonner de ne pas avoir tenté d'y échapper. C'était mon destin, et je ne me sentais pas le courage de m'y dérober sachant tout ce que cela impliquerait. Toi aussi, ma fille, tu viens d'emprunter le long sentier de ton destin.

Tu as déjà compris qu'il te fallait traverser le pays des hommes et j'ai tout fait pour t'y préparer. Ton niveau d'escrime te permettra de survivre dans ce monde de violence et ton esprit vif saura se débrouiller en toute circonstance, j'ai confiance en toi. Te souviens-tu de la langue que nous parlions ensemble ? Nous étions seuls à la comprendre et ainsi, nous avions l'impression d'être deux âmes à part, tellement plus proches... Cette langue est celle des hommes. Je devais te l'apprendre afin de te préparer à ton destin.

Sois forte, ma fille, et n'agis jamais que par amour. La route est toujours semée d'embûches alors profite de chaque instant heureux, ne néglige aucun de ces souffles et sache que tout au long de ta vie, l'amour que je te porte demeurera, je serai toujours en ton cœur.

Pardonne-moi pour la vie que je t'offre,

Ton père, qui t'aime.

Sylvéa plia la lettre et la porta contre son cœur, les yeux désormais remplis de larmes.
— Moi aussi je t'aime, père, murmura-t-elle. Je suivrai le chemin de mon destin tête haute, comme toi.
Sur ces mots, elle ramassa ses effets et les rangea dans un sac que son père avait prévu. Il y avait à l'intérieur une bourse bien rebondie et des bottes de belle facture qu'elle enfila prestement. Elle n'était pas habituée à porter des chaussures mais si son père en avait prévu, c'est qu'elle en aurait besoin. Elle fourra les provisions dans sa gibecière. Sous les pains de voyage, il y avait un grand manteau noir doublé à l'intérieur d'une matière très douce. Elle l'étendit sur le sol et s'y allongea. Elle suivrait les conseils du vieux Grichkok : elle dormirait d'abord tout son soûl avant de poursuivre sa route.

***

Sylvéa ne sut jamais combien de temps elle avait dormi mais quand elle s'éveilla un matin, elle se sentit fraîche et reposée comme jamais. Elle rangea la lettre de son père dans une poche contre sa poitrine et passa ses affaires sur son dos. Il ne lui restait plus qu'à partir !
Quand elle ouvrit la basse porte bâtie dans un matériau inconnu, elle fut assaillie par le vacarme phénoménal jusque-là atténué. Les Grichkoks besognaient autour d'elle, cassant la roche, transportant des outils hétéroclites ou de longues poutres de bois. Infatigables, ils semblaient submergés de travail mais chaque fois qu'elle croisait le chemin de l'un d'eux, il s'arrêtait et prenait le temps de s'incliner très bas dans une position de profond respect. Sylvéa ne se sentait pourtant pas à l'aise parmi eux et il lui tardait de quitter ce lieu bruyant et presque insupportable pour ses fines oreilles d'elfes.
Elle repéra rapidement le triangle de bois indiqué par le Grichkok. Il se révéla être une hutte pour les guerriers. L'un d'eux marcha à sa rencontre, se prosterna quelques souffles puis tendit le bras

dans une direction. Sylvéa hocha la tête, ce devait être l'itinéraire à suivre pour rejoindre les flots de l'Agrante. Elle remercia le petit être et suivit son conseil.
Il lui fallut plusieurs chiffres de marche pour retrouver la berge du fleuve. Elle venait de gravir une forte pente quand l'onde brillante se révéla à ses yeux. Légèrement pantelante après la montée, Sylvéa resta sans voix devant l'immense étendue qui s'offrait à elle. La forêt venait de disparaître et à perte de vue se déployait désormais une plaine insondable. Enfin, elle allait quitter les Terres Oubliées des elfes et pénétrer dans les steppes arides.
Elle savait qu'il ne faudrait jamais s'éloigner de l'Agrante car aucun cours d'eau ne parcourait ce désert et il jaillissait si rarement que seuls quelques êtres désignés par les dieux pouvaient y survivre. Pourtant, au bord du fleuve, les prédateurs seraient bien plus nombreux...
Une chaleur écrasante l'accompagna tout au long de sa traversée des landes stériles. La terre ocre s'élevait en poussière à chacun de ses pas, ternissant l'éclat rose des rases bruyères, seul végétal assez fou pour oser croître dans ce lieu désolé.
Sur le rivage, la flore se faisait plus variée mêlant la senteur sucrée des fleurs à celle plus épicée des herbes vertes. La touffeur devenait plus moite à proximité de l'eau. Des insectes de toutes formes grouillaient dans cette oasis, produisant un crissement presque métallique. D'autres animaux plus imposants profitaient aussi de ce havre et l'elfine dut déjouer à plusieurs reprises les pièges de quelque prédateur, aucun assez rusé pour la berner, bien heureusement. Elle était consciente qu'une harde de leorces n'aurait en revanche aucun mal à la prendre en chasse. Grâce à leur formidable travail d'équipe, ils seraient trop nombreux pour qu'elle les élimine tous de ses flèches et ils l'encercleraient en un souffle. À tout moment, ils pouvaient attaquer et la pression devenait telle qu'au moindre bruit, la jeune elfe bondissait. Elle ferma un instant les paupières et pensa à son père. S'il l'avait envoyée par-là, ce n'était pas pour la laisser mourir parmi les leorces et elle devait accomplir son destin sans crainte. Elle sentait

sa présence vibrer en elle, plus forte que tout le reste. L'image de Solgi s'imposa également dans son esprit.
Quand elle ouvrit les yeux, le calme l'emplissait. L'elfine se sentait prête à assumer toutes les épreuves qui se dresseraient entre elle et sa mission. Entre elle et l'Ombre Maléfique.
Petit à petit, des contours sombres étaient apparus à l'horizon, grandissant jour après jour jusqu'à devenir les colossales montagnes qui s'étendaient maintenant devant Sylvéa. Il ne lui faudrait sûrement plus très longtemps pour les atteindre et en les franchissant, elle découvrirait enfin le monde des hommes.
La jeune elfe se raidit. Brusquement le vent avait tourné, révélant l'espace d'un souffle, une odeur musquée. Le moment tant redouté venait d'arriver, des leorces la suivaient. Que faire ? Elle avait élaboré plusieurs plans en cas de poursuite mais lequel choisir ?
Surtout, ne pas courir.
Sans ralentir cependant, Sylvéa continua sa route, obliquant légèrement vers le fleuve. Son étude des fauves aux côtés de Solgi ne lui serait pas inutile aujourd'hui. Elle devait agir rapidement mais discrètement si elle voulait les surprendre.
Jamais un leorce ne se lancera dans l'eau, même s'il doit pour cela perdre une proie intéressante.
En gagnant le fleuve, Sylvéa serait sauvée. Si seulement les abords de l'Agrante n'avaient pas été si rocailleux, elle aurait pu cheminer plus près de l'eau salvatrice…
Le moment n'est pas aux regrets imbéciles ! Agis, et vite !
Sylvéa ne devait surtout pas se retourner mais la peur la prenait au ventre. D'un moment à l'autre, elle sentirait peut-être les griffes puissantes d'un fauve s'enfoncer dans son dos… puis il y aurait les autres qui viendraient plonger leurs dents dans son corps vivant. Elle frissonna et mit un terme à ces pensées inquiétantes. S'ils sentaient sa peur, ils comprendraient qu'elle les avait repérés et attaqueraient aussitôt. Elle approchait de la rive, il ne lui restait plus qu'à escalader quelques rochers. Soudain, il y eut un bruit de cavalcade derrière Sylvéa. Elle bondit et s'élança en avant,

provoquant dans sa fuite de nombreux éboulements. Ses sens, plus développés que ceux des hommes, percevaient la course d'un leorce, il approchait à grande vitesse, dans un souffle il serait sur elle. Elle devait se dépêcher mais les galets roulaient sous ses mains et ses pieds, gênant son ascension. Enfin, elle trouva une prise stable et se hissa au sommet du rocher à l'instant même où trois griffes puissantes se plantaient avec force dans sa cuisse droite. Sylvéa hurla de douleur et se jeta en avant, dégageant sa jambe de l'étreinte mortelle du fauve. Quand elle voulut poser son pied sur le sol pour courir, le mal se propagea dans tout son corps et elle s'écroula en avant. Elle glissait le long de la roche, ses doigts cherchaient à agripper le roc mais ne trouvaient aucune prise. Elle vit avec frayeur le leorce bondir sur elle. Usant de toutes ses forces et prenant appui sur la pierre, elle se propulsa dans le vide pour s'éloigner du carnassier. La chute sembla durer une éternité. L'espace d'un instant, le prédateur parut accroché entre ciel et terre puis, avec une violence indescriptible, Sylvéa s'écrasa lourdement dans l'eau du fleuve. Elle voulut crier mais l'eau coula à grands flots dans sa bouche et elle n'eut plus qu'une seule idée : se remettre sur pied pour respirer. La lutte ne dura que quelques souffles mais Sylvéa crut mourir plusieurs fois. Quand elle émergea, haletante, la première chose qu'elle vit fut trois fauves faisant les cent pas sur la berge. Elle avait réussi à leur échapper pour cette fois mais sa cuisse lançait terriblement et ses mains, coupées et brûlées dans la descente, commençaient déjà à gonfler. Malgré le courant, une tache verte s'étendait autour de Sylvéa tandis que son sang coulait.

L'elfine vérifia qu'elle n'avait pas perdu d'affaires pendant sa chute et poussa un soupir de soulagement. Il ne manquait rien bien que tout fut trempé. Quand elle eut enfin récupéré son souffle, Sylvéa observa les leorces. L'eau n'atteignait pas sa hanche mais cela semblait suffire pour les tenir à distance. La jeune elfe savait qu'ils n'abandonneraient pourtant pas. Ces carnivores possédaient une terrible intelligence et ils comprendraient vite que Sylvéa ne pouvait pas rester éternellement dans le lit de l'Agrante. Pour commencer, elle allait essayer de récupérer un peu. Elle balaya les environs du regard et trouva enfin ce qu'elle cherchait : un petit rocher se dressait au milieu des flots à une longueur à peine. Obligeant ses muscles endoloris à se mettre en marche, elle gagna tant bien que mal le refuge.

L'elfine se hissa avec difficulté sur la pierre puis resta immobile, comme hypnotisée, les yeux fixés sur les leorces. La douleur dans sa cuisse la ramena pourtant à la réalité. Elle continuait de perdre son fluide vital et devait absolument agir. Une voix résonna en elle :

— *Une seule chose peut refermer ta blessure rapidement, c'est une gorgée de ma sève.*

C'était son arbre qui venait de s'exprimer. Sylvéa en fut particulièrement étonnée. Pourquoi s'occupait-il d'elle ainsi ?

— *Si tu restes ici sans bouger, tu mourras et moi aussi. Trépasser est loin d'être mon souhait alors je vais venir jusqu'à toi. Les leorces ne s'apercevront même pas de ma présence. Ta plaie refermée, tu pourras poursuivre ton chemin et je pourrai continuer à vivre.*

Sylvéa hocha la tête. La voix du peuplier argenté semblait si froide, il n'y avait en lui aucune émotion palpable. Il semblait vide, insensible et dénué de passion, comme si l'instinct de préservation seul l'animait.

Le temps passa, l'elfine n'osait aucun déplacement car chacun provoquait un lancinement vif, presque insoutenable. Sans doute s'était-elle brisé quelques côtes pendant sa chute et le simple fait de respirer devenait intolérable. Il lui semblait que l'arbre n'arriverait jamais. Elle finit par fermer les yeux et s'endormit quelques instants. Un frôlement la réveilla. L'ypréau se tenait devant elle, les racines profondément ancrées dans le sol caillouteux du fleuve. L'une de ses branches effleurait la joue de Sylvéa.

— *Casse cette feuille et bois une gorgée de mon sang,* dit-il simplement.

La jeune elfe obéit, elle brisa le bois et porta le rameau à ses lèvres. Un liquide visqueux coula dans sa gorge, provoquant une intense sensation de brûlure. Elle eut l'impression de recevoir un coup sur la tête et le monde s'effaça...

Il y avait une salle immense, froide et sombre. Au sein des ténèbres, une voix terrifiante gronda, résonnant contre la pierre rude et grossièrement taillée.
— Elle croit pouvoir venir à moi !
Il éclata de rire tandis qu'une personne craintive tentait de s'exprimer :
— M... maître, elle vous a échappé plusieurs fois déjà : elle a esquivé votre attaque au long du fleuve, puis les siens ne l'ont pas exécutée.
On ne distinguait que deux yeux sombres et anxieux.
— Faites envoyer une escouade pour les achever, reprit le premier homme d'un timbre effrayant. Ils ne me seront plus d'aucune utilité, elle a entamé sa route, elle vient vers moi, je le sens.
— Oui, maître.
Le valet marqua une pause et ses yeux se révulsèrent, laissant apparaître deux cercles blancs au milieu de la noirceur.
— Maître, trembla-t-il de plus belle, je viens de recevoir un message des dompteurs, l'agression a échoué, elle… elle… elle leur a échappé !
— Vous êtes un incompétent, Zargs, dit le seigneur d'un ton glacial.
Un hurlement déchira les ténèbres.
— Pitié, maître !
— Je pourrais abréger vos souffrances, mon cher Zargs, mais j'ai un meilleur plan pour vous...

Sylvéa ouvrit brusquement les paupières. Tout s'était volatilisé, elle se trouvait à nouveau sur son rocher au milieu des flots de l'Agrante. Le peuplier avait disparu mais les leorces patientaient toujours sur le rivage. Sylvéa se releva, il ne subsistait de la douleur qu'un léger écho à peine perceptible. Elle devait se remettre en marche, le temps pressait maintenant. L'Ombre Maléfique savait qu'elle approchait. Il ne pouvait s'agir d'un simple songe, la sève de son peuplier avait dû développer ses sens et lui permettre de capter cette discussion. L'elfine posa une main sur sa poitrine, à l'endroit où elle avait placé la lettre – maintenant trempée – de son père. Elle devait aller au bout de sa vengeance.

Elle se glissa avec un frisson dans l'eau et commença la lente remontée du fleuve. Il fallait lutter contre le courant et malgré la sève du peuplier, elle sentait ses muscles fourbus. Elle ne pouvait pourtant pas progresser sur la terre ferme car les leorces l'y attendaient en feulant. L'autre rive était trop dangereuse à rejoindre, il n'y avait pas d'alternative…
Eh bien, tant pis, je poursuivrai mon chemin les pieds dans l'eau. Pour l'instant tout au moins. Quant à demain, nous verrons bien !

Depuis plusieurs jours déjà, la jeune elfe remontait le courant de l'Agrante et les leorces n'abandonnaient toujours pas leur proie, ils demeuraient sur la berge, leurs sombres prunelles fixées sur elle. S'agissait-il bien de fauves envoyés par l'Ombre Maléfique comme le laissait supposer la discussion captée quelque temps auparavant ? Ils étaient tenaces mais Sylvéa ne comptait pas fléchir avant eux. Elle irait le plus loin possible et ils finiraient par capituler.
Marcher dans l'eau était bien plus fatigant mais l'elfine commençait à s'habituer et ses muscles n'étaient plus aussi douloureux qu'au premier matin. Ses forces, au lieu de diminuer, s'accroissaient chaque jour et elle gagnait peu à peu en vitesse. La chaîne montagneuse approchait et elle se trouverait bientôt à son pied. Un nouveau problème se poserait alors puisqu'elle n'aurait d'autre choix que de rejoindre la terre ferme pour les franchir. L'Agrante traversait en effet de part en part le massif dans un goulot dangereux, rocailleux et tumultueux. Son père l'avait souvent mise en garde contre le piège que formait le fleuve en cet endroit. Toutes les histoires autrefois narrées prenaient désormais un sens. Il avait toujours su que sa fille rejoindrait le territoire des hommes. Voilà pourquoi il ne cessait de lui raconter tout ce qu'il savait au sujet de ces contrées.
Sylvéa jeta un coup d'œil sur le rivage et croisa encore une fois le terrible regard d'un leorce. L'agacement commençait à se lire dans ses yeux. La jeune elfe craignait de plus en plus que l'un d'eux ne se jette finalement à l'eau. Leur patience avait des limites et malgré

leur aversion pour tout liquide, ils finiraient sans doute par craquer. Surtout si un dompteur les poussait à poursuivre leur chasse.
La tension montait peu à peu et le cœur de Sylvéa battait de plus en plus vite. Toutes ses certitudes s'envolaient. Comment pourrait-elle rejoindre l'Ombre Maléfique si elle ne parvenait pas à se débarrasser des fauves ? À chaque pas, elle se rapprochait des hauts monts mais à chaque souffle, les carnassiers devenaient plus nerveux. La discorde régnait entre eux et Sylvéa avait plusieurs fois assisté à des règlements de compte plus violents les uns que les autres. Sylvéa avait songé à les atteindre de ses flèches mais leur cuir épais les protégerait en partie. Les blesser ne ferait que renforcer leur colère…
L'elfine s'arrêtait moins longtemps pour dormir, elle mangeait tout en marchant mais les leorces restaient à son niveau. Elle ne parviendrait jamais à les semer. Depuis quelques chiffres, le paysage avait changé autour d'elle. Quelques arbres chétifs et épineux avaient commencé à émerger parmi les hautes herbes, puis la garrigue avait laissé place à des prairies verdoyantes ponctuées çà et là de grands feuillus. Une forêt se dressait maintenant à quelques longueurs à peine des flots. Une idée commençait à naître dans l'esprit de Sylvéa. Les trois leorces cheminaient l'un derrière l'autre à une courte distance à l'avant de sa propre position. Elle devait juste les obliger à l'oublier quelques instants... Elle se pencha pour ramasser un galet et le lança de toutes ses forces sur la croupe du premier fauve. Il effectua une volte-face et se jeta en grognant sur celui qui le suivait tandis que le troisième tentait de s'interposer. Sylvéa prit une grande bouffée d'air. Son plan avait fonctionné jusqu'ici mais le plus dangereux restait à faire. Elle doubla les trois fauves qui se battaient en rugissant et sortit précipitamment de l'eau. Ses jambes se libérèrent d'un grand poids. Après tant de jours passés à lutter contre le courant, le simple fait de courir sur la terre ferme paraissait enfantin. Il lui semblait voler au-dessus du sol mais les vociférations avaient cessé derrière elle et le galop des fauves se

faisait maintenant entendre. Sylvéa crut l'espace d'un instant se retrouver à nouveau dans la forêt sombre, poursuivie par les cavaliers inconnus. Elle revit Joupie se dresser courageusement face aux chevaliers armés de fléaux et curieusement, cette image lui donna une force nouvelle. Elle bondit dans les airs, attrapa une branche et dans une pirouette élégante se mit hors d'atteinte tandis qu'un brusque claquement de dents s'élevait juste au-dessous d'elle. Agrippée au bois, Sylvéa laissa sa respiration reprendre un rythme normal. Le leorce tentait de l'attraper mais sa détente n'était pas suffisante pour atteindre le refuge de Sylvéa. La tension monta encore entre les trois fauves, et l'elfe ne put s'empêcher de pouffer en les voyant se retourner l'un contre l'autre. Certes, il s'agissait plutôt d'un rire nerveux mais il sembla libérer ses muscles noueux et elle put se relever pour poursuivre son chemin. Elle avait pris garde d'agir près d'un lieu où les arbres se touchaient plus ou moins et elle put sans difficulté sauter de l'un à l'autre.

La jeune elfe ne s'arrêta que lorsque le nuit tomba avec sa brusquerie habituelle. Les leorces avaient perdu sa trace, tout occupés qu'ils étaient par leur dispute et Sylvéa imaginait sans peine leur dépit quand ils s'étaient aperçus de sa disparition...

Par chance, quelques branches de coudrier montaient jusqu'à l'arbre où l'elfine allait passer la nuit et elle put avec régal en boire le jus nourrissant. Ses bottes n'étaient toujours pas sèches mais son manteau l'était et elle s'y enroula avec délice. À peine avait-elle fermé les yeux que le sommeil l'emportait.

Sylvéa voyagea le plus longtemps possible parmi les arbres. Elle s'y sentait en sécurité : ils la maintenaient à l'abri de la plupart des prédateurs et certains lui apportaient même de la nourriture, lui permettant de garder ses réserves pour plus tard. Pourtant, plus elle montait en altitude et plus ils se faisaient rares, et il fallut bientôt abandonner leur refuge relatif. Le froid devenait chaque jour plus pénétrant et les feuilles jaunissantes commençaient à tomber. Il jaillissait très régulièrement maintenant et la jeune elfe devait trouver un rocher avant de s'endormir de peur de se réveiller trempée. Les animaux n'étaient plus si nombreux, tout juste croisait-elle occasionnellement la course d'un chien de prairie ou d'un gretin. Ceux qui hibernaient passaient parfois à proximité, la bouche remplie de graines et des derniers fruits du temps.

Sylvéa suivait une piste, laissée sans doute par quelques bouquetins, qui devenait chaque pas plus raide et aérienne. Il fallut plusieurs fois escalader des parois verticales et longer des crêtes qui semblaient suspendues dans le vide. Et, chaque fois qu'elle croyait avoir enfin affronté la montagne, un autre sommet se dressait de l'autre côté d'une gorge peu profonde ou d'une vallée étroite.

Les jours filaient, le temps passait et à nouveau, Sylvéa s'enfermait dans son esprit, laissant ses jambes la guider. À chaque réveil, il lui semblait qu'une partie de sa vie avait disparu. Elle ne se souvenait d'aucun moment de son voyage et rien ne lui disait qu'elle l'avait vraiment vécu. Elle avait la sensation de rêver, son esprit paraissait bondir d'un lieu à un autre, indépendant de son corps qui poursuivait sa route.

Les pics se succédaient, tous semblables au bout du compte, tous lourds de promesse. Peut-être s'agissait-il du dernier ? Mais chaque ascension se soldait inévitablement par un nouvel obstacle, immense et austère, qui se dressait devant elle avec morgue. Parfois, le sol se couvrait d'une pellicule de glace qui prenait une couleur immaculée. Ces jaillissements se faisaient de plus en plus fréquents et bientôt l'eau n'eut plus le temps de fondre que déjà, une seconde couche s'ajoutait à la première. Ce revêtement glacial était très glissant et Sylvéa devait sans cesse se reprendre, s'agrippant aux nombreux rochers saillants.

Cette dernière montée sembla interminable, plus longue encore que les précédentes, mais quand Sylvéa atteignit enfin la cime, ce fut pour découvrir une vaste étendue légèrement vallonnée et un peu plus à gauche, le cours de l'Agrante au bord duquel se nichait une petite ville.

Enfin, le pays des hommes se dressait devant elle.
Elle étendit les bras comme pour toucher cette terre nouvelle, prit une grande inspiration et poussa un hurlement de victoire.

***

Enfin, la terre d'élection de l'humanité s'étendait devant mes yeux éblouis. Il n'y avait aucune habitation à l'horizon et le fleuve n'était pas visible depuis le sommet où je me trouvais. J'allais prendre en direction du nord-est pour croiser son cours tout en pénétrant plus avant dans le territoire des hommes.
L'humeur joyeuse, je descendis rapidement dans la vallée et me dirigeai vers l'Agrante auprès de laquelle je pensais pouvoir trouver une communauté humaine.
Je ne fus pas déçu, le lendemain matin, alors que le deuxième astre venait de se lever : je découvris au loin les hauts murs d'une cité. Comment les hommes pouvaient-ils s'enfermer d'eux-mêmes dans ces cages de pierre ? Perplexe, je poursuivis mon chemin, le cœur battant un peu plus vite que de coutume. Allait-on m'accepter malgré ce que j'étais ?
Je parcourus plus lentement les dernières longueurs. Comment m'y prendre ? Pour commencer, je décidai de baisser le plus possible mon capuchon afin de dissimuler au maximum mes traits elfiques. Le stratagème sembla fonctionner car les gardes à la porte ne m'arrêtèrent pas. Je pénétrai dans la ville et fut aussitôt assailli par une foultitude d'odeurs connues et inconnues. Les relents d'urine se mélangeaient au doux fumet de quelque pain levant au four ; l'arôme amer du café – que je ne connaissais pas encore – se mêlait aux miasmes provenant des caniveaux. Mes sens elfiques, désorientés par tant de mélanges, ne parvenaient plus à analyser tous ces effluves. Mes yeux ne savaient plus où se poser. Sur les maisons de torchis cédant peu à peu place à de spacieuses demeures à colombages ? Sur les étranges pavés gris glaçant mes pieds

nus ? Ou bien sur cette foule impressionnante, masse compacte d'hommes sans cesse en mouvement, qui me bousculait sans même sembler s'en apercevoir ?
Tout était excès en ce lieu ; j'étouffais de ne pas voir un seul arbre ni même un seul brin de verdure. Je pressai le pas et me frayai un passage entre les individus. Sur la droite enfin, je repérai une ruelle déserte et m'y engouffrai. La venelle était tout juste large pour permettre le passage d'un cavalier. Çà et là, de basses portes de bois closes devaient mener à quelques jardins privés invisibles depuis la traboule. J'entendis soudain des voix fortes provenant d'une étroite impasse sur la droite. J'y jetai un coup d'œil discret et découvrit un homme trapu et de petite taille en proie, semblait-il, aux persécutions de deux brigands. Les canailles tournaient autour de leur victime en vociférant. Cette technique d'intimidation ne dut pas fonctionner car ils se mirent à frapper l'homme jusqu'à ce qu'il s'écroule sur le sol. Ils se relevèrent alors précipitamment, un objet à la main et se mirent à courir vers la venelle. Les coquins allaient s'échapper avec leur butin. Poussé par je ne sais quelle force, je me plantai en travers de l'impasse et relevai mon capuchon. Le premier gredin n'eut pas le temps de réagir que je l'assommai dans une pirouette.
Ceux de ma race aiment combattre de façon assez élégante. Notre technique s'apparente beaucoup plus à la danse qu'à tout autre sport.
Toujours est-il que ma façon de faire originale et mon apparence exotique durent jouer en ma faveur car le deuxième voleur laissa tomber l'objet du délit et s'enfuit sans demander son reste. J'allai vérifier l'état du premier, resté évanoui à terre. Il aurait un bleu mais s'en remettrait. Quand je me redressai, je vis le petit homme se diriger vers le larcin. Plus rapide que lui, je m'en emparai. Il s'agissait d'un livre assez épais. Je l'ouvris et découvris les nombreuses enluminures colorées qui illustraient un texte aux caractères incompréhensibles. Je fermai l'ouvrage, me

tournai vers son propriétaire et le lui tendit. Il baragouina quelques mots que je ne compris pas mais qui devaient être des remerciements puis il me dévisagea longuement, me fit signe de remettre mon capuchon et enfin, de le suivre.
C'est ainsi que je fis la connaissance d'Acanthan, enlumineur professionnel. C'est lui qui m'apprit la langue des hommes.

***

Toute fatigue s'évanouit le temps de la descente mais au fur et à mesure que le village se rapprochait, le pas de Sylvéa se faisait moins vif, plus lent. Une terrible appréhension la tenait désormais. Elle craignait de rencontrer les hommes. Comment réagiraient-ils à la vue d'une elfe ? Dans l'autre monde, Joupie était à ses côtés pour la protéger mais maintenant elle était seule face aux humains.
Elle atteignit finalement les palissades de bois entourant la ville peu avant la nuit. Elle avait préféré garder sa capuche et aucun des cinq gardes présents à la porte ne s'opposa à son passage. Ils parlaient fort et Sylvéa s'aperçut, non sans orgueil, qu'elle comprenait chacun de leurs mots.
Vois, père, je n'ai pas oublié notre langage secret !
Elle n'avait pas non plus négligé ses enseignements sur les hommes et elle sut qu'il lui fallait trouver une auberge pour passer la nuit. Le lendemain, elle pourrait acheter un cheval et partir vers l'amont en priant pour que l'animal soit moins capricieux que Joupie...
Les individus étaient rares dans les ruelles sales et boueuses, et Sylvéa dut se fier à son instinct pour trouver l'unique gargote du village.
Un peu plus loin, au détour d'un chemin, une fière pancarte indiquait : *Le destrier du fleuve* et l'on voyait un cheval blanc émerger des flots tumultueux de l'Agrante. À cet instant, la nuit tomba et Sylvéa dut cligner des yeux trois fois pour adapter sa

vision aux ténèbres. Ses fines oreilles d'elfe percevaient le son cristallin d'un instrument. Curieuse, elle s'avança et poussa la porte de l'hôtellerie. Sa disposition était étrange, l'elfine se trouvait sur une loggia resserrée et maintenue dans l'obscurité ; seul un escalier étroit permettait de rejoindre la salle principale, éclairée de nombreuses bougies, en contrebas. Elle se pencha contre la rambarde pour observer la pièce. Il y avait de nombreuses tables, pour la plupart complètes, et au centre, assis sur un trépied et penché sur son instrument, un citharède égrenait quelques notes.

— Allez, Jé, joue-nous un truc au lieu de faire semblant de dormir !

Le musicien leva la tête, révélant un visage jeune encadré de cheveux châtain retombant jusqu'au menton. Ses yeux noisette fixèrent une personne devant lui. Il semblait d'humeur morose mais hocha la tête avant de se pencher à nouveau sur sa cithare.

Une douce mélodie s'éleva puis il mêla sa voix à la musique :

L'astre brillant du jour s'en est allé,
Avec lui les lunes qui flamboyaient.
L'Ombre sur le monde s'est déployée
Dévorant mers bleues, forêts et vallées.

Adieu douces promenades aimées
Au long des falaises...

Un grondement s'éleva :

— Par le bordel de Tilles ! Jérébiets ! J'te paye pour égayer les clients, pas pour les endormir ! Chante-moi un truc plus entraînant ! T'as pigé, oui ou merde ?

Sylvéa n'avait pas tout saisi dans cette phrase mais ça ne devait pas être un compliment car le citharède sembla se renfrogner davantage.

Il commença à gratter ses cordes avec mécontentement et chanta d'une voix excessive un refrain apparemment connu de tous.

C'était une chanson bien moins mélodieuse mais d'apparence plus gaie ; l'elfine décida de quitter son observatoire pour rejoindre la salle bondée. Elle descendit les marches d'un pas léger et se dirigea vers l'unique table libre au fond de la taverne, près d'une énorme cheminée où un tronc entier brûlait.
Elle passa près de l'artiste qui venait de chanter le dernier vers et maugréait.
— C'est une honte ! Demander à un poète de ma classe d'interpréter des paillardes !
Sylvéa le dépassa et s'installa. Il faisait une chaleur étouffante mais elle craignait de rabattre son capuchon aussi garda-t-elle son manteau. Un serveur ne tarda pas à arriver pour lui demander ce qu'elle désirait. Elle s'apprêtait à commander de la sève quand elle se ravisa. Les hommes ne consommaient pas de tels aliments !
— Des racines de drans et du pain, s'il vous plaît.
— Pardon ?
Elle devait avoir un accent pitoyable. Elle répéta plus lentement et le serveur hocha la tête avant de rejoindre les cuisines d'un pas pressé. Il ressortit quelques mi-chiffres après, suivi d'un homme de forte corpulence et presque chauve qui devait être le patron. Il marcha d'un pas décidé jusqu'à Sylvéa et se pencha sur la table.
— Mouais, c'est pour quoi ?
Visiblement, le serviteur n'avait toujours pas compris la demande de Sylvéa. Elle répéta très doucement en articulant.
— Je ne parle pas très bien, désolée. Je désire des racines de drans et du pain, s'il vous plaît.
— Pas de problème, ma poulette ! On vous sert ça dans quelques mi-chiffres.
Il se tourna vers le serveur :
— Des racines de drans et en vitesse, bougre d'imbécile !
Puis il s'installa en face de Sylvéa et se pencha vers elle.
— C'est que vous s'riez pas du coin, ma p'tite demoiselle ?
Le « petite » devait plutôt être affectueux car Sylvéa était plus grande que la plupart des humains. Il ne semblait pas bien

méchant et comme Sylvéa ne savait pas quoi répondre, elle releva son capuchon.
L'homme resta un moment sans voix. Toutes les conversations s'étaient tues autour d'eux.
— Évidemment ! se contenta-t-il de dire et les discussions reprirent.
Le regard de Sylvéa se promena sur la salle. Elle voulait voir leurs réactions mais aucun ne semblait hostile, à peine étaient-ils curieux. Son regard croisa soudain celui du citharède. Il l'a dévisageait sans complexe, l'air fébrile.
— Vous venez des Terres Oubliées ? demanda le patron.
Elle reporta ses yeux sur l'homme aux cheveux rares et répondit doucement, essayant d'imiter son accent :
— Oui, j'ai traversé les montagnes pour rejoindre ce pays.
— C'était pas la meilleure des idées, y'a toujours des guerres qui se préparent ici... Dites, c'est vrai que y'a plein d'êtres maléfiques là-bas ?
— Je n'en ai jamais rencontré, répondit Sylvéa.
— Ah. Eh bien, en tout cas, je croyais pas pouvoir vivre assez longtemps pour rencontrer un elfe ! Les autres font semblant de ne rien voir mais y sont aussi intéressés que moi. C'est juste qu'y pensent agir avec dignité en faisant semblant de pas l'être ! Le dernier de vot' race – paraît-il – à être v'nu chez les hommes, ça fait déjà un bail, j'étais même pas né, et pourtant, chuis pas tout jeune ! Alors vous comprendrez que je pensais pas que les vot' existaient vraiment ! C'est comme l'éden, tout le monde en parle mais personne l'a jamais vu, hein !
Il s'esclaffa puis redevint subitement sérieux devant l'air impassible de l'elfe.
— Enfin bon, je suppose que vous voudrez aussi une chambre pour la nuit ! Il n'attendit même pas la réponse de Sylvéa et poursuivit : Je vous prépare la sept. L'est pas bien grande mais très confortable. Tenez ! Voilà votre plat qui arrive ! Je vous laisse manger en paix, ne vous inquiétez pas, le lit sera prêt à temps. N'hésitez pas à demander s'il vous manque quoi que ce soit. Je

suis là ou y'a le Freig mais j'ai bien peur qu'i soit pas doué en compréhension ! Il pouffa et s'éloigna enfin.
Tous les hommes parlaient-ils tant pour ne rien dire ?
Le serveur – qui devait donc s'appeler Freig – déposa en vitesse une assiette devant Sylvéa puis s'éclipsa tout aussi vite. Celui-là au moins restait silencieux...
Sylvéa prit son couteau au manche d'os et entama le mets avec appétit.
L'aède avait recommencé à jouer mais il ne la quittait pas des yeux et l'elfine commençait à trouver cette situation très désagréable. Elle termina rapidement son pain et demanda très doucement à Freig de lui montrer sa chambre. Pour une fois, il dut comprendre car il la mena jusqu'à une pièce de taille réduite munie d'une couche peu large.
Sylvéa referma la porte derrière elle avec un soupir de soulagement. Y voyant très bien dans l'obscurité, elle avait refusé la bougie du serviteur surpris. Elle s'approcha de la fenêtre qui donnait sur une rue très étroite. Elle y aperçut un court instant une silhouette puis tout fut calme. Elle tira l'épais rideau noir et se déshabilla. Cela faisait une éternité qu'elle n'avait pas pu dormir nue et il lui tardait de se glisser entre les draps. Ils semblaient frais et ne dégageaient que l'odeur du savon. Elle savoura le contact du textile contre sa peau et s'endormit en quelques mi-chiffres. Elle approchait de l'Ombre et ce monstre n'avait qu'à bien se tenir !

***

Sylvéa sentit la rune qui la liait à son arbre s'épaissir. Un courant sembla passer lentement le long de la ligne noire et se dirigea vers son esprit. Elle n'eut pas le temps de s'en étonner que déjà l'onde l'atteignait et semblait l'attirer vers un autre lieu…
Une voix lugubre et grave résonna en elle.
— Maître, je l'ai localisée.
— Parfait, Zargs. Ne la perds pas, je te les *envoie au plus vite.*

***

Le livre que les truands avaient tenté de voler était un ouvrage enluminé en grande partie par Acanthan et commandé par le gouverneur de la contrée. D'après l'enlumineur, il avait une grande valeur et était destiné à la princesse Dalyenka. Si je ne l'avais pas récupéré, l'atelier où Acanthan travaillait eut été discrédité aux yeux de tous et ils auraient été bons pour mettre la clef sous la porte.
C'est donc dans un premier temps pour me remercier de lui avoir « sauvé la vie » – selon ses dires – que le petit homme m'accueillit chez lui. Il logeait au rez-de-chaussée d'un grand bâtiment, dans une pièce unique chichement meublée et assez sombre. Il possédait également un minuscule jardin laissé à l'abandon. Pour occuper le temps lorsqu'il partait travailler, je décidai d'y mettre un peu d'ordre. J'arrachai certaines herbes trop envahissantes, déplaçai certaines plantes, taillai poirier, mimosa et tamaris puis plantai quelques légumes de saison dont j'avais trouvé graines et germes au fond d'un placard. Grâce à mes dons elfiques, l'endroit fut bientôt luxuriant et même les vieilles semences donnèrent un magnifique rendement. Dans ce nouveau fouillis organisé, les différents éléments de la nature s'entraidaient pour fournir une abondance de nourriture.
Acanthan fut plutôt content du produit de mes occupations car il put même vendre quelques excédents sur le marché.
Chaque soir, il m'expliquait les coutumes de sa région et toutes celles qu'il connaissait à propos d'autres seigneuries. Son visage buriné s'éclairait de ce partage amical. Nous partions souvent à rire tous deux en comparant nos mondes. La langue de ces humains me vint très rapidement. Peut-être parce qu'elle semblait enfantine comparée à celle des canidés ?
Au début, Acanthan préféra me tenir à l'écart du monde. Il craignait la réaction des hommes et me répétait souvent que les gens s'effrayaient vite lorsqu'ils se trouvaient devant un

élément inconnu. Déjà le bruit courait dans la ville qu'un fantôme éclairé d'une lueur verte volait le sang des braves afin de revenir à la vie. L'enlumineur pensait cette fable colportée par les gredins qui avaient tenté de le voler. Eux seuls m'avaient vu et il était vrai que ma peau et mes cheveux brillaient d'une légère teinte émeraude. En revanche, je ne comprenais pas pourquoi j'étais censé me nourrir de sang humain... Ces êtres me semblaient bien étranges, paraissant prendre un malin plaisir à se faire peur.
Au bout de quelque temps, je me sentis à l'étroit chez Acanthan et une nuit qu'il dormait profondément, je pris le double de ses clefs et me glissai dans la rue déserte. Par précaution, j'avais rabattu sur ma tête mon large capuchon. Bien que les hommes ne fussent pas nyctalopes, je craignais que la lueur lunaire leur suffise à distinguer mes traits. La ville me sembla splendide ainsi déserte et je dus me retenir pour ne pas courir et bondir de tous côtés. Les arbres étaient rares, aussi quand j'aperçus d'immenses platanes de l'autre côté d'un haut mur, je ne pus m'empêcher de l'escalader pour rejoindre ce parc apparemment très arboré. Enfin parvenu au sommet du rempart, je m'élançai dans les airs et attrapai une branche puis une seconde avant d'atterrir en souplesse sur le sol après une dernière pirouette.
Qu'il me semblait bon d'entendre à nouveau le lent battement de la sève dans les troncs. Le minuscule jardin d'Acanthan ne me suffisait plus, j'avais besoin d'entrer en communion avec les bois. Je m'apprêtai à lier contact avec un peuplier baumier quand une petite voix s'éleva.
— Êtes-vous le fameux fantôme dont on ne cesse de parler en ville ?
Je me retournai pour découvrir une jeune fille. Elle ne devait pas avoir plus de douze cycles. Tout de blanc vêtue, ses blonds cheveux détachés tombant en cascade sur ses épaules, on aurait cru une fée. Elle avait un nez fin quoiqu'un peu long, un menton volontaire, les pommettes hautes, et la lune se reflétait dans ses grands yeux saphir.

Elle s'approcha de moi et me détailla de haut en bas.
— Vous me semblez digne de revenir à la vie. Prenez donc un peu de mon sang, dit-elle en découvrant sa gorge, il est très pur et vous permettra sûrement de renaître. Ensuite, vous pourrez m'épouser pour me remercier, mais il vous faudra d'abord gagner la confiance de mon père qui m'aime tendrement.
Je demeurai immobile à fixer cette peau diaphane qui s'offrait à moi. Un désir irrépressible montait en moi : l'envie de prendre dans mes bras cet être fragile et de le garder à jamais serré contre moi. Je me ressaisis tant bien que mal et m'agenouillai devant elle.
— Douce demoiselle, il me suffit de vous voir pour revivre, je n'ai nul besoin de sang.
— En ce cas, répondit-elle, je vous embrasserai.
Ce disant, elle se pencha vers moi et effleura mes lèvres.
— Quand la lune pleine éclairera ce jardin, ne m'oubliez pas, bel ami.
Puis elle me tourna le dos et s'éloigna. Je ne pus la quitter des yeux. Elle avait la démarche emplie de grâce d'une dame de haut lignage et sa tenue légère mettait en valeur sa taille fine. Contrairement aux elfes dont les formes semblaient androgynes, cette jeune fille possédait un corps fait de courbes harmonieuses qui invitaient à la caresse. Jamais encore je n'avais ressenti une telle tendresse, un tel désir.
Il me fallut un certain temps pour reprendre mes esprits. Comment un être si jeune pouvait-il éveiller en moi de tels sentiments ? Je me relevai doucement et quittai le parc. Les arbres ne m'intéressaient plus ; je ne pensais plus qu'à la merveilleuse rencontre que je venais de faire.

***

Quand elle descendit au matin, vêtue d'une tunique propre et le visage débarbouillé, Sylvéa se sentait vraiment bien. Elle avait certes fait un rêve étrange mais ne voulait pas s'en soucier. Elle

approchait de son but et comme son père l'avait autrefois fait, elle marchait dans le monde des hommes !
La jeune elfe s'installa à une table et commanda des fruits pressés. Cette fois, elle fut comprise et cela ne fit qu'ajouter à son bien-être.
La salle était presque vide à ce chiffre de la journée mais peu à peu, des hommes arrivaient pour boire une chopine ou s'adonner à des jeux d'argent. À son tour, le citharède se montra. Il ne devait pas avoir beaucoup dormi et ne paraissait pas très réveillé. Quand il l'aperçut pourtant, il se redressa un peu et après avoir vidé son godet d'une traite, s'installa sur son trépied pour accorder son instrument.
Après son petit déjeuner, Sylvéa se dirigea vers le bar pour régler sa chambre et ses repas. C'est heureusement le patron qui s'occupa d'elle et non pas le serveur de la veille. Il se montra à nouveau très attentionné et ne fit aucun commentaire quand elle se trompa sur le nombre de pièces à donner. Il ne chercha pas non plus à profiter de sa maladresse.
L'elfine s'éloigna finalement du comptoir, récupéra ses affaires et gravit l'escalier une marche sur deux. La grosse voix du patron s'éleva une dernière fois derrière elle :
—Jérébiets ! Par le bordel de Tilles, tu vas te mettre à jouer, oui ou merde ?
Dehors, il régnait un froid pénétrant et Sylvéa s'enfouit dans son manteau doux et chaud. Un vent glacial s'engouffrait entre les bâtisses et elle se hâta de quitter cette rue balayée de courants d'air. L'elfine avait demandé au patron du *Destrier du fleuve* où on pouvait se procurer un cheval et il lui avait indiqué une écurie non loin de la porte du village.
Il ne lui fallut pas longtemps pour s'y rendre et après quelques mi-chiffres de marchandage, elle repartit avec un hongre bai aux membres bien formés.
Son père et elle avaient souvent joué ensemble « aux négociations » – comme il appelait ça. Tour à tour, ils incarnaient l'acheteur ou le commerçant. À cette époque, Sylvéa adorait

débattre les prix d'objets fictifs. Aujourd'hui, elle se rendait compte que son père avait sans doute fait tout ceci pour la préparer au surprenant monde des hommes, et elle l'en remerciait. Elle s'éloigna de quelques pas avec sa nouvelle monture et, usant de sa souplesse elfique, bondit sur la selle. L'animal poussa un hennissement étonné mais ne bougea pas. Sylvéa chaussa les étriers et prit en main les rênes de cuir, comme lui avait appris son père. C'était la première fois qu'elle montait un vrai équidé (si l'on excluait la tentative avortée avec Joupie) mais elle avait si souvent cavalcadé sur son cheval de bois sous le regard attentif de son père qui le lui avait sculpté, qu'elle pensait pouvoir se débrouiller. Si toutefois l'animal ne se montrait pas trop rétif... Pour le moment, elle décida de conserver le pas. Chevaucher devait sûrement comporter des risques : comment quelqu'un d'aussi insignifiant pouvait-il maîtriser une bête de cette taille et de cette masse musculaire ? À l'allure minimale, elle avait l'impression d'aller déjà bien assez vite et le cheval ne cessait de secouer la tête, délogeant à chaque fois les rênes de ses mains. Elle parvenait cependant à agir plus ou moins sur la bouche de l'animal qui suivait ses directives hésitantes sans trop rechigner.
Sylvéa quitta tranquillement la ville puis chemina le long d'un sentier désert bordant l'Agrante. Quand le pas du cheval devint pour elle une habitude, elle s'enferma à nouveau dans ses pensées. Quelques chiffres à peine après son départ pourtant, le bruit d'une cavalcade la tira de ses songes. Sa monture en profita pour s'arrêter et pencha la tête pour cueillir quelques brins d'herbe. L'elfine se retourna et vit arriver une étrange monture entourée d'un nuage de terre.
C'était un animal bipède dont l'allure semblait chaotique. Sa peau couverte de poussière était faite d'un mélange d'écailles bleues et par endroits, de plaques de longs poils gris. Il possédait d'énormes pattes griffues et au-dessus de son large bec orange, deux grands yeux noirs dénués d'intelligence la regardaient fixement. Il s'arrêta finalement à son niveau et quand la nuée se dissipa, Sylvéa put découvrir l'homme qui le chevauchait. Ses cheveux châtain

flottaient au vent. Il les repoussa d'un geste distingué et s'adressa à Sylvéa :
— Douce elfe, votre regard m'a charmé et je vous suivrai jusque dans l'antre des démons contre un seul de vos sourires.
Sylvéa fixa un instant le jeune citharède du *Destrier du fleuve* et répliqua sèchement :
— Je n'ai besoin de personne, retournez donc dans votre auberge.
Sur ces mots, elle détourna la tête et obligea son cheval à reprendre le pas. Aussitôt, le chanteur talonna son animal et rattrapa Sylvéa.
— Moi, j'ai besoin de vous pour vivre, il m'a suffi d'un souffle pour le savoir. Quand vous êtes loin de moi, je suffoque. Vous êtes mon air, vous...
Sylvéa haussa les yeux au ciel et lui coupa la parole :
— Vous êtes stupide, se contenta-t-elle de dire et sans même y penser, elle fit passer son cheval au trot, puis au galop.
Elle s'aperçut pourtant rapidement de son erreur quand les mouvements du bai la déstabilisèrent et faillirent la jeter bas. Sylvéa s'accrocha à la crinière et se dressa sur les étriers afin de limiter les à-coups. Elle ne parvenait pas à faire ralentir sa monture et elle se résolut finalement à suivre tant bien que mal le mouvement. Après plusieurs mi-chiffres de course, le hongre se décida enfin à ralentir et il repassa progressivement au pas. Sylvéa était au moins aussi essoufflée que son cheval et il fallut un long moment avant que ses jambes ne cessent de trembler.
Je n'ai plus qu'à m'habituer rapidement parce qu'il me reste encore bien des jours de chevauchée pour atteindre le repère de l'Ombre...
Sylvéa marchait tranquillement depuis un chiffre environ quand à nouveau, un bruit de cavalcade la tira de ses pensées. Le musicien était de retour et il avait tant poussé sa monture que cette dernière semblait au bord de la crise d'asthme.
— Je vous suivrai quoi que vous fassiez, dit-il.
Sylvéa soupira et se retourna pour regarder la route. Le citharède dut prendre ceci pour un acquiescement car il se mit aussitôt à débiter un flot de paroles :

— Mon nom est Jérébiets. Vous savez, je ne suis pas un petit chanteur de province, je jouais autrefois dans un grand château mais la fille du roi s'étant éprise de moi, il me fallut quitter la cité pour éviter le courroux du monarque. Mais rassurez-vous, jamais mon cœur ne fut attiré par cette princesse. C'est vous que j'aime et à jamais. Saviez-vous qu'un vieux poème conte l'histoire d'un jeune elfe venu voilà bien deux cents cycles...

Inépuisable, l'aède parla ainsi de façon continue pendant toute la matinée. Sylvéa, qui avait décroché depuis longtemps déjà, songeait encore une fois à Joupie et à l'étrange monde qu'elle avait découvert de l'autre côté du haut trilithe. Elle aurait aimé profiter plus longtemps du fameux soleil qui brillait dans le ciel bleu. Elle leva la tête vers le néant indéfinissable qui remplaçait la voûte stellaire d'Astheval et frissonna. D'où pouvait bien provenir la lumière du jour maintenant que tout astre avait disparu ?

Elle se retourna un instant vers le citharède plongé dans son monologue sans fin et soupira. Ne se rendait-il pas compte que le monde souffrait autour de lui ? Sylvéa arrêta son cheval. Elle avait besoin de marcher quelques instants. Aussitôt, Jérébiets fit de même et prenant sa monture à la tête, il vint la rejoindre pour cheminer à ses côtés. Sylvéa décida d'ignorer sa présence et elle se concentra plutôt sur l'observation des feuilles mortes qui jonchaient le sol. Ce n'était pas passionnant mais repérer les variétés présentes en ce lieu lui permettrait de mieux connaître le pays : son climat, mais aussi les espèces d'animaux qui devaient le peupler. Une plume bleue, à moitié ensevelie, dépassait de la terre humide. Sylvéa l'observa un instant, elle ne connaissait aucun oiseau avec un tel plumage. Elle croiserait peut-être son propriétaire un jour... Elle l'enjamba et reporta son attention sur les arbres mais la main de Jérébiets l'arrêta.

— Vous devez ramasser cette plume ! dit-il.

— Pourquoi ferais-je une telle chose ? s'étonna la jeune elfe.

— Cela vous portera chance alors qu'en la laissant sur le sol, vous attirez sur vous les mauvais auspices !

— C'est grotesque, ce n'est qu'une plume !

— Elle porte la bénédiction des dieux, en la rejetant, c'est une malédiction que vous risquez !
— Cela n'a pas d'importance, je n'attends aucun bonheur et le malheur m'a déjà trouvée. Vous n'avez qu'à la prendre, elle vous sera plus utile qu'à moi !
— C'est impossible, elle ne m'est pas destinée !
Sylvéa ne répondit pas mais sauta plutôt sur le dos de son cheval. Mais pourquoi ce maudit citharède avait-il décidé de la suivre ?
La journée passa finalement, longue et désolante. L'artiste parlait sans arrêt et il ne cessait de reprocher à la jeune elfe son attitude face à ce qu'il appelait « un message des derniers dieux ». Sylvéa se demandait bien comment elle pourrait s'en débarrasser.
Après tout, peut-être se révélera-t-il utile. Si nous nous arrêtons encore dans des villes, j'attirerai sans doute moins les regards avec un humain pour compagnie. En plus, il aime tant parler qu'il ne verra sans doute pas d'inconvénient à m'expliquer quelques us de son monde.
L'elfine jeta un coup d'œil vers le ménestrel qui discutait encore, ses yeux marron fixés sur elle.
Par tous les dieux ! Je ne vais jamais le supporter !
La nuit ne tarderait plus à tomber maintenant. Leur chemin avait longé les remparts de plusieurs cités mais aucune ne se profilait à l'horizon pour le moment. Sylvéa préféra camper au bord du sentier plutôt que tenter de rejoindre un autre village et risquer de chevaucher de nuit. De plus, son père lui racontait souvent que les gardiens ne laissaient entrer aucun inconnu après le crépuscule. Son cheval serait sûrement ravi de se détendre et de manger un peu ; elle-même se réjouissait à l'idée de descendre de l'inconfortable selle de cuir et de daim.
Sans adresser la parole à l'aède, Sylvéa quitta la voie empierrée et mit pied à terre dans une petite clairière. Elle dessella l'animal et dénoua la corde entourée autour de son encolure pour l'accrocher à une basse branche. Ainsi, il mangerait sans risquer de s'éloigner. Ceci fait, l'elfine déposa ses bagages sur le sol et s'étira longuement. Ses membres courbatus avaient besoin d'un peu de repos. Elle s'assit à même l'herbe humide et fouilla dans ses sacs

pour en tirer un pain de voyage. Elle ne ressentait pas vraiment la faim mais elle préférait se nourrir avant que son corps ne le lui réclame. Elle ferma les yeux un instant et visualisa la rune qui la liait à son arbre. Lui aussi venait de s'arrêter environ une pilongueur en arrière. Que se passerait-il si un homme empêchait sa progression ? Leur rune se déchirerait-elle, entraînant Sylvéa dans la mort ? Elle secoua doucement la tête et ouvrit les yeux pour découvrir le musicien penché sur elle, en pleine contemplation.

L'elfine sentit l'irritation monter en elle. De quel droit la suivait-il ainsi ? Comme tous les elfes, elle aimait la solitude. Si elle dansait parmi les autres, c'était pour se sentir plus légère. Elle se rendait compte maintenant que rien ne l'attachait vraiment à son Falsp si ce n'était la présence de Solgi. C'était comme si un éclair de lucidité venait de la frapper. Jamais elle n'avait aimé réellement sa demeure, elle se contentait de se laisser porter par l'existence mais elle n'avait nullement vécu jusqu'à présent. Le temps glissait seulement sur elle et rien ne comptait. Aucune de ses actions passées n'avait été réfléchie, anticipée, calculée...

Aujourd'hui pourtant, un mot revenait sans cesse, brisant ce fonctionnement ancestral.

Pourquoi ?

C'était comme si ce simple terme venait tout changer, tout balayer. Pour la première fois, elle sentait le monde bouger autour d'elle. Elle sentait le courant qui entraînait toute vie et elle réalisait qu'elle aussi suivait cet étrange cortège.

Elle vivait.

Sylvéa croisa le regard du ménestrel et y lut toutes les peurs du monde. Le temps passait et emportait tout sur son passage. Pourtant, au milieu de cette fatalité brillait une autre lueur plus profonde, pleine d'espérances et d'une puissance incommensurable. Une émotion qu'elle ne comprenait pas.

— J'ai quelques pommes. En voulez-vous une ?

La jeune elfe cligna des yeux et toutes ses pensées s'envolèrent.

— Pardon ?

Le jeune homme répéta ses paroles.
— Pourquoi pas, se contenta-t-elle de répondre et les yeux du citharède se mirent à pétiller de bonheur comme si elle venait de lui déclarer sa flamme.
Il fouilla dans un gros sac de toile et en sortit une énorme calville d'un rouge très sombre.
— C'est à mon sens une des meilleures variétés au monde, dit-il, elles viennent du pommier de mon ancien patron, le propriétaire du *Destrier du fleuve*. S'il savait que j'ai subtilisé plusieurs de ses précieux fruits, il viendrait jusqu'ici au triple galop pour me tuer. Mais il n'en saura rien, termina-t-il en croquant dans son butin.
À son tour, Sylvéa entama sa collation. La chair très légèrement farineuse s'émietta agréablement sur sa langue charmée par le jus sucré. La peau elle-même possédait un goût extraordinaire. Il n'existait pas de pomme aussi savoureuse dans son Falsp.
— Là où je vivais autrefois, ce fruit était symbole de passion, dit le jeune homme. Lorsqu'un homme souhaitait recevoir l'amour d'une femme, il se rendait chez une sorcière qui préparait un philtre et y trempait le fruit pendant quelques souffles. Si le prétendant parvenait à faire croquer à la femme ne serait-ce qu'une bouchée de cette pomme, alors elle tombait follement amoureuse de lui, pour toujours...
« Cela dit, je ne sais pas si c'est réellement efficace. On raconte une légende à ce sujet là-bas mais les légendes sont ce qu'elles sont... Celle-ci donc, relatait l'histoire d'un adolescent follement épris d'une femme magnifique qui jamais ne le regardait. Désespéré, il décida d'acheter une pomme d'amour et parvint, après bien des aventures, à la faire croquer à la dame de son cœur. Pourtant, lorsque le jour suivant se leva et que la femme ensorcelée vint déclarer sa flamme au jeune homme, tout amour avait déserté le regard de ce dernier et la pauvrette fut condamnée à aimer à jamais sans retour.
« Je trouve que c'est une bien triste histoire. Il n'y a rien de pire que de s'éprendre de quelqu'un qui n'éprouve rien pour vous.

Sylvéa n'était pas d'accord, il y avait bien plus pénible : elle, elle aimait une personne qu'elle ne reverrait jamais. Solgi était mort… C'était bien pire !
Elle resta cependant muette et continua de déguster sa pomme sous le regard du citharède. Sylvéa se leva finalement et alla donner le trognon à son cheval. Elle avait les mains toutes collantes, aussi se dirigea-t-elle vers l'Agrante pour les rincer. L'elfine était penchée au-dessus des flots quand elle sentit la rune qui la liait à son arbre s'épaissir. Elle se redressa un instant mais le contact devenait trop puissant pour lui permettre de contrôler ses mouvements. Elle s'écroula sur le sol et perdit connaissance.

— *Maître ?*
La voix tonna, faisant trembler l'air autour d'elle :
— *Je suis là, Zargs.*
— *Elle est non loin de moi, je ne la quitte pas jusqu'à* leur *arrivée.*
— Ils *sont en chemin,* ils *seront bientôt là...*

Quand Sylvéa ouvrit les yeux, la nuit l'entourait. Elle secoua la tête. Elle ne comprenait plus rien, pourquoi son arbre lui envoyait-il ces dialogues étranges ? Qui était ce « Maître » et que venait-il d'envoyer ? L'elfine se leva doucement comme sa tête tournait encore un peu et elle rejoignit à pas lents son campement.
Le citharède avait pris son instrument et égrenait quelques notes à la lueur d'un feu de bois. Quand elle arriva dans la lumière, il sursauta et se leva précipitamment.
— Douce elfe, je me faisais du souci pour vous ! Voilà presque un chiffre que vous aviez disparu !
Sylvéa répondit par un grognement et alla s'allonger contre un arbre, s'entourant de son grand manteau. Elle n'était pas vraiment fatiguée mais elle préférait mille fois dormir plutôt que supporter les discussions incessantes du musicien. Elle ferma les yeux et laissa son esprit glisser jusqu'au monde des rêves.

***

Lorsque la lune fut enfin pleine, je me glissai une nouvelle fois dans la rue dès que les ronflements d'Acanthan s'élevèrent. Je courus presque jusqu'au jardin tant il me tardait de revoir ma petite fée. Quand j'atterris au pied du platane, je la vis aussitôt, assise dans l'herbe près d'un plan de genêt.

— J'ai cru que vous ne viendriez pas, me dit-elle de sa voix cristalline sans se retourner.

— Comment aurais-je pu manquer un tel rendez-vous ?

Elle tourna la tête pour croiser mon regard. Elle portait une robe de soie bleue et ses cheveux blonds étaient retenus sur son front par un ruban de la même teinte.

— Venez donc vous asseoir à mes côtés, mon beau fantôme.

Je m'exécutai et pris place à quelque distance. Elle plongea ses yeux dans les miens et sembla lire directement dans mon âme.

— Vous venez de bien loin, murmura-t-elle. Pourquoi ?

Possédait-elle un quelconque don ? Je demeurai sans voix un long souffle avant de me ressaisir.

— Je voulais vivre des aventures, découvrir le monde et les humains avant que l'âge ne m'en empêche, répondis-je. C'est vous que j'ai trouvée, je ne m'y attendais pas mais c'est le plus beau présent des dieux.

— Les dieux sont souvent cruels, méfiez-vous, tout ce qui brille n'est pas or.

— Vous êtes plus précieuse à mes yeux que tout l'or d'Astheval, me défendis-je.

Elle eut un sourire sibyllin.

— À la prochaine lune, je tirerai pour vous les cartes. Suivrez-vous alors mes ordres sans discuter ?

— Je mourrais pour vous, ma douce.

— Vous m'aimerez auparavant, m'assura-t-elle.

Je pris sa main entre les miennes et la baisai tendrement.

— Je vous aime déjà, répliquai-je, vous m'avez ensorcelé dès votre premier mot.
Nous restâmes un long moment immobiles, plongés dans la contemplation l'un de l'autre... Puis elle se leva, lâcha ma main et s'éloigna sans un mot.
La prochaine lune serait longue à venir.

***

Ce furent des grognements d'abord qui la tirèrent du sommeil. Sylvéa ouvrit les yeux pour découvrir le citharède pestant tout en donnant des coups de pied dans les cendres. Le feu avait dû s'éteindre dans la nuit et d'après ce que crut comprendre l'elfine, les stimcs en avaient profité pour dévorer le jeune homme. Elle ne put s'empêcher d'éclater de rire devant l'air dépité du musicien. En tant qu'elfe, Sylvéa n'attirait jamais ces insectes car ils préféraient le sang humain à celui qui coulait dans ses veines.
L'entendant rire, l'aède se tourna vers elle et lui jeta un regard noir.
— Évidemment, ça vous fait rire, vous ! Je vais être couvert de points rouges, pire qu'un vralech plumé ! Et dire que je pourrais être allongé tranquillement dans un lit douillet et au lieu de ça, je suis complètement courbatu après avoir dormi sur le sol humide et infesté de stimcs...
— Allons, calmez-vous, je ne vous ai jamais demandé de me suivre !
— Vous m'avez ensorcelé, ma demoiselle, dit-il très sérieusement, je ne peux faire autrement que vous suivre ! Mais ces satanés insectes...
Sylvéa sourit. Cet homme semblait un peu idiot parfois.
— Taisez-vous, je vous prie, elle avait besoin d'un peu de silence…
Elle ferma les yeux et entra en contact avec la nature. Son père lui avait parlé des stimcs un jour et elle savait que faire pour soulager leur morsure. Peut-être lui avait-il expliqué comment réagir parce

qu'il savait qu'elle en aurait besoin ce jour ? Cette pensée l'empêcha un instant de se concentrer. C'était trop déstabilisant.
Après quelques instants de connexion profonde, Sylvéa parvint enfin à repérer ce qu'elle cherchait.
— J'ai ce qu'il vous faut, dit-elle. Je reviens dans quelques mi-chiffres.
Elle se leva sous le regard étonné du jeune homme et disparut entre deux arbres. Au bord de l'Agrante, trois plants de sucurub poussaient. Elle cueillit précautionneusement une feuille pourpre et retourna au campement.
Le citharède se grattait inconsciemment le cou et Sylvéa ne put s'empêcher d'esquisser un nouveau sourire. Elle s'assit en tailleur près de son sac et y plongea la main pour sortir mortier et pilon. Après avoir mis la large feuille dans le bol, elle l'écrasa longuement jusqu'à obtenir une pâte visqueuse.
— Voilà, approchez-vous et déshabillez-vous, je vais passer cet onguent sur vos piqûres, je ne connais rien de plus efficace.
Le jeune homme se mit à bredouiller et son visage vira au cramoisi.
— Heu, je..., je crois que je vais l'étaler moi-même, c'est... euh, je préfère...
Sylvéa haussa les épaules – comment espérait-il se mettre de la pommade dans le dos ? – mais elle s'exécuta et lui tendit le récipient. Décidément, ces humains se révélaient encore plus étranges que prévu.
Il s'éloigna de quelques pas, jeta un coup d'œil sur Sylvéa puis s'éclipsa. La jeune elfe demeura immobile pendant un mi-chiffre puis elle se leva. Elle allait profiter de l'absence du musicien pour reprendre sa route. Elle n'avait décidément pas besoin d'un tel poids...
Sylvéa réunit ses affaires et sella rapidement son cheval avant de rejoindre le chemin de terre bordant le fleuve Agrante. Le froid gagnait peu à peu les terres et un nuage de brume apparaissait à chacune des expirations de la jeune elfe. Les arbres avaient perdu leur parure d'or et un épais tapis brun couvrait le sentier,

dissimulant parfois jusqu'à son cours. Quelques oiseaux au plumage gris jouaient entre les jambes du hongre ou fouillaient parmi les feuilles, ne relevant leur tête toujours en mouvement qu'un ver au bec. Un peu plus loin, des nappes de fumée s'élevaient pour rejoindre le néant de l'horizon, là où autrefois régnaient le ciel et ses astres brillants.
Sylvéa frissonna. Un simple regard vers le firmament suffisait à constater la présence de l'Ombre Maléfique. Et ce, en tout endroit d'Astheval. L'elfine trouvait cela effrayant. C'était comme si la main du démon couvrait le monde.
Bientôt ce sera terminé. En vengeant mon très cher Solgi, je restituerai à Astheval ses dieux stellaires.
Cette pensée la calma un peu, sa vie avait un but depuis la mort de son aimé. Au moins, elle ne se contentait pas d'attendre à ne rien faire comme le dirigeant de son Falsp. Une bouffée de haine l'envahit et elle talonna sa monture. Un peu d'exercice l'obligerait à tourner ses pensées vers d'autres sujets...
Sylvéa ne s'arrêta que lorsqu'une ville se profila à l'horizon. Elle semblait plus importante que les précédentes et la jeune elfe décida d'y entrer afin d'acheter quelques provisions. Le capuchon baissé jusqu'aux yeux, elle passa les murs sans attirer le regard des gardiens qui discutaient avec un homme aux vêtements couverts de boue. Elle se dirigea vers le centre de l'agglomération en suivant le chemin défoncé par les sabots des montures et les roues des chariots. Sans doute y trouverait-elle quelques commerces. Une humble place dallée constituait le chef-lieu et trois minuscules boutiques étalaient en effet différents articles en devanture. La première vendait des étoffes, la deuxième des armes et la dernière de la nourriture. Elle y dirigea son hongre et le lia au pied de l'auge installée à cet effet.
Sylvéa sentait son corps courbaturé après son premier jour à cheval mais elle se dirigea le plus dignement possible vers l'échoppe. Une femme d'âge mûr tenait le stand, chaudement vêtue, elle soufflait dans ses mains gelées. Elle n'avait certes pas très chaud non plus mais le froid ne pinçait heureusement pas

l'elfine comme il le faisait pour les humains. Sa peau était fine mais le sang émeraude qui coulait en elle et la magie que tous ceux de sa race possédaient suffisaient pour la protéger. Elle sourit à la femme et sélectionna plusieurs légumes colorés, différents biscuits de voyage ainsi que quelques fruits secs. Quand elle tendit ses doigts longs et fins pour saisir un chou qu'elle pourrait manger le soir venu, la vendeuse la regarda avec stupeur.

— Vous n'allez pas bien ? demanda-t-elle avec un petit accent qui lui faisait prononcer les *ou* comme des *ô*. Votre peau est toute verte !

Surprise par cette remarque, Sylvéa mit un instant à se ressaisir puis elle répondit doucement :

— Ce n'est rien, c'est une crème contre le froid qui lui donne cette teinte.

La boutiquière lui jeta un regard soupçonneux mais elle accepta ses pièces et lui tendit ses achats. Le cœur battant un peu plus rapidement que d'ordinaire, Sylvéa remonta sur son hongre et quitta rapidement la ville.

Quand elle se sentit suffisamment loin de l'agglomération, l'elfine calma son cheval et l'obligea à reprendre le pas. Elle lui avait sans doute communiqué sa peur et il piaffait comme un jeune poulain.

Le chemin s'écartait un peu de l'Agrante pour pénétrer dans un bois constitué d'un mélange d'arbres à feuilles caduques et de conifères bas. Pas un oiseau ne chantait mais une grande plume bleue reposait au centre de l'allée de terre. Sylvéa repensa aux paroles du musicien. Quelle superstition ridicule ! Comment la présence de cette penne pouvait-elle constituer le moindre danger ? Non, elle ne s'abaisserait pas à la ramasser ! Le silence régnait et les feuilles mortes assourdissaient le son des pas du cheval. Soudain, un cri retentit et plusieurs hommes surgirent d'entre les sapins pour atterrir autour de Sylvéa. L'un d'eux brandit une épée tandis que les autres bandaient leurs arcs.

— Rends-toi, cavalier, tu es cerné. Un seul mouvement et mes hommes lâchent leurs cordes.

Sylvéa venait de dégainer. Elle jeta un coup d'œil autour d'elle. Elle ne pouvait faire un mouvement sans risquer la mort. Elle trouverait un moyen de s'échapper plus tard...
— Bien, je jette mes armes.
Elle déposa son arc et ses flèches sur le sol et lança son épée le plus loin possible. Elle se planta étrangement au sommet d'un pin. Ici, ils ne pourraient pas la récupérer. C'était ce qui comptait.
— Voilà.
Sylvéa rejeta son capuchon. Un murmure de surprise s'éleva autour d'elle mais aucun homme ne baissa son arc.
— Descends de ton cheval, l'elfe !
Elle s'exécuta et à peine avait-elle touché le sol que trois brigands se jetèrent sur elle pour la ligoter. Elle se débattit pour la forme mais à trois contre un, elle n'avait aucune chance. Découragée, elle sentit une corde serrer ses poignets dans son dos et un second lien rassembler ses jambes tandis qu'un homme la bâillonnait.
Allongée sur le sol, elle se tortilla mais cela ne fit que resserrer ses entraves et elle ne put bientôt plus faire un seul geste.
— Bordel, grouillez-vous ! Hissez-là sur le bourricot, faut déserter l'chemin avant que quelqu'un s'amène !
Sylvéa sentit qu'on la soulevait et elle se retrouva bientôt jetée en travers du cheval. Quelqu'un vint s'asseoir derrière pour la maintenir et le hongre se mit en marche. L'elfine ne voyait que le sol défiler sous ses yeux. Elle allait devoir contacter les arbres pour retrouver son arme une fois qu'elle se serait échappée.
Quand sa monture s'arrêta enfin, elle avait mal aux côtes que le pommeau de la selle meurtrissait à chaque pas. Un homme vint enfin la remettre sur le sol et elle sentit avec soulagement son sang se remettre à circuler normalement. C'est seulement ensuite qu'elle perçut les cris. Elle tourna la tête pour découvrir l'aède ligoté au centre d'un camp de fortune.
— Pitié ! Pas ça !
Un craquement sec retentit tandis qu'un homme venait de planter sa hache dans la cithare de Jérébiets. Il poussa un hurlement de désespoir.

— Je suis foutu ! dit-il. Mon seul bien !
Sylvéa eut un moment d'étonnement.
Il était pourtant derrière moi !
Puis, elle réalisa qu'il avait dû la dépasser pendant qu'elle achetait des provisions dans la ville. L'un des coupe-jarrets fouillait justement dans son sac et triait les affaires découvertes.
— C'est une journée fructueuse, les gars ! dit-il. Deux bonnes prises ! Y'en aura pour tous les goûts !
Celui qui portait l'épée et devait être le chef s'approcha de Sylvéa. Il était légèrement plus petit que l'elfe et il l'obligea à le regarder.
— Gardez-moi celle-ci au frais pour ce soir ! Quant à l'autre, vous pourrez en disposer vous aussi à la tombée de la nuit. N'oubliez pas de les fouiller, ils portent peut-être encore des armes.
— Ouais, ouais, on les met dans la tente du bout, chef ! Comme d'hab' !
Tandis qu'un homme saisissait l'elfine, un second emmenait le citharède qui ne parvenait pas à quitter des yeux son instrument en miettes. Après avoir été inspectés, ils furent tous deux jetés dans une tente légèrement à l'écart du camp puis le battant fut refermé. Il fallut quelques souffles à Sylvéa pour s'habituer à l'obscurité. Elle sentait l'épaule du ménestrel contre la sienne. Elle tourna la tête vers lui et voulut lui parler mais elle était muselée. Le citharède en revanche n'était pas entravé au niveau de la bouche. Cela fit germer une idée dans l'esprit de Sylvéa. S'il parvenait à saisir le bâillon de l'elfe pour l'enlever, ils pourraient ensuite élaborer un plan ensemble !
Elle se mit à gesticuler et à marmonner.
— Vous vous rendez compte, se contenta de dire l'humain. Ils ont broyé ma cithare ! Je ne possédais rien de plus précieux ! C'est horrible...
Sylvéa lui coupa la parole par un grognement sec et tenta encore une fois de lui expliquer son idée. Il parut finalement comprendre quand elle pencha la tête vers lui.
— Bien sûr ! Comment n'y ai-je pas pensé plus tôt ? Ça ne va pas être facile mais je vais tout faire pour essayer et puis...

Sylvéa soupira. S'il passait un peu moins de temps à parler et plus à agir, cet idiot ! Enfin, il avait terminé sa tirade et il approcha son visage de celui de l'elfine. Doucement, comme s'il avait peur de la casser, il saisit le bâillon entre ses dents. Ses lèvres touchèrent un instant celles de Sylvéa.

Par tous les dieux, songea-t-elle en fermant les yeux. *Je voudrais tant sentir à nouveau celles de Solgi m'effleurer ainsi...*

Elle cligna les paupières pour se ressaisir et sentit enfin l'étoffe glisser. Par chance, le coupe-jarret n'avait pas jugé bon de trop serrer le nœud... Jérébiets tira encore un peu sur le tissu et le laissa retomber dans le cou de la jeune elfe. Il la contempla un instant avant de prendre la parole :

— Et maintenant ? demanda-t-il.

— Maintenant, tournez-vous.

Surpris et pour une fois muet, il s'exécuta et Sylvéa se pencha vers ses mains nouées dans son dos. Il sursauta quand elle mordit à pleines dents la cordelette.

— Dans d'autres circonstances, j'aurais été charmé ! dit-il. C'est tellement romantique ! Seulement là, s'énerva-t-il, y'a un camp entier de voyous perfides prêt à nous violer alors franchement (sa voix monta dans les aigus) si vous pouviez trouver une lame ou quelque chose parce que vos dents...

— ...sont comme toutes celles des elfes, termina-t-elle en se relevant, solides comme du roc et aussi tranchantes qu'un couteau effilé alors maintenant, vous la fermez et vous me laissez rompre vos liens. C'est compris ?

Stupéfait, le musicien resta sans voix tandis que Sylvéa sectionnait la cordelette. Elle se releva quelques souffles plus tard.

— Voilà. Maintenant que vos mains sont libres, déliez-moi !

Jérébiets s'exécuta et l'elfine fut bientôt en mesure de détacher ses jambes. Il fallut plusieurs mi-chiffres pour que les fourmis disparaissent de ses membres et qu'elle puisse à nouveau bouger normalement.

— Bon, nous devons patienter jusqu'à la tombée de la nuit maintenant. Nous aurons alors l'avantage : contrairement à eux, je n'ai nul besoin de torche pour voir dans les ténèbres. J'ai repéré les alentours avant qu'ils ne nous enferment ici. La tente est légèrement en retrait par rapport au reste du campement et un buisson feuillu pousse juste derrière. Nous nous glisserons jusqu'à ce fourré et ensuite, nous courrons le plus vite possible jusqu'à un autre arbre environ dix longueurs plus loin dans lequel nous pourrons grimper. C'est un pin, il nous dissimulera de la vue des hommes. C'est là que vous m'attendrez pendant que j'irai récupérer mon arme.

« Savez-vous vous battre ?

— Hé ! Je suis un barde, moi ! Pas un guerrier !

— Alors tant pis pour vous, s'ils attaquent, fuyez en priant pour être suffisamment rapide.

— Heu, si on reste, vous croyez qu'ils nous tueront, demanda-t-il tout tremblant.

— Oh, non, pas tout de suite, ils commenceront tout d'abord par vous violer puis ils s'amuseront à vous torturer et alors seulement, quand votre corps ne sera plus qu'une plaie, peut-être finiront-ils par vous achever...

Le poète frissonna. Sylvéa en aurait presque ri. Décidément, le comportement de cet homme se révélait souvent cocasse ! Quel froussard !

— Courage ! dit-elle, il ne nous reste plus qu'à attendre que le jour décline. En attendant, ne parlez pas, j'ai besoin de concentration...

Sylvéa ferma les yeux et laissa son esprit se lier au peuplier blanc.

— *Où est mon arme ?*

Aussitôt, l'arbre lui envoya une image. Nul humain n'aurait pu saisir cette vision mais Sylvéa en comprit aussitôt le sens. L'épée se trouvait à quelques centaines de longueurs seulement. Elle brisa le contact avec l'ypréau et se tourna vers le musicien. Prostré dans un coin, il se rongeait les ongles, les yeux dans le vide. Pendant ce temps au moins, il ne discourait pas...

L'elfine se pencha contre la tente. La toile devait être ancienne et de nombreux endroits étaient rapiécés à la va-vite. Elle tira légèrement sur l'un des rajouts et jeta un coup d'œil vers l'extérieur. Le crépuscule ne tarderait sans doute pas car, à l'autre bout du camp, l'un des brigands s'occupait d'allumer un feu. Sylvéa soupira. Il fallait encore attendre, elle détestait cette inaction...

Il lui semblait que des chiffres s'étaient écoulés quand la nuit arriva enfin. La jeune elfe posa une main sur l'épaule du citharède qui fit un bond et faillit crier.

— Il faut y aller.

Elle souleva légèrement le pan de la tente en priant pour que cela soit invisible depuis l'autre côté.

— Allez-y et ne faites pas un bruit. Attendez-moi dans le buisson.

Si jamais cet imbécile alerte les brigands, je l'étripe moi-même !

Il se glissa par l'ouverture sans un bruissement et Sylvéa observa anxieusement sa progression jusqu'au boqueteau. Quand il l'atteignit, la jeune elfe s'allongea à son tour sur le sol et se mit à ramper avec habileté. Les hommes avaient de la chance de ne pas voir dans le noir finalement. Au moins avaient-ils la sensation d'être dissimulés. Sylvéa, elle, voyait si bien alentour qu'elle avait la désagréable impression de se déplacer à la vue de tous. Ses fines oreilles perçurent un léger bruit de pas. Un homme se dirigeait vers la tente. Elle termina sa traversée le plus vite possible et plongea dans le buisson.

— Vite, dépêchez-vous, courez en silence jusqu'au prochain pin et hâtez-vous de l'escalader, un brigand approche !

À ces mots, Jérébiets devint livide et s'élança. Par chance, l'épais tapis de feuilles ne dissimulait aucune branche morte et il ne provoqua pas de craquement au cours de sa fuite.

L'elfine attendit quelques instants puis se rua à son tour hors du taillis. Elle ne courut pas jusqu'au conifère mais, suivant les directives du peuplier, elle rejoignit l'endroit où l'attendait l'épée de son père.

À chaque pas, elle craignait de voir surgir l'un des malfaiteurs mais aucun ne croisa sa course et c'est avec un immense soulagement qu'elle commença l'ascension du résineux. Sentir à nouveau l'écorce d'un arbre sous ses mains et percevoir l'écho de cet être si différent – et pourtant si proche – la rassurait un peu. Prestement, elle atteignit l'endroit où l'épée du destin s'était plantée. Enserrant le mince tronc de ses longues jambes, Sylvéa posa ses deux mains sur la garde gravée de runes elfiques et sentit une faible vibration.

Chaque arme a une volonté propre et mène son guerrier où elle le souhaite

— Tu avais raison, père. Ce métal vit, lui aussi, murmura-t-elle.

Sylvéa banda ses muscles et tira sur l'épée, faisant ployer dangereusement l'arbre. La lame se dégagea et l'elfine faillit lâcher prise autour du tronc. Elle se rattrapa de justesse. À peu de choses près, elle s'écrasait huit longueurs plus bas... Prenant une grande inspiration, elle amorça la descente sans lâcher son arme. Elle ressentait l'étrange besoin de la garder à la main.

Après un regard rapide autour d'elle, Sylvéa tendit l'oreille un court moment puis, ne discernant aucun bruit anormal, elle rebroussa chemin. Elle ne pouvait pas laisser le musicien seul plus longtemps. Il était si inconscient ! Il n'avait aucune chance de s'en sortir si elle ne le rejoignait pas.

La jeune elfe courait sans bruit, scrutant les environs à chaque pas, quand un étrange pressentiment l'arrêta net. Elle resta un souffle immobile puis, plus rapide qu'un éclair, s'élança sur sa droite. Elle ne devait plus s'arrêter maintenant, pas avant d'avoir croisé le chemin de...

La vision venait de disparaître. La jeune elfe ne comprenait rien, d'où tenait-elle ces pensées ? Quelqu'un se trouvait-il derrière elle ? Prêt à lâcher la corde de son arc ? Elle sentait un léger picotement courir le long de sa nuque. Il lui semblait que, d'un instant à l'autre, une flèche se planterait dans son dos. Elle pouvait déjà presque sentir la douleur irradiant sa colonne vertébrale. Son cœur s'emballait. La peur l'empêchait de respirer normalement et un terrible point de côté venait d'apparaître. Soudain, il y eut un brusque craquement et un homme surgit devant elle. Elle leva son épée en réprimant un cri...

— C'est moi ! hurla-t-il.

Sylvéa baissa son arme pour découvrir le visage épouvanté du ménestrel. Elle sentit la colère monter et, n'en pouvant plus, oubliant les éventuels poursuivants, elle se mit à rugir :
— Je vous avais dit de rester là-bas, imbécile ! Vous vous rendez compte que...
— Non ! Vous allez m'écouter pour une fois ! coupa-t-il.
Sylvéa le dévisagea, estomaquée.
— Mais...
— Non, y'a pas de *mais* ! J'en ai marre à la fin ! Tout ça, c'est de votre faute ! Si vous aviez accepté la plume, aucune infortune n'aurait pu nous atteindre ! Vous vous prenez pour qui en refusant ainsi les présents des dieux ? En plus, vous me demandez d'attendre bien sagement dans un arbre à trois pas d'un campement d'assassins puis vous partez sans même un mot ! Et après je vous rencontre ici ! À l'opposé du camp ! Vous vouliez encore une fois m'abandonner peut-être ? Comme hier ! Non mais là, rassurez-vous ! C'est moi qui pars ! Vous entendez ? JE-ME-CASSE !
— Tss...tss...tss, fit une voix réprobatrice. Vous allez surtout retourner bien sagement au campement.
Sylvéa et Jérébiets se retournèrent comme un seul homme. Deux bandits armés de rapières leur faisaient face. Le cœur battant, la jeune elfe leva la main droite, épée au poing tandis que le barde se munissait d'une lourde branche morte tombée à ses pieds.
L'elfine lança un cri de guerre et se jeta sur le premier. Cela faisait une éternité qu'elle n'avait pas combattu et si autrefois, comme le disait son père, elle était la meilleure élève d'Astheval, ce n'était certainement plus vrai. Sa lame repoussa une première rapière mais la seconde était déjà sur elle. Elle perdait peu à peu du terrain et elle se trouva bientôt accolée à un arbre. Elle chercha à puiser de la force dans le tronc noueux mais ses gestes manquaient de rapidité et, face à deux gaillards aguerris, elle n'avait aucune chance. Désespérée, elle tenta une attaque mais manqua sa cible. Son offensive avait ouvert une brèche dans sa protection et la lame d'un combattant en profita pour atteindre

son corps, laissant une profonde entaille le long de ses côtes. Elle hurla quand le fer traversa sa chair. Elle devait tenir bon pourtant, pour Solgi, pour sa vengeance ! Elle étreignit sa poignée et para une nouvelle attaque, puis une autre encore... Soudain, Sylvéa perçut un mouvement derrière les hommes, il y eut un bruit mat de collision et l'un des brigands s'écroula sur le sol. Surpris, le second baissa un instant sa garde et Sylvéa en profita pour porter un coup à la tête. Sa lame elfique entama la boîte crânienne avec un bruit de fracture. L'homme s'écroula en avant, à genoux sur le sol, les mains crispées autour de sa blessure. Il n'était pas encore mort après un tel coup ! La jeune elfe leva une dernière fois son épée et la plongea dans la nuque de l'homme. Il s'effondra, eut un dernier soubresaut puis s'immobilisa.

Sylvéa reprit sa respiration. Cette fois, il ne se relèverait plus. L'elfine détourna le regard, mal à l'aise, et fut prise d'un haut-le-cœur en découvrant le musicien sur sa droite. Le visage écarlate, il abattait sans trêve un large bâton de bois sur le crâne du deuxième coupe-jarret.

— Je veux pas retourner là-bas ! criait-il. Jamais, jamais, jamais !

Sylvéa posa une main apaisante sur son épaule et il leva les yeux vers elle.

— Je crois qu'il est mort cette fois, Jérébiets. Venez, fichons le camp d'ici.

Le poète jeta un coup d'œil sur le sol puis lâcha la branche comme s'il s'agissait d'un serpent venimeux.

— Par tous les dieux ! dit-il. C'est moi qui ai fait ça ?

— C'était eux ou nous, se contenta de répondre Sylvéa, dépêchons-nous, courons, les autres ne doivent pas être loin…

L'elfine fit un premier pas mais son côté, touché par la rapière, la faisait souffrir. Elle laissa échapper un gémissement et le poète se tourna dans sa direction, inquiet.

— Vous êtes blessée ?

— Ce n'est rien, ça va aller.

— Laissez-moi voir, répliqua-t-il en l'obligeant à se redresser.

Il poussa une exclamation.

—Vous perdez énormément de sang et au toucher, l'entaille semble assez profonde. Vous ne pourrez jamais courir avec une telle blessure !
—Mais si ! répondit Sylvéa mais sa tête tournait et quand elle voulut avancer, ses jambes se dérobèrent et elle s'écroula.

***

Il y avait une fête ce jourd'hui et comme il s'agissait d'un carnaval, Acanthan m'avait offert un masque magnifique fait de feuilles dorées et je pourrais enfin me mêler aux hommes. Malgré ses quarante cycles (âge déjà mûr pour un humain), l'enlumineur adorait toujours autant cette fête qui, d'après ses explications, me paraissait sardanapalesque. Récurées pour cette occasion, les rues seraient décorées de mille fleurs ; un cortège de chars dédiés aux différents dieux remonterait l'artère principale jusqu'à l'immense place du marché où aurait lieu un bal à la nuit tombée.
Lors de cette journée hors norme, toutes les classes sociales se mélangeaient sans crainte et les plus pauvres économisaient jusqu'à plusieurs mois de salaire pour s'offrir un loup, seul passeport obligatoire pour assister au spectacle.
Le petit homme s'était déguisé en leorce : en plus de son masque, il avait teint ses cheveux grisonnants pour leur donner l'allure d'une crinière fauve.
— Tu es magnifique, lui dis-je.
— Prêt à tomber les jeunettes, répliqua-t-il en riant. Bien heureusement, l'âge n'assagit pas tous les hommes...
Il partit dans un rire grave avant de se reprendre :
— Tiens, l'ami, voici quelques pièces et une bourse. Tu peux en avoir besoin si la foule nous sépare. Cette escarcelle appartenait à ma femme, je te l'offre.
Je ne savais pas comment le remercier. Son épouse était morte en couches avec son premier enfant et je savais qu'il se pensait responsable de cette disparition. En me

permettant de disposer d'un objet ayant appartenu à la défunte, il me donnait un grand privilège et une formidable preuve d'amitié.
— Allons, ne tardons pas plus, dit-il de la voix bourrue dont il se servait pour cacher ses émotions. Ne manquons pas un souffle de cette fameuse fête.

À peine un chiffre plus tard, je me trouvais au milieu d'une foule pressante. Il y avait plus de monde encore que lors de mon arrivée dans la ville mais je me sentais cette fois-ci protégé, à la fois par mon masque et par l'amitié qui me liait à Acanthan. Je me tournai vers lui et il me fit signe de le suivre jusqu'à une place encombrée où l'on vendait mille merveilles.
— Je vais te faire goûter les spécialités du jour, cria-t-il pour se faire entendre malgré la foule.
Il oubliait souvent mes capacités elfiques ; qu'il s'agisse de ma vision nocturne, de mon odorat surdéveloppé ou de mon ouïe très fine...
Pour commencer, nous nous dirigeâmes vers un étal où dominait une odeur de friture. Je compris pourquoi ce genre de nourriture était exclusivement réservé aux jours de fête lorsque Acanthan me tendit un cornet rempli de longs gâteaux frits et arrosés d'une crème de marron. Si ces mets pouvaient être servis quelle que soit la date, tous les hommes seraient obèses !
Je me servis et mordis à belles dents dans la friandise encore très chaude. C'était succulent, très gras, très sucré mais excellent. Rien à voir avec tout ce que j'avais mangé jusqu'à présent parmi les hommes.
— Alors ? me demanda mon ami.
Je hochai vigoureusement la tête et il partit une fois de plus à rire. C'était merveilleux cette capacité qu'il avait à toujours se montrer gai. Après tout ce qu'il avait vécu de triste... Peut-être étaient-ce finalement les gens démunis en

apparence et rejetés des dieux qui demeuraient les plus prompts à sourire ?
L'enlumineur me conduisit jusqu'à une fontaine où nous pûmes nous rincer les doigts et la bouche. Il me tendit ensuite un tube de pommade et un petit miroir d'étain pour que je puisse refaire mon maquillage doré sur les lèvres.
— Ce costume met en valeur tes traits fins et tes reflets verts sont du plus bel effet.
Je m'observai une nouvelle fois attentivement dans le miroir. La teinte de ma peau et de mes cheveux mi-longs passait aisément pour un grimage. Je n'avais pas à craindre la peur des hommes aujourd'hui.
Dans la deuxième partie de journée, il y eut le magnifique défilé de plusieurs groupes, chacun dédié à tel ou tel dieu, et Acanthan m'expliqua les croyances auxquels ils étaient reliés. Quand le dernier char passa, nous le suivîmes, comme tous, jusqu'à la vaste place de la cité. Il y avait en ce lieu des dizaines de jeux pour enfants ou adultes et l'enlumineur s'amusa à m'inscrire à un concours de tir à l'arc. Grâce à l'habileté de ceux de ma race, je le gagnai aisément et remportai le prix : un superbe étalon alezan aux aplombs magnifiques selon Acanthan, ainsi que son équipement : selle luxueuse à étriers, tapis ornementé et filet au chanfrein ouvragé.
— Comme tu es responsable de ce gain, tu seras chargé de m'apprendre à monter, dis-je au petit homme en tentant en vain d'amener le cheval à me suivre à travers la foule.
— Laisse-moi faire, me dit-il en prenant les rênes. Allons le mettre à l'abri avant qu'il ne se fasse blesser. Mon voisin possède une étable où je rangeais autrefois ma mule, je l'ai perdue au temps froid dernier mais j'ai conservé ce box pour recevoir les montures d'amis. Ton étalon y sera très bien.
Arrivés sur place, Acanthan me montra comment desseller le cheval puis nous repartîmes vers la grand-place.
Mon ami participa à un jeu de course en sac qu'il perdit après une mauvaise chute à cause de laquelle il s'égratigna le

bras droit et le menton. Quand il s'était relevé, ses yeux pétillaient comme ceux d'un enfant et il avait l'air plus heureux que jamais. À un point d'eau, j'essuyai son menton et nous parlâmes longuement du temps où il participait à cette fête au bras de sa femme.
— Je ne m'étais pas tant amusé depuis, m'avoua-t-il finalement.
Après un silence, il repartit d'un ton plus gai :
— Allons acheter quelques friandises, j'ai l'estomac qui me rappelle à l'ordre !

Lorsque la nuit sans lune tomba, des musiciens se réunirent sur l'estrade et ils entamèrent le concert. Aussitôt, de nombreuses personnes se mirent à danser sur la large piste prévue à cet effet.
Cette ambiance me rappelait le Falsp bien que les instruments et les chorégraphies soient différents. J'avais toujours été bercé dans un univers de musique et il me fallut très peu de temps pour intégrer les déplacements.
Acanthan était sur la piste depuis quelque temps déjà et je décidai de le rejoindre. La première femme avec laquelle je dansai portait un masque de satin noir perlé de diamants étincelants. Nous restâmes ensemble plusieurs morceaux durant et elle finit par me glisser quelques mots à l'oreille.
— Suis-moi jusqu'à ma chambre, bel adolescent, je te montrerai plus d'étoiles qu'il n'y en a dans le ciel d'Astheval.
Désorienté, je cherchai l'enlumineur du regard et, ne le trouvant pas, je répondis à la femme que je souhaitais danser encore un peu. Vexée sans doute par mon refus, elle quitta mon bras mais fut remplacée aussitôt par une autre personne plus âgée dont le loup était simplement recouvert d'hermine. Elle me sourit et découvrit une dentition en assez mauvais état. Elle devait faire partie de ces pauvres qui économisaient tant pour participer à la fête. À la fin de la valse, elle effectua une révérence et me remercia d'avoir été

son cavalier. Je lui baisai la main affectueusement et elle repartit en quête d'un autre cavalier.
Le rythme changea et la gent masculine forma un cercle tandis que les femmes, au centre, effectuaient des pas précis. J'observai bien autour de moi et suivis les hommes qui se mirent à tourner. Nous nous arrêtâmes chacun devant une dame avec laquelle nous dûmes faire quelques pas puis les cercles tournèrent dans un sens différent et je me retrouvai devant une femme de petite taille, tout de blanc vêtue et dont le masque était fait de grandes plumes étincelantes. Sa peau était recouverte d'un maquillage opalin et quand elle prit mes mains, je fus parcouru d'un grand frisson.
— Je pensais bien vous retrouver, dit-elle. La lune pleine me semble si longue à se lever... Il me tardait de me retrouver à vos côtés, mon beau fantôme.
Elle était magnifique dans son costume qui effaçait tout ce qui restait en elle de l'enfance pour encenser les formes féminines et la pureté du regard. Je gravai à jamais cette image dans ma mémoire. Nous restâmes à danser toute la nuit sans ressentir la moindre fatigue, les yeux simplement plongés les uns dans les autres. Je l'aimais comme jamais je n'avais aimé. Mon cœur me semblait trop étroit pour contenir un tel amour. J'avais peur que tout s'efface et en même temps, j'étais le plus heureux des elfes.
Quand les premières lueurs roses apparurent à l'horizon, elle se leva sur la pointe des pieds et m'embrassa avec passion avant de disparaître comme à son habitude.
Je regardai mes mains vides où demeurait un peu de poudre blanche. J'avais dansé avec ma fée et elle m'avait embrassé !

Quand je me retrouvai chez Acanthan, la pièce était vide. Il passait probablement la nuit dans les bras d'une femme. J'étais presque soulagé de pouvoir rester seul ; seul avec le souvenir de cette soirée fantastique.
Le goût délicat de mon aimée hantait encore mes lèvres lorsque je m'assoupis...

***

L'elfe venait de tomber. Jérébiets se pencha sur elle.

— Ce n'est rien, dit-il. Accrochez-vous à moi !

Dieu qu'elle était belle avec les ombres de la nuit qui jouaient sur son doux visage asexué. Jamais il ne pourrait la laisser se faire tuer ! Avec délicatesse, il passa la main gauche sous ses jambes et releva son buste avec la droite. Elle était plus grande que lui mais quand il la souleva, il lui sembla tenir contre lui un oiseau tant elle était légère.

Il jeta un regard en arrière mais il ne voyait rien à plus d'une demi-longueur dans les ténèbres nocturnes. Si quelqu'un les suivait, il serait aussi aveugle que lui ou porterait une torche. Dans le premier cas, il ne serait pas plus avantagé et dans le second, Jérébiets le verrait venir. Il se mit en marche puis décida de courir. L'elfe au creux de ses bras entravait à peine sa course. Il rejoignit par hasard un minuscule sentier qui bordait le fleuve et décida de le suivre. Dans toutes les ballades, l'Agrante apparaissait comme un guide divin.

Être de lumière, cours au long de l'eau,
Rencontre ton destin,...

Pour sûr, il n'y avait pas de meilleur chemin que ce fleuve miraculeux !

Le corps de l'elfe était brûlant contre lui. Sa blessure devait provoquer une montée de fièvre. Il fallait rejoindre une ville au plus vite car il ne possédait aucune connaissance en médecine. Et il ne *pouvait* pas la laisser mourir.

Son souffle devenait court. Il n'avait pas l'habitude de cavaler ainsi. Le sol était inégal et subitement, son pied droit se tordit. Il parvint à ne pas tomber mais dut s'arrêter quelques instants. Déposant doucement l'elfe sur l'herbe humide, il se pencha pour masser sa cheville endolorie. Il pourrait bientôt repartir mais la soif le tenaillait et il devait se désaltérer. Il but longuement et prit également de l'eau dans ses mains en coupe et fit glisser le frais liquide sur les lèvres entrouvertes de l'elfe.

— Solgi ?
— Chut, ne vous inquiétez pas.
Jérébiets repoussa une mèche de ses étranges cheveux aux reflets émeraude. Sa peau était parfaite sous ses doigts, aussi douce que du satin. Son nez long et fin, son visage allongé, son corps élancé, presque androgyne, ... Elle était parfaite ; parfaite à ses yeux.
Il la prit à nouveau dans ses bras et poursuivit sa course. De nombreux événements s'étaient produits depuis la fin du jour mais peu de temps s'était en réalité écoulé. Il lui restait encore toute la nuit pour cheminer.

***

La douceur l'enveloppait. Elle sentit une main délicate caresser sa joue.
— Solgi ?
— Ne bougez pas, dormez.
Sylvéa ouvrit légèrement les yeux. Il y avait un homme penché au-dessus d'elle. Qui était-il ? Elle cilla. Les brigands, la fuite, le combat... Elle tenta de se lever mais un bras l'en empêcha.
— Là, restez allongée, dit l'homme en la relâchant.
Il s'éclipsa puis revint quelques instants plus tard, un bol fumant à la main.
— Tenez, buvez.
Sylvéa s'exécuta. Elle toussa. Le liquide était brûlant et amer.
— Je sais, c'est un breuvage affreusement mauvais mais cela vous fera du bien.
Quand elle eut terminé la coupe, elle se sentit complètement vide l'espace d'un souffle mais, quelques mi-chiffres plus tard, le bien-être l'envahit. Elle ouvrit totalement les yeux. Le musicien se trouvait assis au bord du lit où elle était étendue. La pièce, minuscule et sale, était faiblement éclairée.
— Où suis-je ?
— J'ai réussi à atteindre une ville ce matin. Nous sommes chez une vieille guérisseuse. C'est la seule qui ne nous a pas refusés. Il

va falloir que je trouve un travail afin de la payer, je chercherai dès demain. Vous sentez-vous mieux ?
Elle acquiesça.
— Au fait, je ne vous ai même pas demandé ! Quel est votre nom ?
— Sylvéa, répondit-elle, Sylvéa Warez.
Elle dit ceci avec fierté. Warez était le nom de son père, et elle était heureuse de pouvoir le porter : elle savait que c'était de coutume chez les humains.
— Je suis enchanté d'avoir croisé votre chemin, Sylvéa. Mon second nom est Citrael. Mon père était professeur de la seigneurie de Tilles ; il y a été condamné à mort voilà quelques cycles. Ne répétez jamais ce nom car si un chasseur de primes me reconnaît, il m'emmènera là-bas.
— Vous êtes condamné aussi ?
Il hocha gravement la tête.
— Pour quelle raison ?
— Parce que je suis le fils de mon père, et qu'il avait craché sur le nouveau seigneur de Tilles.
— Pourquoi ?
— C'était un tyran, et il l'est toujours d'ailleurs.
— Et pourquoi me dire tout ceci ?
Il haussa les épaules.
— Je ne sais pas, répondit-il. Dormez maintenant, vous devez vous reposer.

***

— Zargs !
— Maî... maître ?
— Pourquoi ne pas m'avoir contacté ?
— Je..., c'est que..., j'ai égaré l'instrument qui me permettait de vous atteindre, maître.
— Tâchez d'en enchanter un nouveau. Si dans deux jours je n'ai pas de nouvelles, je m'occuperai de votre cas, mon cher Zargs...

***

Nous étions sortis de la ville pour monter mon bel étalon que j'avais nommé Manuscrit en l'honneur de ma rencontre avec Acanthan. J'apprenais vite d'après mon maître mais je le trouvais bien optimiste. J'avais toujours beaucoup de mal à contrôler l'animal et les douleurs que je ressentais dans tout le corps après chaque exercice n'étaient guère encourageantes.
— C'est pas si mal, tu sais, tu as une très bonne tenue et c'est surtout ça qui compte pour le moment : tu es capable de rester en selle quoi qu'il arrive.
— Mais je suis incapable d'arrêter Manu quand il a décidé de galoper.
— C'est normal, c'est un cheval entier et une monture de guerre : il a les nerfs à fleur de peau, que veux-tu, c'est toujours le problème avec les bons destriers ! Allez, ça ira pour ce jourd'hui, rentrons, j'ai la faim qui me tenaille.
Il s'approcha, monta en croupe et je fis avancer Manuscrit d'un léger mouvement de bassin. Quand nous fûmes en vue des remparts, je rabattis mon capuchon bien bas sur mon front et nous filâmes jusqu'au box.
Nous n'en étions qu'au repas de la mi-journée et il me tardait d'être enfin le soir car la lune formerait alors un cercle parfait dans le ciel nocturne...
— Tu n'es pas bien bavard aujourd'hui, me reprocha gentiment Acanthan en me servant une louchée de ragoût de haricots secs.
— Pardonne-moi, l'ami, j'ai l'esprit ailleurs.
— Je comprends, se rembrunit l'enlumineur.
Je relevai la tête, étonné par ces paroles.
— Il doit te peser de demeurer caché ainsi à longueur de journées. Il va te falloir prendre une décision, mon garçon : te révéler aux yeux de tous malgré les risques ; quitter la terre des hommes ; ou bien te joindre à la Confrérie des Invisibles.

— La Confrérie des Invisibles ? répétai-je en quête d'une explication.
— C'est un ami qui la dirige. On ne t'y demandera rien si ce n'est une somme d'argent que je te fournirai. Tu y apprendras à manier l'épée ; tu as déjà la monture. Au sortir de cette école, tu seras en mesure de passer les épreuves de chevalerie qui ont lieu tous les trois cycles. Tu les passeras avec brio, j'en suis convaincu.
— Pourquoi m'accepteraient-ils mieux là-bas qu'ailleurs ?
— Leur uniforme dissimule totalement le corps et le visage. Il est obligatoire en permanence. De plus, les chambres sont individuelles pour préserver l'intimité.
— Pourquoi de telles règles ?
— Mon ami et directeur de cette école est né avec une malformation du visage, tous le rejetaient. Il s'est alors décidé à créer cet établissement pour ceux qui, comme lui, ne pouvaient se montrer sans crainte.
Acanthan fit une pause, me regarda longuement avant de me questionner :
— Qu'en penses-tu ?
— Je dois réfléchir, répondis-je.
La proposition était tentante mais je ne pouvais me résoudre à quitter la ville où vivait ma jolie fée...

L'enlumineur eut du mal à s'endormir ce soir-là et il me sembla attendre des chiffres que sa respiration se fasse régulière. Quand je pénétrai dans le parc, la lune était déjà haute dans le ciel mais mon amour ne se trouvait pas là à m'attendre. Anxieux, je m'assis au pied du platane et fermai les yeux pour me lier à lui. Il ne m'apprit rien, sa conscience était très faible comparée à celle des arbres des Terres Oubliées.
Lorsque j'ouvris les yeux, elle était là, assise en face de moi à me regarder silencieusement.
— Vous étiez si beau dans votre méditation que je n'ai pu me résoudre à vous déranger.

Je voulus prendre sa main et m'entretenir avec elle mais elle me repoussa et me fit signe de me taire.
— Cette nuit, il faut laisser la place à la divination.
Elle tira des plis de sa robe pervenche un paquet de cartes, les mélangea doucement et en posa sept, face sur le sol.
Une à une, elle les retourna et les examina longuement. Ses yeux reflétèrent une immense tristesse puis se firent durs.
— Vous devez partir, mon fantôme émeraude, il vous faut passer par le fer avant de me retrouver.
Je voulus protester mais son regard ferme m'en empêcha.
— Quittez la ville dès demain ; juste avant la tombée du jour.
Elle se leva et esquissa un mouvement pour s'enfuir mais je fus plus rapide. Je me mis sur pied d'un bond et attrapai sa main. Elle se retourna, passa ses bras autour de mon cou pour l'embrasser puis y enfouit son visage. Nous restâmes ainsi un long moment avant qu'elle ne se dégage à regret de mon étreinte.
— Je garderai en moi votre parfum si proche de celui des sous-bois, dit-elle. À chaque lune pleine, je viendrai m'asseoir ici en attendant votre retour. Ne m'oubliez pas...
— Jamais, répondis-je avec ferveur alors qu'elle s'éloignait.

Le lendemain, j'acceptai la proposition d'Acanthan. Il me confia une lettre pour son ami, la somme d'argent requise et nous nous prîmes dans les bras l'un de l'autre.
— Tu es le fils que je n'ai jamais pu avoir, me dit-il des larmes plein les yeux. Prends bien soin de toi ; et surtout, reviens-moi.
— Je reviendrai, promis-je.
J'enveloppai mon visage dans un voile noir et enfourchai Manuscrit. La nuit ne tarderait plus à tomber. Après un dernier signe de la main à mon ami, je talonnai mon étalon et partis au trot.

***

Un petit vent glacial frôlait le visage de l'elfe. Sylvéa serra un peu plus son capuchon et se glissa dans une étroite ruelle. La ville entière semblait dormir, comme frappée par un terrible enchantement. La jeune elfe quitta la venelle et pénétra dans une impasse exiguë aux maisons en encorbellement. En face d'elle, à quelques longueurs du sol, une fenêtre vitrée reflétait la lumière d'une taverne. C'était là qu'il avait pénétré.
Quand elle s'était éveillée quelques chiffres plus tôt après avoir surpris ce nouvel échange entre Zargs et celui qu'il appelait *maître*, tout s'était éclairci...
Avec souplesse, malgré sa plaie encore sensible, l'elfine escalada la façade en colombage et atteignit l'ouverture par laquelle il avait disparu. La pièce était plongée dans l'obscurité mais Sylvéa en distinguait chaque recoin. Une basse porte en bois sombre s'ouvrait sur une seconde salle. Prenant bien soin de ne pas faire craquer le vieux parquet, elle traversa la chambre vide et alla s'appuyer sur le chambranle. Visiblement, elle ne s'était pas trompée...
— Que faites-vous ici ? demanda-t-elle à l'homme assis sur un trépied.
Le musicien, faiblement éclairé par la lueur d'une unique bougie, sursauta et faillit lâcher le pentacorde qu'il inspectait.
— Sylvéa ! Vous m'avez suivi ! Mais pourquoi ?
— C'est à vous de m'expliquer, Jérébiets. Qui est cet être que vous appelez *maître* et pourquoi me poursuivez-vous ?
— De quel *maître* parlez-vous ? Je ne comprends pas.
Sylvéa eut un moment d'hésitation. Il paraissait sincère et pourtant, tout l'accusait. Premièrement, il la suivait sans raison valable, deuxièmement, il disparaissait toujours lorsque les étranges dialogues survenaient et troisièmement, la perte de sa cithare correspondait parfaitement avec celle du fameux instrument permettant la communication.
Il ne lui restait plus qu'un élément à vérifier, et elle en aurait sans doute le cœur net.
Tandis que le musicien baissait la tête, Sylvéa appela :

— Zargs ! Expliquez-moi qui vous êtes.
Le citharède regarda derrière lui comme s'il s'attendait à voir une nouvelle personne arriver. Sylvéa poussa un soupir de soulagement. Elle n'avait lu dans ses yeux que de l'étonnement. Si Zargs avait été son véritable nom, ses sens elfiques auraient repéré une autre émotion dans ses pupilles.
— Vous me cherchiez ? fit une voix dans le dos de Sylvéa.
Elle tressaillit et se retourna, le cœur battant. Devant elle se tenait un homme étrange. Malgré sa nyctalopie, l'elfine ne voyait que ses yeux qui la glaçaient.
— Je suis Zargs, dit-il. Je suis venu pour vous, Sylvéa, mais je ne peux laisser en vie cet homme stupide que vous osiez comparer à moi. Vous vouliez savoir qui j'étais, jeune elfe ?
« Je suis votre mort !
Sur ces mots, il y eut comme un éclair qui révéla une forme humaine, il leva les bras et prononça quelques mots incompréhensibles. Aussitôt, des flammes jaillirent tout autour de l'encadrement de la porte.
— Adieu, jolie elfe ! fit-il, puis ses yeux disparurent.
Sylvéa considéra les flammes qui envahissaient l'unique entrée de la pièce, il n'y avait aucune autre issue : ni fenêtre, ni porte… Ils étaient bloqués.
Jérébiets s'était levé et venait de la rejoindre.
— Par tous les dieux, dites-moi que ce n'est qu'un cauchemar, murmura-t-il.
— Je ne crois pas, rétorqua l'elfine, il va falloir trouver un moyen pour sortir d'ici vivant.
— Il y a des fois où je me demande pourquoi je vous ai suivie...
La jeune elfe ne releva pas la dernière remarque mais commença plutôt à examiner l'étroite pièce en vue d'une échappatoire. La chaleur devenait insoutenable, rendant leur respiration difficile. L'incendie atteignait déjà le plafond au-dessus d'eux et les murs couverts de nombreux instruments de musique à cordes ou à vent.

— Ces flammes ne sont pas naturelles, constata Jérébiets avec angoisse. J'ai vu de nombreux embrasements à Tilles pendant le coup d'État et aucun ne dévorait aussi rapidement les bâtiments…
— Et toutes les maisons sont en bois dans ce quartier…
Sylvéa avait beau réfléchir, elle ne savait que faire. Les flammes étaient bien trop épaisses, ils n'avaient aucune chance de les traverser. Elle considéra les instruments pendus aux cloisons et remarqua une sorte de bâton creux haut d'une longueur environ. La jeune elfe enjamba avec précipitation le trépied qui traînait maintenant au sol et saisit l'étrange ustensile. S'en servant comme d'un bélier, elle l'abattit avec force contre la paroi. Une fois, deux fois... à la cinquième, un grand craquement retentit, le bois s'était fendu et il ne fallut plus que trois pressions pour dégager un mince espace. Les flammes viendraient bientôt lécher les pieds de Sylvéa et la touffeur insupportable régnant dans la pièce faisait couler la sueur le long de sa tempe. L'air devenait de plus en plus difficile à respirer, la fumée brûlait ses poumons… En toussant, elle fit signe à Jérébiets de se glisser dans le passage avant de le rejoindre de l'autre côté.
Ils se trouvaient maintenant dans une chambre chichement meublée, il y avait une fenêtre malheureusement trop étroite pour leur permettre de s'échapper. Sylvéa s'élança donc vers la porte mais au moment où elle l'atteignait, la poignée tourna et un homme immense apparut.
— Ils sont là ! hurla-t-il. Saisissez-les !
Aussitôt, une multitude de soldats entrèrent dans la pièce, armés de rapières ou de sabres.
Derrière Sylvéa, les flammes venaient de trouver elles aussi la brèche dans le mur.
Impossible de faire demi-tour, et impossible d'échapper à tous ces guerriers. Ce Zargs a dû se débrouiller je ne sais comment pour appeler la garde. Nous sommes condamnés...
La bataille ne dura pas longtemps et Sylvéa se trouva une nouvelle fois ligotée aux côtés de Jérébiets. Le chariot partiellement bâché

qui les emmenait cahotait le long d'une route irrégulièrement pavée. Un officier avait pris l'épée de Sylvéa. Le ménestrel, quant à lui, portait en bandoulière une nouvelle cithare qu'il avait pris le temps de subtiliser plus tôt au magasin malgré la menace du feu.

Comme si cela pouvait nous sauver....

Ils furent emmenés jusqu'au château aux mille tours qui s'élevait au centre de la ville au sein d'un vaste parc arboré. Là-bas, trois sentinelles les poussèrent jusqu'aux froides oubliettes. Le plus petit des combattants ouvrit une lourde porte bardée de fer tandis que les autres coupaient leurs liens puis Sylvéa et Jérébiets furent jetés dans l'infâme caveau.

— Vous serez brûlés place du Marché dès demain pour avoir déclenché cet incendie de façon criminelle ! se contenta de dire l'un des guerriers.

Quand la porte se referma, l'elfine poussa un énorme soupir.

— Au moins, je n'aurai pas à user mes dents sur des cordes, cette fois...

Je ne parviendrai jamais à atteindre l'Ombre si je me retrouve prisonnière tous les dix jours...

Elle se retourna vers Jérébiets.

— Au fait ! Puisque vous n'êtes pas Zargs, que faisiez-vous dans cet endroit ? demanda-t-elle.

— C'est stupide, je sais, mais je ne parvenais pas à trouver un travail. Je ne sais rien faire à part chanter alors j'avais décidé de voler un instrument afin de gagner suffisamment d'argent pour rembourser la guérisseuse.

Il frissonna.

— Cet endroit est monstrueux et terriblement humide ! Je suis sûr qu'il y a des rats partout et je ne les vois même pas.

— Effectivement, ils pullulent tout autour de nous. Je ne les quitte pas du regard.

Jérébiets jeta un coup d'œil horrifié à côté de lui, imaginant sûrement des centaines de rongeurs prêts à le dévorer. Il prit finalement sa cithare entre ses mains et commença à en effleurer les cordes. Dès que la musique s'éleva dans l'air, toute crispation

s'envola et la sérénité envahit son visage. Il se mit alors à fredonner doucement, les yeux mi-clos, comme s'il entrait en transe.
Sylvéa en profita pour se lever et commença à marcher de long en large. Après la chaleur étouffante de l'incendie, le froid lugubre des oubliettes la rendait nerveuse. Elle devait trouver un plan pour fausser compagnie aux soldats sans quoi, selon la loi du talion, ils finiraient tous deux sur le bûcher.
Je n'ai pas quitté mon pays pour mourir ici !
L'elfine releva la tête et ses yeux croisèrent une étrange gravure sur la roche. Elle s'en approcha et ne put réprimer un cri de surprise. Aussitôt, la musique cessa et la voix inquiète de Jérébiets retentit.
— Sylvéa ? Tout va bien ?
— Oui, oui, très bien.
La musique reprit et la jeune elfe caressa du bout des doigts les runes tracées dans la pierre. C'était de l'elfique, c'était l'écriture de son père...

Ma petite Sylvéa,
Comme tu peux le constater aujourd'hui, une partie de mon chemin fut le même que le tien ; même si les raisons en sont différentes.
L'homme qui te poursuit et que tu as vu aujourd'hui est très dangereux mais méfie-toi plus encore des Pranzlis, ils ne sont que trois mais c'est toi seule qu'ils veulent et leurs pouvoirs sont immenses.
Ils devaient me brûler moi aussi mais lorsque les gardes sont venus me chercher, j'étais déjà loin. Toi aussi tu disparaîtras avant leur arrivée. Mon crime, je veux que tu le saches, fut d'avoir aimé. Je ne me déferai jamais de ce sentiment ; je ne l'oublierai jamais ; il sera toujours présent en mon cœur. Je souffrirai à jamais de cet amour perdu mais mes pouvoirs voient plus loin, je rencontrerai ta mère, Sylvéa, et elle aussi aura droit à ma tendresse.

Ma petite fille, tu dois maintenant partir. Derrière la chaîne rouillée se trouve un passage. Pour l'ouvrir, il te suffit de tirer sur l'attache une fois puis de rouler le gros rocher sur la droite. Lorsque tu seras de l'autre côté, tire sur les trois menottes qui pendent au plafond et le passage se refermera. Observe bien le défilé dans lequel tu circuleras alors.
Ma très chère Sylvéa, je t'aime déjà plus que tout et j'ai hâte de te rencontrer enfin pour te prendre dans mes bras. Je serai toujours avec toi sur les chemins d'Astheval.

Ton père qui t'embrasse.

Sylvéa sentit une larme couler le long de sa joue. Comme il lui manquait ! Elle se montrait trop sensible depuis la mort de Solgi… Elle essuya son pleur d'un revers de la main puis se dirigea vers la chaîne qui pendait un peu plus loin. Elle accomplit les gestes décrits par son père et découvrit alors le passage étroit. Elle alla prévenir Jérébiets, lui expliqua sommairement sa trouvaille et ils s'engagèrent dans le boyau, prenant bien soin d'en refermer l'accès.
Se souvenant du conseil de son père, Sylvéa examina bien la galerie. Elle était creusée de façon grossière au milieu de la roche et un froid pénétrant y régnait. Après plusieurs mi-chiffres passés dans le corridor, l'elfine remarqua une nouvelle gravure sur la droite. Elle s'arrêta brusquement pour l'inspecter. Il s'agissait d'un autre message laissé par son père.

Ma fille, enlève la dalle et prends ta garde, le fil suivra.

La jeune elfe tâtonna autour de l'estampe et trouva enfin ce qui devait correspondre à la *dalle*. Elle la saisit et la délogea de son bloc de pierre. C'était long comme un avant-bras et assez lourd. Sylvéa demanda à Jérébiets de la tenir et après un coup d'œil

rapide qui ne lui apprit rien, elle glissa le bras dans l'interstice ainsi dégagé. Elle sentait un élément métallique. Elle le prit en main et tira. Il s'agissait de son épée !
Bien sûr, la garde de l'arme et le fil de la lame ! Le message qui lui avait semblé sibyllin devenait clair comme de l'eau de roche.
Ce minuscule dégagement dans le mur devait donner sur la pièce où l'on conservait l'armement des prisonniers ! Quelle étrange coïncidence !
L'elfine replaça précautionneusement le moellon puis ils poursuivirent leur avancée. Ils marchèrent un chiffre environ dans ce corridor de pierre puis débouchèrent sur une salle étroite creusée cette fois dans la terre. Il y avait deux couloirs mais près de celui de droite, un large silex posé sur le sol exhibait le dessin d'un arbre. Sans doute un nouveau signe laissé par son père.
Ils empruntèrent le passage et cheminèrent plusieurs chiffres encore avant de sentir un faible courant d'air. Le couloir rétrécissait maintenant à tel point que Sylvéa et Jérébiets durent progresser en rampant dans l'étroit boyau. Ils émergèrent dans une petite clairière. Ce passage devait être ignoré car il était partiellement obstrué par des ronces. Des branchages, un rocher et des herbes sauvages le dissimulaient également.
Sylvéa regarda autour d'elle. Il n'y avait apparemment personne alentour et une faible odeur de brûlé lui indiquait qu'ils devaient se trouver à deux ou trois pilongueurs de la ville où l'incendie continuait sûrement à faire rage.
— Nous devons trouver la route et poursuivre notre chemin vers le nord, fit Sylvéa.
Jérébiets hocha silencieusement la tête et ils commencèrent leurs recherches.
Ils ne possédaient plus rien, ni provisions, ni vêtements de rechange, ni montures..., mais le ménestrel avait autour de son cou sa cithare. Ils pourraient peut-être s'arrêter dans la prochaine ville et y remplir leurs bourses...

***

Je passai deux longs cycles à étudier dans l'école. Je travaillai comme jamais aucun elfe ne l'avait fait avant moi. Je perfectionnai mon tir à l'arc afin qu'il devienne non plus une technique esthétique mais guerrière ; j'appris à manier l'épée en m'entraînant jour après jour jusqu'à ce que l'escrime devienne pour moi une seconde nature. Grâce à mes capacités extraordinaires que j'utilisais autrefois uniquement pour les joutes amicales à mains nues, je créai une manière de jouter innovante alliant les déplacements aériens et la technique classique de combat d'épée. Nous avions également des cours théoriques pendant lesquels j'appris à connaître et à reconnaître les différentes régions de la Vallée de l'Agrante. Je me souviens de mon émotion lorsque je vis mon premier atlas ; j'y découvris que la terre des hommes était de part et d'autre entourée de montagnes, comme si les dieux avaient voulu protéger les humains ; ou alors protéger le reste du monde de leur présence...
Personne ne me posa de question sur mes origines et je n'en posai pas plus aux autres élèves. Je parlais peu et demeurais le plus souvent seul. Entre les leçons, je montais Manuscrit dans les bois environnants et songeais au tendre amour qui m'attendait au pied des platanes... Il m'arrivait parfois de craindre de la retrouver mariée à un autre mais je me raisonnais. Si les cartes nous avaient séparés, c'était pour mieux nous réunir par la suite.
Comme le voulait la coutume, on m'avait attribué un nouveau nom dès mon arrivée à l'institut. J'étais désormais le Frère Invisible Olme. J'ignore comment le maître choisissait ces nouvelles identités. Certains racontaient qu'il possédait un vase contenant une eau magique qui lui soufflait chaque prénom. Je n'y crois guère mais c'est une belle histoire.
Un beau jour, le directeur m'annonça que j'étais prêt. Un sentiment de plénitude m'envahit car j'allais enfin pouvoir passer les épreuves de la chevalerie et retrouver mon aimée ! Alors qu'il me demandait quels étaient mes projets pour la

suite, je lui parlai du concours mais il m'apprit que celui-ci n'aurait lieu que deux cycles plus tard. Mon monde s'écroulait… Il me fallait patienter encore si longtemps avant de rejoindre la contrée de Thiers. Je décidai de me diriger à l'est de l'Agrante et de vendre mon bras de guerrier à quiconque pourrait me payer.
Mon premier employeur était un homme de loi qui me demanda de l'escorter jusqu'à une ville située à deux jours à cheval de son lieu de travail. Il ne se passa rien ni à l'aller, ni au retour, mais je fus raisonnablement payé.
J'avais décidé de prendre Olme comme nom de famille et me faisais plutôt appeler l'Elfe. Les gens se demandaient souvent qui se cachait derrière le costume du Frère Invisible. On racontait de nombreuses histoires plus terrifiantes les unes que les autres à propos de notre confrérie.
Petit à petit, j'acquis une certaine réputation dans la région que j'avais choisie et mes cachets augmentèrent en conséquence. Des personnes de plus en plus riches et nobles réclamaient mes services. J'économisais et dissimulais çà et là mon or. Lorsque le moment serait venu, je réunirais tous mes gains et en ferais profiter ma tendre fée et mon très cher ami Acanthan.
Je fus mêlé à de nombreuses aventures où la magie intervenait, j'ai encore du mal à croire vraies certaines d'entre elles. Les raconter prendrait bien trop de temps.
Je crois sincèrement que je pris énormément de plaisir à vivre ainsi sans trop me poser de questions, en acceptant tous les contrats ou presque. Je refusais uniquement de donner la mort froidement. Seule ombre au tableau : le vide provoqué en moi par l'absence de celle que j'aimais plus que mon âme.
La période des épreuves de la chevalerie arriva enfin et je pris la route en direction de Thiers. Le temps fut abominable tout au long de mon voyage. Mon voile me collait désagréablement à la peau mais j'avais appris à le supporter

quelles que soient les conditions. Il me fallut vingt-trois jours pour accomplir le trajet. Lorsque je me retrouvai en vue des remparts, je m'arrêtai et un frisson me parcourut. Je me souvenais de cette première fois où j'avais pénétré dans la ville, cela me semblait si loin. J'avais tant appris depuis... J'étais devenu un demi-homme au contact des humains. Je n'étais plus complètement elfe, ma vision du monde avait changé ; mes priorités aussi. J'avais pris conscience de la présence d'autres âmes autour de moi.
Je donnai l'ordre à Manuscrit d'avancer et gagnai la cité. Résolument, je me dirigeai vers le logis du petit enlumineur. Je laissai mon cheval dans le box après l'avoir dessellé puis étrillé et allai actionner le carillon. Une clef tourna dans la serrure et une tête apparut dans l'embrasure de la porte. Je vis avec plaisir son visage passer d'une expression neutre à la plus intense des joies. Il m'avait reconnu malgré mon voile !
Il me laissa entrer dans l'humble pièce où rien n'avait changé depuis mon départ. Seul le visage d'Acanthan s'était transformé. Il avait perdu quelques cheveux sur les tempes et gagné des rides au coin des yeux.
— Enlève ton uniforme, m'ordonna-t-il, il est trempé ! Tu dois avoir faim, je te mets de la soupe à réchauffer tout de suite.
Il marqua une pause pour me regarder attentivement.
— Dieux ! Que c'est bon de te revoir ! Tu vas devoir tout me raconter ce soir mais avant, mets-toi à l'aise, mon garçon.
J'exécutai ses ordres sans dire un mot, en savourant cette merveilleuse chance que j'avais : posséder un ami en qui je pouvais avoir une confiance totale.

***

Il fallut un peu plus d'une journée aux deux marcheurs pour atteindre le village le plus proche. Ils y demeurèrent jusqu'à la

tombée de la nuit, échangeant les services de Jérébiets contre quelques morceaux de pain et un bol de potage chaud.
Le ventre plein, ils quittèrent la bourgade avec empressement et reprirent leur route, profitant de la nuit pour prendre de l'avance. Si les villageois ne connaissaient pas encore l'histoire de l'étrange évasion d'une elfe condamnée à mort, cela ne tarderait sûrement pas...
Le chemin longeait le cours de l'Agrante et Sylvéa entendait parfois le bruit provoqué par le saut d'un poisson. Elle craignait à chaque fois qu'il ne s'agisse d'un esquif rempli de soldats prêts à les attaquer. Elle pivotait alors l'épée au poing et le cœur battant à tout rompre. Bien qu'elle ne distingue nulle embarcation, elle sondait par précaution l'esprit de son peuplier qui progressait quelques pilongueurs derrière eux sans jamais rien découvrir de plus.
Depuis leur évasion, l'elfine et le citharède n'avaient échangé que très peu de paroles. Ils se contentaient d'avancer en silence, s'arrêtant de temps à autre pour grignoter une poignée de fruits secs et boire quelques gorgées.
Quand le jour se leva brusquement, illuminant de son pâle éclat la campagne environnante, Sylvéa se tourna vers son compagnon et proposa une nouvelle pause. Le ménestrel hocha la tête et ils s'assirent face à l'Agrante.
Jérébiets s'étira puis il prit sa cithare contre lui et se lança dans une rhapsodie. Après quelque temps, Sylvéa se rendit compte que le chant parlait d'un elfe. Elle racontait comment il sauva une communauté entière de la menace d'une horrible harpie. La bête se cachait dans une grotte avoisinante et réclamait chaque cycle le sacrifice d'un jeune homme qu'elle dévorait alors. Le peuple, terrorisé par l'énorme monstre, vivait dans la peur jusqu'au jour où le fameux elfe arriva. Il demanda à être offert en pâture à la harpie et après un rude combat, parvint à la tuer, libérant ainsi la peuplade opprimée. C'était incroyable ! Elle connaissait cette aventure ! Son père lui avait souvent narré comment il avait achevé la harpie ! Le chant de Jérébiets comportait quelques

aberrations, les actions semblaient plus héroïques..., mais Sylvéa ne pouvait pas se tromper, cet elfe légendaire était bien son père ! Elle se sentait si fière qu'elle ne put s'empêcher de le dire au poète.
— C'est impossible ! répliqua-t-il. Cette histoire est bien trop ancienne, elle remonte à cinq cents cycles au moins !
— Les dates correspondent, Jérébiets, il avait deux cents cycles quand il est rentré du monde des hommes pour se lier à son arbre. J'ai moi-même cet âge aujourd'hui.
— C'est invraisemblable, vous ne pouvez pas avoir plus de vingt cycles, j'en ai moi-même vingt-cinq !
— Je suis une elfe, votre vie d'homme ne représente qu'un souffle à mes yeux. J'aurai mille fois le temps de vous voir naître et mourir avant de rejoindre l'Après-Monde !
Le barde semblait effaré.
— Je ne savais pas, se contenta-t-il de dire.
Il y eut un long moment de silence puis il reprit la parole :
— Que faites-vous ici au juste ? Pourquoi avoir quitté les vôtres pour ce pays d'éphémères.
Sylvéa ne put s'empêcher de tout lui raconter : la venue de l'Ombre, la mort de Solgi, sa condamnation, son passage dans l'autre monde, l'étrange discours de Saraide, son étape parmi les Grichkoks, la lettre de son père, la traversée des montagnes… Tout, jusqu'à son arrivée au *Destrier du fleuve.*
— Maintenant, je dois rejoindre le repaire de l'Ombre pour assouvir ma vengeance.
— C'est impossible ! Il est bien trop puissant et une malédiction pèse sur l'être qui le tuera.
— Peu m'importe de mourir, je n'ai plus aucune raison de vivre, Solgi n'est plus et mon peuple m'a rejetée.
— Mais moi, je suis là !
Sylvéa le dévisagea un long moment.
— Vous n'êtes rien pour moi, dit-elle finalement.
Sur ces mots, elle se leva et reprit son chemin sans se retourner. Elle avait parcouru quelques longueurs quand ses fines oreilles

d'elfe perçurent la vibration des cordes d'une cithare puis la voix pure de Jérébiets.

L'astre brillant du jour s'en est allé,
Avec lui les lunes qui flamboyaient.
L'Ombre sur le monde s'est déployée
Dévorant mers bleues, forêts et vallées.

Adieu douces promenades aimées
Au long des falaises d'or et d'argent,
Adieu paysages détruits désormais,
L'Ombre est passée, tuant et ravageant.

Être de lumière, cours au long de l'eau,
Rencontre ton destin, frappe de ton arme
Mais prends garde aux cruelles malédictions
Car de ce coup vengeur tu t'acquitteras
Et ton monde, cruel et indifférent,
Cessera à jamais l'appel de ton nom.

Elle n'avait pu se retenir d'écouter jusqu'au bout ce doux chant. Une puissance infinie semblait l'entourer, lui conférant une profonde gravité. L'elfine se sentit soudain infiniment triste mais en même temps, une nouvelle force paraissait couler dans ses veines. Elle se retourna une dernière fois pour contempler le musicien assis au bord du chemin, penché sur son instrument comme s'il cherchait à fuir la réalité. Puis elle se mit à courir sans trop savoir pourquoi. Elle avait besoin de ne faire plus qu'un avec la nature, comme autrefois lorsqu'elle gambadait autour de son Falsp. Elle aurait voulu que les arbres soient plus nombreux pour pouvoir sauter de l'un à l'autre sans toucher le sol ; avoir à nouveau la sensation de voler ; ne plus penser à rien.
Soudain, quelque chose d'invisible la frappa. Elle s'arrêta net. Rien ne bougeait alentour. Elle tendit les mains devant elle mais ne rencontra que le vide. Sylvéa était pourtant persuadée que ce

contact avait été réel. Le cœur battant un peu plus vite qu'à l'accoutumée, elle posa les doigts sur la garde de son épée. Il fallait absolument qu'elle prenne le temps de s'exercer à nouveau à son maniement, comme autrefois avec son père. À tout moment, elle risquait de tomber sur les fameux Pranzlis lancés à ses trousses. Elle voulait être prête pour les accueillir.

Pour commencer, Sylvéa reprit tout d'abord les fondamentaux : après chaque journée de marche, elle passait quelques chiffres à réviser fentes et parades. En arrivant à la ville d'Oxalis, elle se sentait beaucoup plus sûre d'elle, aussi quand elle entendit les gardes parler d'un bateau de marchandises à la recherche de mercenaires, se porta-t-elle aussitôt volontaire. Le contrat consistait – en particulier – en la protection du navire lors de la dangereuse escale au port de Tilles, réputé pour ses nombreux pillards et assassins. Depuis l'arrivée du nouveau souverain, la criminalité avait apparemment fortement augmenté dans la cité et mieux valait être bien défendu. Le capitaine du vaisseau avait tout d'abord refusé la candidature de Sylvéa en voyant qu'elle était une elfe mais son conseiller, un petit homme ridé comme une vieille pomme, lui avait soufflé quelques mots à l'oreille et le commandant avait finalement accepté.
L'elfine se trouvait maintenant à bord du bateau qui l'emmènerait jusqu'à la dernière portion navigable du fleuve. Le capitaine s'y rendait afin de participer à la foire d'Avirant où il vendrait des étoffes fabriquées dans une principauté à l'est d'Oxalis.
Cinq hommes furent engagés pour la défense du navire. La plupart était de jeunes guerriers imprudents à la recherche de quelque aventure. En découvrant Sylvéa, ils se trouvèrent très surpris car les elfes étaient pour eux des êtres de légende mais ils s'habituèrent bien vite à sa présence.
La veille du départ, le peuplier argenté contacta Sylvéa : elle devait trouver un moyen de le monter à bord du vaisseau sans quoi la distance les séparant augmenterait au point de devenir dangereuse. Sylvéa avait totalement omis ce détail. À vrai dire, elle

avait fini par oublier sa liaison avec l'ypréau... Elle se mit aussitôt à la recherche du capitaine et lui demanda l'autorisation de transporter un arbre.
— De quelle taille ?
— Moins haut que moi, répondit-elle. Et il peut rester sur le pont.
— Dans ce cas, voyez avec les bateliers, ils vous indiqueront l'endroit le moins gênant.
Sans un mot de plus, l'homme avait tourné les talons pour rejoindre sa cabine. Sylvéa comprenait mal la plupart de ses comportements mais il allait lui permettre de se rapprocher de sa cible rapidement, cela seul comptait. Et puis, elle avait réussi à se séparer du trop bavard Jérébiets, c'était une bonne chose aussi.
Elle ferma les yeux un instant pour visualiser l'endroit où l'attendait le peuplier argenté. Il se trouvait à quelques pas de la ville, dans un bosquet. Elle allait devoir le porter car personne ne devait le voir se déplacer seul. Elle demanda à l'un de ses collègues s'il pouvait l'aider à transporter un bagage plutôt encombrant et enjoignit mentalement son arbre à se coucher sur le sol, racines hors de la terre.
— Où se trouve ton paquet ? demanda le jeune homme.
— Pas très loin des portes de la ville, répondit Sylvéa.
— Alors allons-y !
Il s'appelait Verl, il était plutôt grand pour un homme et parvenait à regarder Sylvéa dans les yeux sans lever la tête. Sa gaieté sans borne parvenait même à tirer quelques sourires à la jeune elfe. Allègrement, il la suivit jusqu'au bosquet et, sans s'étonner devant l'étrangeté du « colis », il l'aida à remplir de terre une peau étanche et à y placer les racines de l'ypréau.
Ramener l'arbre jusqu'au bateau fut une autre paire de manches : en plus du poids relativement important, la forme ne se prêtait pas vraiment à ce genre de transport et il fallut plus d'un chiffre pour rejoindre le navire. Quand le peuplier se trouva enfin à sa place, Verl et Sylvéa étaient en nage.
— Pfou ! Dire qu'il faudra le redescendre après !
— Nous ne sommes pas encore arrivés, répliqua Sylvéa.

— Oui, l'aventure ne fait que commencer !
L'elfe examina un instant le jeune homme tout juste sorti de l'adolescence. Il avait encore beaucoup à apprendre. Il comprendrait sûrement un jour, peut-être trop tard, que se lancer à *l'aventure* n'avait rien de plaisant. Elle aussi rêvait autrefois de devenir comme son père : parcourir le monde une épée à la main ! Mais maintenant, elle aurait tout donné pour se retrouver à nouveau dans son Falsp aux côtés de Solgi.
L'embarcation entama sa remontée du fleuve quelques chiffres plus tard et les six guerriers décidèrent de s'entraîner un peu, histoire de faire passer le temps. Il fallut plusieurs jours à l'elfine pour retrouver son niveau d'antan mais elle fut bientôt capable de battre tous ses collègues. Ils se rassuraient en considérant Sylvéa non pas comme une femme mais comme une elfe à part entière. Une elfe de la même trempe que les personnages légendaires qui peuplaient les ballades.
— Normal dans ce cas qu'aucun de nous ne puisse te battre ! se dédouana un jour l'un d'eux.
Verl se leva pour lancer un défi : il voulait tenter une attaque à deux contre Sylvéa. Cette dernière accepta aussitôt, cette expérience ne serait pas un luxe. À tout moment, les Pranzlis pouvaient frapper et elle ne savait toujours pas qui ils étaient, ni de quelle manière ils attaqueraient.
Comme elle gagna aussi cette bataille, elle proposa un trois contre un qu'elle emporta de justesse. Lorsqu'ils se mirent à quatre cependant, elle « succomba » mais non sans combattre !
Le navire mit quarante jours à rejoindre Tilles. Pendant les rares escales, aucun bandit n'avait approché mais le trafic se faisait plus dense désormais et les cinq vigiles ouvraient les yeux.
Ils atteignirent la ville au crépuscule, alors que la lumière venait juste de s'éteindre sur le monde. L'un des gardiens du port vint aussitôt leur assigner une place pour le navire et exigea le versement d'arrhes. Le capitaine bougonnait, le stationnement était d'après lui cher payé sachant l'insécurité qui régnait dans ce lieu. Il aboya quelques ordres et les bateliers s'activèrent pour

amarrer le bateau tandis que Sylvéa et ses compagnons se postaient tout autour du pont. Ils avaient préparé un roulement pendant la nuit : la jeune elfe et Verl prendraient le premier tour de garde au pied du navire pendant que Creck tournerait sur le pont accompagné de Huter. Cela laissait la possibilité aux deux derniers mercenaires de se reposer en attendant leur quart.

Depuis déjà plus d'un chiffre, l'équipage avait rejoint l'auberge où il devait passer la nuit. Postée sur le quai, Sylvéa écoutait Verl lui parler de son enfance et des mauvais tours qu'il jouait à sa nourrice. Cet homme ne manquait pas de charme et la jeune elfe ne pouvait s'empêcher de rire en imaginant cette petite femme ronde qu'il décrivait en train de découvrir que toutes ses précieuses bouteilles de vin de rien[3] avaient été remplacées par de l'eau de l'Agrante.

— « Vous êtes de vilains garnements ! » fit Verl en imitant la grosse voix de sa gouvernante.

Il éclata de rire.

— C'est une femme extraordinaire, continua-t-il, mais je ne peux m'empêcher – encore maintenant – de la taquiner...

Sylvéa tendit l'oreille, elle venait d'entendre un son anormal.

— Chut, murmura-t-elle, quelqu'un vient d'entrer dans l'eau. Il nage à présent et s'approche de nous. Retourne-toi doucement, prends un air naturel. Il ne faut pas qu'il se doute que nous l'avons entendu. Je crois qu'il n'est pas seul. J'ai bien peur que quelques autres ne nous attaquent par le quai. (Elle marqua une pause.) Verl, tu t'occupes de celui qui sort de l'eau, je prends les trois hommes qui se cachent derrière les tonneaux là-bas.

— Mais, comment sais-tu tout cela ? bégaya-t-il.

— Mes oreilles sont très fines et n'oublie pas que je vois dans la nuit aussi bien qu'à la lueur d'un astre. Fais-moi confiance.

L'elfine laissa le jeune guerrier inspecter l'eau du port, il ne tarderait pas à rencontrer le nageur, elle l'entendait qui approchait. Les trois autres bandits venaient eux aussi de quitter leur cachette

[3] Boisson coûteuse produite en Astheval.

et se déplaçaient discrètement vers l'elfe. Ils furent sur elle en un souffle mais elle avait dégainé avant même qu'ils ne lancent l'attaque. Ils étaient en supériorité numérique mais Sylvéa avait maintenant l'habitude de combattre à trois contre un et elle avait l'avantage non négligeable de voir comme en plein jour.
Leurs assauts étaient précis et il fallut quelque temps pour les jeter bas. Quand plus rien ne bougea, Sylvéa se pencha précautionneusement sur chacun d'eux. Seul le plus grand respirait encore. Elle le traîna jusqu'au bateau au pied duquel Verl fouillait les poches du nageur.
— Il a failli m'avoir, dit-il, je ne l'ai pas vu venir et il m'a touché à l'épaule.
— Aide-moi à monter celui-ci à bord, et je regarderai ta blessure.
Verl opina et prit un bras du brigand pour le tirer jusqu'au pont.
— Que se passe-t-il ? demanda aussitôt Huter. J'étais de l'autre côté du navire quand j'ai entendu tinter vos fers.
— Quatre hommes ont attaqué. D'autres sont en chemin je crois, expliqua Sylvéa. Surveillez les environs et scrutez les eaux autour de l'embarcation, ils risquent de se hisser à bord par les côtés. Je dois m'occuper de Verl, il a reçu un mauvais coup.
L'homme obéit immédiatement, les prouesses de Sylvéa au combat et le prestige de sa race avaient suffi à faire d'elle la meneuse des mercenaires.
— Montre-moi cette blessure, Verl.
L'elfine s'agenouilla à ses côtés pendant qu'il ouvrait sa chemise.
— C'est juste une égratignure, dit-elle bientôt en se relevant. Je vais me contenter de la nettoyer et d'ici quelques jours, tu ne sentiras plus rien.
— Ouais, eh bien pour l'instant, je la sens bien, cette *égratignure* ! grommela-t-il.
— Allons, toi qui rêvais d'aventures, ironisa la jeune elfe, tu ne vas pas te plaindre...
Elle se retourna vers le prisonnier qu'elle attacha solidement au garde-fou. Il restait inconscient pour le moment mais il valait mieux ne prendre aucun risque. Elle jeta un coup d'œil par-dessus

le plat-bord. Elle ne parvenait pas à distinguer les autres bandits, mais elle percevait quelques sons inhabituels sans réussir cependant à localiser l'endroit d'où ils provenaient.
Cela ne pouvait venir des autres bateaux, ils étaient trop lointains. Non, le bruit était plutôt proche. Pourtant, quelque chose le déformait et empêchait l'elfine de l'interpréter.
Elle pencha la tête et ferma les paupières quelques instants pour prendre une grande inspiration.
J'ai juste besoin d'un peu de concentration, songea-t-elle. Elle visualisa l'image de Solgi. *C'est pour toi que je suis là, mon aimé, il ne te reste que peu de temps à patienter, je te rejoindrai très bientôt.*
Un brusque claquement tira Sylvéa de ses pensées. Elle releva la tête. Tout était sombre autour d'elle. Elle ne voyait plus rien, comme si ses yeux étaient demeurés clos. La jeune elfe se cramponna au bastingage comme pour se convaincre de l'existence du monde autour d'elle.
Ainsi qu'elle le faisait depuis toujours avec les hommes, la nuit venait pour la première fois de l'envelopper de son sombre voile impénétrable. Les sons lui parvenaient toujours mais comme assourdis eux aussi par cette toile noire qui l'entourait.
— Verl ? Tu es là ?
Sa propre voix avait perdu toute consistance. S'agrippant toujours à la rambarde, Sylvéa rejoignit le quai. Sans doute Verl s'y tenait-il à nouveau, rapière en main, prêt à combattre. Pourtant, en bas, elle eut beau appeler, personne ne lui répondit. Un léger grincement attira son attention.
— Huter ? C'est toi ?
— Je ne crois pas, répondit une voix féminine puissante qui s'accompagnait d'un terrible crissement suraigu.
— Qui êtes-vous ? Je ne vous vois pas !
— Oh ? Tu préfèrerais me voir, elfe ? Serais-tu devenue aveugle en ma présence ? C'est si touchant de te voir ainsi, tâtonnant dans l'obscurité. Est-ce la première fois que tu vois les ténèbres ? Habitue-toi car elles seront bientôt ta seule compagnie dans les Royaumes Inférieurs où je vais t'envoyer !

Sylvéa entendit une énorme clameur qui montait peu à peu, devenant un son si aigu qu'elle dût mettre ses mains contre ses oreilles pour protéger ses sensibles tympans.
— Maintenant, elfe, regarde-moi !
Sylvéa releva doucement la tête pour découvrir l'horrible monstre lui faisant face. Il était gros comme les dylfans des contes et possédait, tout autour d'un corps couvert d'une carapace noire et marron, des pattes, des dards, des pinces et des aiguillons probablement venimeux. Où étaient les yeux, où se trouvait la bouche qui parlait ? Elle n'aurait su le dire mais la panique qui l'avait envahie alors qu'elle était aveugle la quittait peu à peu. Elle se tenait en face de son destin.
Je fais confiance à vos enseignements, père, songea-t-elle avant de reprendre à voix haute :
— Vous êtes l'un des fameux Pranzlis, je suppose ?
— Vous voyez juste, elfe. Je suis le Pranzli du combat.
— Alors combattons, répliqua simplement Sylvéa en tirant son épée.
— Très bien, sembla sourire l'hideuse bête, tu as choisi ton arme. Sache alors qu'elle seule pourra t'aider lors de tes prochains assauts contre mes frères Pranzlis. Si toutefois je ne t'ai pas expédiée avant aux côtés des Ténébreux..., termina-t-elle d'une voix cruelle avant de se lancer sur Sylvéa.
Une pince claqua au-dessus de sa tête, elle se jeta sur le sol et se releva aussitôt pour éviter un aiguillon énorme, semblable à celui d'un scorpion. Si seulement elle savait où se trouvaient les yeux, elle tenterait de le prendre par surprise en l'attaquant dans le dos. Elle bondit sur le côté pour éviter une autre pince qu'elle écarta de justesse d'un puissant coup d'épée. Un craquement retentit alors, bientôt suivit d'un terrible hurlement. L'elfine avait blessé la créature mais cela ne faisait qu'accroître sa fureur. Les offensives redoublèrent. Sylvéa n'avait pas le temps de tenter une seule attaque : les coups pleuvaient de tous côtés et elle parvenait tout juste à les éviter. Elle tournait autour de la bête mais celle-ci semblait toujours anticiper ses mouvements et parvenait à la

localiser avec précision. Possédait-elle un sonar comme les chauves-souris ou bien son corps sombre était-il couvert de milliers d'yeux la scrutant sans cesse ? Le dégoût envahissait Sylvéa à l'idée que cet être de haine risque de la salir par ses éventuels regards. Elle ne pouvait supporter l'idée d'être touchée par l'une de ces immondes pattes velues où grouillaient des appendices marron qui se tortillaient comme des vers. Du coin de l'œil, elle vit le dard se dresser, préparant un coup. Elle bondit sur le côté mais ce fut un pique qui l'accueillit. La bête feintait ! La pointe frôla son bras, déchirant sa tunique et Sylvéa eut juste le temps d'abattre son épée pour trancher net le dard qui tomba sur le sol avec un bruit mat. Le Pranzli poussa un hurlement de douleur en secouant son moignon, éclaboussant de son sang impur le visage de l'elfine.

La jeune elfe avait la sensation que la haine elle-même couvrait ses joues et tentait de rentrer en elle. Il fallait que cela cesse ! Dans un cri de rage, elle fonça sur la créature et frappa de toutes ses forces l'aiguillon qui se trouvait sur son passage. Le sang gicla à nouveau et la haine s'intensifia. Elle la sentait monter en elle et inhiber toute réflexion. Sylvéa devait absolument la repousser ou elle l'envahirait et l'empêcherait de combattre sciemment. Contre ce sentiment affreux qui s'emparait d'elle, l'elfine ne voyait qu'une seule chose à faire, il fallait combattre par la passion contraire. Sans cesser de parer les coups, la jeune elfe tenta d'imposer à son esprit l'image de Solgi mais ce fut un autre sourire et un autre visage qui vinrent repousser les sentiments inspirés par l'abomination... Sylvéa eut un moment d'hésitation devant cette image créée par son esprit. Cela suffit à la bête pour planter l'un de ses dards dans son bras gauche. L'elfine cria et trancha d'un coup net le membre pointu. L'évocation mentale s'effaçait peu à peu, perdant la consistance qu'elle avait eue l'espace d'un instant, mais la haine avait totalement disparu. Une nouvelle force entourait maintenant Sylvéa. Elle repoussa encore une pince et plongea entre les pattes vers le fragile ventre dépourvu de carapace. Entre les polypes pullulants, elle plongea sa lame jusqu'à la garde. Le hurlement du Pranzli lui fracassa les tympans. Elle tourna la lame pour accentuer la blessure et le sang coula à flots le long de ses bras tendus. Les excroissances de la bête s'agitaient mais aucune n'était conçue pour attaquer de ce côté. L'elfine sentit les pattes tout autour d'elle fléchir sous la douleur. Elle tira de toutes ses forces sur l'épée mais elle ne parvenait pas à la déloger et le sang rendait ses mains poisseuses, empêchant une bonne prise sur la garde. Brusquement, la bête s'affaissa et les ténèbres envahirent Sylvéa.

***

Le lendemain même de mon arrivée, je me présentai à la salle des inscriptions pour le concours. Il y avait plusieurs épreuves : adresse, combats... et seuls les meilleurs accéderaient au titre de chevalier. On me demanda simplement mon nom puis mon niveau social et il me suffit de répondre « Frère Invisible... » pour que ma demande soit aussitôt enregistrée. Cette confrérie avait une très bonne réputation même si elle attirait parfois les curieux à cause des éventuels secrets dissimulés par l'uniforme. D'anciens condamnés se servaient, paraît-il, de cette tenue pour passer inaperçus. Je possédais heureusement le bracelet d'identification gravé au nom de Olme et fut surpris d'apprendre que ma renommée allait jusqu'à Thiers.
Le début de la compétition était prévu dans sept jours. Je profitai de ce répit pour prendre un peu de repos et passer le plus de temps possible aux côtés d'Acanthan. Ces quatre cycles l'avaient beaucoup changé physiquement. Outre les rides, sa posture se faisait légèrement plus voûtée et des douleurs articulaires le faisaient parfois grimacer lorsqu'il se levait de son siège. Il devait maintenant porter des lunettes pour conserver une bonne précision dans son travail d'enluminure. De mon côté au contraire, ces seize temps peuplés d'exercice physique avaient modelé mon corps, lui donnant une apparence moins fragile qu'autrefois.

Il faisait un froid piquant ce matin de temps fleuri lorsque je me rendis à l'arène installée à l'extérieur de la cité. Malgré le temps maussade, de nombreux citadins prenaient la même route que moi afin de profiter de ce spectacle exceptionnel.
Je me sentais un peu effrayé, le trac me rongeait l'estomac depuis la veille. Et si j'échouais, qu'adviendrait-il de moi ?
Je tentai d'oublier mes peurs et allai rejoindre mes quarante-neuf adversaires dans l'aire d'échauffement. La première épreuve consistait en une démonstration d'art équestre. Le seigneur éliminerait cinq concurrents dont il jugerait la prestation décevante. Je portais le dossard trente-sept et dus ronger mon frein pendant que les numéros précédents se produisaient.
Lorsque j'entrai en piste, mon cœur battait la chamade dans ma poitrine. La foule applaudissait encore mon prédécesseur et elle ne sembla me remarquer que lorsque je me présentai devant le seigneur.
Il était entouré de nombreux nobles vêtus de couleurs chatoyantes et de quelques femmes en voiles blancs que je supposais être des prêtresses.
Je commençai par faire reculer Manuscrit pour quitter le suzerain sans avoir à lui tourner le dos puis je le fis se cabrer avant de le lancer au galop à main droite. J'attachai d'un geste rapide les rênes au pommeau et, Manu toujours à vive allure, je me levai d'un bond sur ma selle. Me réjouissant des « *oh* » impressionnés de la foule, je dégainai. Je fis quelques moulinets, sautai au sol, rangeai mon épée dans son fourreau après une cabriole et enfourchai mon étalon – qui avait conservé son allure – dans une pirouette elfique qui, je dois l'avouer, était du meilleur effet. Après quelques jeux de jambes pour obliger Manu à prendre des pas originaux, je me mis à nouveau debout sur la selle et je lançai un fruit dans les airs. Plus rapide que l'éclair, j'encochai une flèche et transperçai l'agrume avant qu'il ne touche le sol. Comme clou de mon spectacle, je me retournai sur la selle et, tête en bas, en appui sur une main, j'ordonnai en un mot à l'étalon

de prendre à nouveau le galop. Je ne tenais pas la position très longtemps mais cela suffit à impressionner mon public. Je savais être doué pour les acrobaties mais n'avais aucun mérite : c'était simplement dû à l'équilibre et à la souplesse de ma race.
Il fallut la journée entière pour que nous passions tous et, après une pause durant laquelle nous pûmes manger, le souverain nous réunit dans l'arène pour désigner les cinq perdants.
Les concurrents ne parlaient guère entre eux et se regardaient en chiens de faïence. Je savais qu'il était déconseillé de lier connaissance car cela pouvait s'avérer un désavantage au cours des duels.
Les cavaliers éliminés s'éclipsèrent dès que leurs noms furent prononcés et le seigneur de Thiers fit un discours louant l'adresse du vainqueur de ce test. Je ne fus pas vraiment surpris qu'il s'agisse de moi. L'on me remit le ruban d'étain : je pourrais l'échanger contre une deuxième chance si j'échouais lors d'une prochaine épreuve.
Je remerciai humblement mon suzerain et nous quittâmes tous l'arène. Je retrouvai un peu plus loin Acanthan qui me félicita de ma victoire. Il semblait très fier.
— Tu as fait d'énormes progrès depuis ton départ, s'amusa-t-il. Il n'y a aucune comparaison entre le jeune homme qui maîtrisait à peine sa monture et le magnifique cavalier que j'ai vu aujourd'hui !

J'eus bien du mal à trouver le sommeil cette nuit-là. La suite serait moins aisée, je le savais.
Le matin du jour suivant ne m'effrayait nullement : cinq hommes furent éliminés à l'issu de l'épreuve de tir à l'arc et je reçus un nouveau ruban d'étain. Encore une fois, mes dons elfiques m'avantageaient : ma vision était de loin supérieure à celle des autres. L'épreuve suivante posa plus de problèmes. Il s'agissait des duels. Le choix des armes ne nous appartenait pas mais on attribua à chacun d'entre

nous, de façon aléatoire, un équipement différent. J'héritai du trident et d'un minuscule bouclier rond face à un homme très découplé portant un espadon. La lutte était inégale, mon seul avantage était la légèreté de mon arme. Je n'aurais su que faire d'une claymore car ma technique nécessitait une grande liberté de mouvement. Le combat fut rude : la lame me coupa jusqu'au sang en plusieurs endroits mais je parvins à tromper mon ennemi en usant d'esprit : il me fallait surprendre, c'était ma seule chance. Au lieu de chercher à l'atteindre de mon trident comme mon mouvement initial laissait à penser, je le frappai violemment de mon bouclier au sommet du crâne. Il fut désarçonné quelques souffles et je pus porter un coup au niveau du ventre. Il portait une cotte de mailles grossière qui ne suffit pas à le protéger totalement. Il n'était pas blessé assez durement pour que le combat s'arrête mais ses déplacements se firent moins précis. Nous combattîmes longtemps après ce coup. La sueur me coulait dans les yeux et mon voile était trempé quand enfin, mon adversaire fit un faux pas. Sautant sur l'occasion, j'assénai un coup derrière les genoux. Il tomba en avant, je le frappai derrière la tête et plaçai les pointes de mon trident contre sa nuque.
Il accepta sa défaite et la vie lui fut épargnée. Il avait encore une chance de reprendre le concours. N'étaient dans un premier temps éliminés que ceux dont les blessures ne permettaient pas un autre combat. Pour les autres, il y aurait une deuxième chance. S'ils sortaient vainqueurs de cette seconde rencontre, ils poursuivraient les épreuves.
Une pause était prévue avant cette deuxième manche et j'en profitai pour rejoindre Acanthan. Il avait tout prévu et à peine arrivé à côté de lui, il déballa onguents et compresses et s'improvisa soigneur. J'avais des estafilades un peu partout mais grâce au tissu très absorbant de mon uniforme, personne n'avait pu se rendre compte de la couleur verte de mon sang. Dans l'arène, il se confondait avec l'herbe et

j'avais pris garde, avant de le lui rendre, d'essuyer les quelques gouttes présentes sur l'espadon de mon adversaire.

Après cette épreuve que j'avais passée de justesse, nous n'eûmes droit à aucun jour de repos et enchaînâmes directement sur l'exercice de résistance. Un mage vint se placer devant nous tous. Il nous demanda de nous asseoir, nous rappela que nous jouions nos vies et que nous pouvions encore abandonner si nous le souhaitions. Aucun d'entre nous ne bougea. Il me restait encore vingt-sept adversaires.
J'appréhendais énormément ce test. Les chevaliers étant souvent utilisés comme messagers, le sorcier allait nous faire subir une sorte de torture. Chacun d'entre nous avait un mot à garder secret. Si nous en venions à le prononcer, la douleur cesserait mais nous serions éliminés. Quant aux constitutions les plus sensibles à la douleur, elles ne survivraient pas aux assauts magiques. Nous étions prévenus.
Quand l'ensorceleur lança son enchantement sur nous, je crus mourir au ralenti. On me déchirait de toutes parts, on m'écartelait, on me brûlait... Plusieurs fois, je fus tenté de hurler le mot secret mais me retins uniquement grâce à l'image que j'avais formée dans mon esprit : celle de ma petite fée dans son costume de plumes.
Enfin, après ce qui me sembla durer une éternité, le sort fut levé et en un souffle, la douleur cessa.
On ne connaît le bien-être et le bonheur de ne pas souffrir uniquement lorsque l'on a auparavant subi des supplices, appris-je ce jour-là...
En me relevant, je constatai que trois combattants avaient trouvé la mort, et pas des plus frêles, tandis que treize avaient abandonné.
Nous n'étions plus que douze désormais.

L'épreuve suivante était programmée pour le lendemain. Nous avions la journée pour réfléchir chacun de notre côté à la meilleure stratégie à adopter pour un cas donné. Pendant ce temps, des danseurs et des saltimbanques présentaient un spectacle dans l'arène. Le soir venu, nous déposâmes nos propositions au seigneur qui les étudierait pendant la nuit.
Le classement serait annoncé au matin. Je ne fermai pas l'œil et c'est tout tremblant que je me présentai dès le lever dans l'arène. Il fallut attendre deux chiffres avant que le suzerain apparaisse. Il n'avait probablement pas eu le temps de dormir car ses yeux étaient cernés et ses traits tirés.
Il nomma les éliminés. J'en faisais partie.
Tout s'écroulait autour de moi. J'étais le moins mauvais des six concurrents rejetés mais tout était fini. Une voix grave coupa court à mes tristes pensées.
— Frère Invisible Olme Elfe, souhaitez-vous utiliser vos rubans d'étain ? demandait le seigneur. À ce niveau de la compétition, il vous faudra terminer la dernière épreuve en première position pour triompher. Continuez-vous ?
L'espoir renaissait. Tout n'était pas encore perdu. J'élevai bien haut la voix pour proclamer ma volonté de continuer.
Acanthan passa la soirée à m'encourager. Je n'en avais plus besoin ; je savais maintenant que je n'échouerai plus.
Je ne me trompai pas.
Le dernier exercice testait notre patience. Nous devions rester totalement immobiles, debout, le plus longtemps possible. Les quatre premières personnes qui bougeraient seraient aussitôt éliminées. C'est une fois de plus grâce à mes capacités elfiques que je m'en sortis.
Je fermai les yeux et me liai à l'arbre le plus proche. Mon esprit quitta alors mon corps, le laissant comme pétrifié. Je demeurai longtemps dans les méandres du magnolia et y aurait laissé mon âme si la voix de ma tendre fée n'avait pas résonné en moi. Je réintégrai brusquement mon corps et ouvrit les yeux. La nuit était tombée. C'était un miracle que

mon esprit fut demeuré sain après une si longue communion.
Dès qu'il m'avait vu ouvrir les yeux, le seigneur de Thiers avait quitté son estrade pour marcher jusqu'à moi.
— Vous avez grandement réparé vos fautes, me dit-il solennellement. J'ai l'honneur de vous déclarer vainqueur de ce tournoi, Frère Invisible Olme Elfe. Demain, vous serez fait chevalier aux côtés de Léaume de Croix et de Tristébal Le Roch.

***

Quand elle reprit connaissance, la première sensation qui atteignit sa conscience fut une immense douleur dans tout le corps. La jeune elfe ouvrit faiblement les yeux et chercha à se relever mais ses bras se trouvaient immobilisés, comprimés sous un terrible poids.
— Ne bouge pas, Sylvéa, nous allons te sortir de là.
Elle cligna les paupières pour découvrir le visage de Verl et esquissa un sourire que la souffrance transforma vite en grimace.
Il se passa quelque temps avant qu'elle ne sente la charge disparaître tandis que des milliers de fourmis semblaient se mettre à courir le long de ses bras et de ses jambes. Elle voulut se relever mais ses forces la quittèrent et elle s'écroula sur le sol couvert du sang de la bête.
— Ne t'inquiète pas, je vais te porter jusqu'au navire.
Elle sentit des mains la soulever et l'éloigner du Pranzli. Verl n'avait pas fait trois pas qu'un terrible vent se leva, tourbillonnant autour d'eux. Il y eut un cri étrange puis, sous les yeux ébahis de Sylvéa, deux serres énormes saisirent le corps de l'animal des ténèbres. L'immense rapace fit battre trois fois ses ailes et il disparut dans l'obscurité de l'horizon, emportant avec lui la dépouille du monstre.
— Huter, va vite chercher une couverture et fais chauffer de l'eau.

Quelques mi-chiffres plus tard, Sylvéa sentit qu'on la déposait sur un plaid et que l'on enlevait ses vêtements. Elle voulut repousser ces mains mais la voix de Verl l'interrompit.
— Ne bouge pas, nous devons nettoyer ton corps, les excroissances de ce monstre étaient venimeuses, je pense, et ta peau se couvre de taches bleues. De plus, ton bras gauche est ouvert et je pense qu'il est cassé.
L'elfine grimaça. Elle ne pensait pas être à ce point atteinte même si la douleur irradiait dans tout son corps. Elle ferma les yeux car la lumière blafarde du nouveau jour provoquait de violents élancements au niveau de la tête. Décidément, elle finissait une fois de plus dans les bras d'un homme après un combat ayant mal tourné...
Elle se réveilla bien plus tard, le navire avait quitté le port et un vent doux caressait son visage. Quelqu'un avait placé un bandeau humide sur son visage pour calmer ses migraines et elle ne pouvait voir autour d'elle. On l'avait enroulée dans une épaisse couverture et un oreiller moelleux soutenait sa tête. Son être tout entier la brûlait mais elle se sentait bien ainsi allongée et demeura immobile.
Après quelques instants, elle perçut des bruits de pas sur le pont et une main vint se placer sous sa nuque pour la soulever.
— Buvez ! fit une voix tandis que l'on portait à ses lèvres un bol remplit d'un liquide brûlant.
Docile, la jeune elfe s'exécuta. Elle ne parvenait pas à réfléchir, son esprit bondissait d'une image à une autre : elle voyait tour à tour des pinces ou des aiguillons, tous prêts à la transpercer. Cette fois encore, elle avait failli rejoindre l'Après-Monde et échouer dans sa quête. Elle ne pouvait pourtant pas se permettre de mourir, pas avant d'avoir accompli sa vengeance.
La chaleur du bouillon se répandait dans chaque parcelle de son corps, délassant ses muscles tendus, et elle glissa bientôt dans une douce somnolence.
Au réveil suivant, Sylvéa se sentait un peu mieux et elle parvint à entrer en contact avec son peuplier.

Puis-je prendre un peu de ta sève ? demanda-t-elle à travers la rune qui les liait.
Aussitôt, l'arbre lui envoya un message que son esprit traduit :
Tu peux prendre un verre de mon sang, tu sauras alors te lever et reprendre ton travail mais ton corps conservera encore quelque temps les marques prune qui le couvrent.
Sylvéa coupa le contact avec hâte. Elle avait parfois du mal à se dire qu'elle était liée à un être si froid ; que sa vie dépendait de la sienne. Lors de son enfance, elle se souvenait avoir trouvé merveilleuse cette relation, s'attendant à trouver un être avec lequel elle partagerait tout. Elle n'aurait jamais imaginé que l'autre moitié de son âme serait à ce point impassible.
L'elfine devait appeler l'un de ses compagnons à l'aide. Comme son bandeau la maintenait toujours dans l'obscurité, elle ne savait pas si quelqu'un se tenait près d'elle et elle préféra parler fort pour attirer l'attention. Aussitôt, la voix de Verl s'éleva.
— Je suis là, Sylvéa.
— Pourrais-tu faire quelque chose pour moi ?
— Bien sûr, que veux-tu ?
— Il faudrait que tu brises l'une des feuilles de mon arbre pour récolter un verre de sa sève. Si je la bois, elle me guérira, les peupliers blancs ont cet effet sur les elfes, termina-t-elle pour n'éveiller aucun soupçon.
— Je m'en occupe tout de suite. Faut-il faire chauffer le liquide ?
— Non, je dois l'avaler aussitôt.
Sylvéa l'entendit se lever et demander à un étranger qu'on lui amène un verre. Il revint quelques mi-chiffres plus tard et porta le liquide aux lèvres de l'elfine. Comme la dernière fois, la sève visqueuse provoqua une intense brûlure en elle et, envahie par une torpeur irrésistible, elle perdit connaissance.

Cette fois encore, Sylvéa fut plongée dans un songe étrange dans lequel une douce musique la berçait. Elle sentait sous son corps nu une tendre herbe fraîche et se crut de retour dans son Falsp. Pourtant, quand elle ouvrit les yeux, elle put voir qu'elle se

trouvait dans un petit jardin entouré d'arbustes fleuris. Un ciel d'un bleu très pur s'étendait au-dessus d'elle et un astre jaune y brûlait. Après tant de cycles passés sous le néant de l'Ombre, elle avait presque oublié la douce caresse du jour. Même auprès de Joupie elle n'avait pas réussi à profiter du superbe soleil, trop occupée à pleurer la mort de Solgi, et elle s'en voulait un peu maintenant. Elle tenta de se lever pour saisir pleinement sa chance et jouir de ce monde nouveau et merveilleux mais il se mit à vaciller et l'elfine eut la sensation de tomber dans un gouffre profond. Elle atterrit brusquement dans un environnement sombre où régnait une nuit impénétrable. Seule l'harmonieuse mélodie demeurait. Sylvéa se releva et toucha ses yeux pour découvrir avec un immense soulagement le bandeau qui bloquait sa vue. L'espace d'un instant, elle avait craint être encore une fois aveugle, comme avant son combat contre le Pranzli. Elle dénoua le tissu et plissa trois fois les paupières pour réadapter sa vision. Il faisait nuit mais elle voyait comme autrefois. La musique provenait de l'autre côté du pont, là où les mercenaires se réunissaient pour discuter. Sylvéa ne savait pas que l'un d'eux savait jouer.
Grâce à la sève du peuplier, la jeune elfe se sentait tout à fait remise même si, comme elle venait de le voir, ses bras nus étaient tachetés. On lui avait enfilé une large robe en toile pour couvrir sa nudité et sa tunique n'était nulle part près de la couche. Sylvéa décida donc de rejoindre ses compagnons dans cette tenue.
Elle trouvait cela étrange mais elle se sentait presque impatiente de les retrouver. Verl était un très bon compagnon qui parvenait même à la faire rire ; Huter, le plus vieux de la bande, semblait la considérer comme sa fille ou presque ; Creck adorait l'embêter, mais toujours avec un grand sourire ; Zaÿrl était quelqu'un de discret, un peu timide même, mais elle l'aimait bien, surtout quand il racontait des histoires le soir ; quant à Selys, il était sans doute le meilleur combattant parmi tous ces hommes. Il n'avait jamais eu de très bons maîtres et Sylvéa tentait de réparer les lacunes. Avant la fin du contrat, elle aurait fait de lui un escrimeur remarquable.

À pas lents, de peur de voir toute énergie la quitter, l'elfine se dirigea vers l'avant du navire. Le paravent l'empêchait de voir le petit groupe mais elle pouvait distinguer une lueur, provenant sans doute de la grosse lanterne de verre que le capitaine leur avait prêtée.
Elle longea sans bruit la tenture et pénétra dans le cercle de lumière. Les cinq mercenaires étaient ici, penchés vers un sixième homme qui jouait de la musique sur une lyre. Sans doute l'un des bateliers. Verl releva la tête et eut un grand sourire en découvrant la jeune elfe.
— Viens donc écouter, dit-il, assieds-toi à côté de moi.
Sylvéa acquiesça et s'installa près du jeune mercenaire. Le musicien, emporté par sa mélodie, resta penché sur sa harpe jusqu'à la fin du morceau. Une large capuche bleu nuit couvrait son visage et l'on ne voyait que ses mains blanches aux longs doigts courir avec célérité sur les cordes de l'instrument. Quand les dernières notes moururent, il releva doucement la tête et ses yeux croisèrent ceux de Sylvéa. Ils étaient d'une douce couleur noisette. Sylvéa eut un sursaut en les découvrant. L'homme porta son index devant ses lèvres pour lui intimer de garder le silence puis il commença un nouvel air.
L'elfine demeurait bouche bée. Comment Jérébiets avait-il pu la retrouver ? Aucun animal ne pouvait l'emmener jusqu'à Tilles aussi vite que ce navire. Et de plus, ne lui avait-il pas dit qu'il devait à tout prix éviter cette ville ?
Elle avait besoin d'être un peu seule pour réfléchir. Elle voulut se lever mais la main de Verl se posa sur son bras.
— Où vas-tu ?
— Je me sens encore fatiguée, répondit-elle, je vais marcher un peu.
— Veux-tu que je vienne ? demanda-t-il, les yeux remplis d'inquiétude.
Elle secoua la tête.
— Non, je..., j'ai besoin d'être seule.
Elle lui adressa un sourire et s'éloigna.

Appuyée au bastingage, elle regardait défiler le paysage. Tout était tellement différent en elle depuis quelque temps. Son père avait-il également prévu tout ceci ? Quand sa famille l'avait chassée, elle avait ressenti le besoin de vivre encore, juste le temps d'assouvir sa vengeance. Aujourd'hui, elle n'était plus vraiment seule, peu à peu, une nouvelle famille était venue prendre place dans son cœur… Pourtant il fallait qu'elle quitte tous ces gens. Elle ne pouvait pas se permettre de s'attacher trop à eux. Solgi l'attendait, elle l'aimait toujours autant et avait hâte de le retrouver.
Je veux te rejoindre, je veux te venger, toi, mais aussi mon père. Toute ma vie s'est brisée à cause de l'Ombre Maléfique. Il m'a volé tous ceux que j'aimais et maintenant, par sa simple existence, il m'empêche de vivre...
Elle n'en pouvait plus de toute cette attente, plus vite elle aurait combattu et plus vite elle pourrait mourir. Elle avait envie de hurler, une terrible sensation d'étouffement montait en elle. Pour la première fois, l'ampleur de la tâche lui faisait peur. Une main se posa sur son épaule. Elle se retourna pour découvrir le visage inquiet de Verl.
— Tu te sens bien ?
— Un peu étrange, répondit-elle. Je me pose des questions...
— Tout le monde s'en pose, répliqua-t-il.
— Pas les elfes, et surtout pas moi.
— Alors, peut-être es-tu en train de devenir humaine...
— C'est ce qui m'effraie, dit-elle.
L'elfine se détourna. Verl avait raison, elle devenait humaine. Ses sentiments n'étaient plus les mêmes, le monde autour d'elle était différent. C'était... un peu comme si elle venait enfin de le regarder vraiment, comme si un voile le maintenait jusqu'à présent dans le flou et s'était subitement déchiré.
— Dans combien de jours serons-nous à Avirant ?
— Pas avant une bonne trentaine.
Elle hocha la tête.
— Comment la bataille s'est-elle terminée ? Et d'où vient ce barde ? demanda-t-elle finalement.

— En fait, lorsque tu m'as quitté, une étrange obscurité a envahi l'espace. Cela a duré plusieurs mi-chiffres puis tout est redevenu normal. Je me suis dirigé vers le quai, et là, je t'ai vue lutter contre ce monstre. Tu étais merveilleuse, d'une telle rapidité ! Je n'avais jamais vu un combat comme celui-ci ! Quand j'ai repris mes esprits, j'ai voulu courir pour te venir en aide mais je me suis heurté à un mur invisible. J'ai tout essayé pour le traverser, en vain. C'est alors seulement que je me suis retourné pour voir le navire aux prises avec une dizaine d'hommes. Je t'ai quittée – non sans remords – pour rejoindre Selys et les autres. Nous les avons finalement mis au tapis, malgré ma blessure à l'épaule, et assez facilement je dois dire... ajouta-t-il non sans fierté.
« Nous avons alors pu te rejoindre. Tu avais vaincu la bête mais il a fallu pas mal de temps pour te libérer. La suite, tu la connais...
— Et pour le musicien ?
— Oh ! Lui ? Apparemment, le capitaine l'a rencontré en ville, il se cachait du nouveau seigneur. Et comme notre patron n'a pas l'air de porter ce dernier dans son cœur, il a bien voulu embarquer l'homme en échange de ses chansons.
— N'avait-il pas une cithare dans ses bagages ?
— Je n'en sais rien. Pourquoi ?
— Non, rien, je..., j'aime beaucoup le son de cet instrument, bredouilla-t-elle.
— Dans ce cas, je pourrais vous jouer un air.
Sylvéa se retourna brusquement.
— Jé, euh… Bonsoir.
— Appelez-moi Jérébiets. Vous disiez apprécier le timbre de la cithare ?
— Oui, je connaissais quelqu'un qui en jouait.
— Vraiment ? dit-il à voix haute avant d'ajouter très bas : et ne l'auriez-vous pas abandonné, par le plus grand des hasards, ma chère Sylvéa ?
Il savait que ses fines oreilles elfiques capteraient ces paroles et il eut un sourire ironique. Agacée, Sylvéa se retourna et s'appuya contre la lisse de pavois. De quel droit ce vaurien la suivait-il ?

Elle en avait assez de ne jamais pouvoir faire trois pas sans le retrouver derrière elle. Elle s'apprêtait à le lui dire quand elle se rendit compte que Verl se tenait juste à sa gauche avec un regard interrogateur.
— Tu es sûre que tu vas bien ?
— Un peu fatiguée sans doute... Je n'ai pourtant pas sommeil. Si nous retournions à l'avant pour discuter un peu ? Je suis certaine que Zaÿrl a quelque histoire passionnante à nous raconter.

***

Le lendemain, je me présentai au temple de Crê où je devais recevoir mon titre de chevalier. Le lieu de culte était bondé de nobles et de bourgeois tandis que les moins riches parmi les citadins patientaient sur le parvis. Selon la coutume, je pénétrai à cheval sous l'immense dôme, suivi des deux autres vainqueurs. Le seigneur de Thiers nous attendait devant l'autel. Nous mîmes pied à terre et de jeunes écuyers vinrent saisir la bride de nos montures. Tous trois, nous nous dirigeâmes vers le chœur et nous nous agenouillâmes devant notre suzerain. Il prononça les paroles rituelles, vint donner l'accolade à chacun de nous et nous anoblit au rang de chevalier.
Il y eut des chants et des oraisons puis nous pûmes reprendre nos montures et quitter le temple.
Dehors, les astres diurnes inondaient la place et nous fûmes accueillis par les acclamations de la foule. Des femmes voilées de blanc ouvraient notre passage en jetant des pétales de fleurs. Je rayonnais sous mon uniforme d'Invisible : j'étais passé par le fer ; je pourrai maintenant revoir mon aimée !

Le seigneur nous entretint longuement tous trois dans son bureau, nous félicitant d'avoir passé la difficile barrière du concours. Léaume de Croix était le fils d'un petit noble qui possédait un vignoble à quelques pilongueurs de la cité et les

parents de Tristébal le Roch faisaient partie de la cour de Thiers. J'étais en définitive le seul à être issu de la plèbe. Lorsque le suzerain me demanda ma filiation, je prétendis être le fils de nomades et que je n'avais donc pas de pays d'origine.
— Vous avez donc choisi de votre plein gré notre contrée de Thiers ! s'exclama-t-il. Je ne peux y voir qu'un très bon présage !
La journée étant chômée, tout le peuple s'était réuni pour danser en notre honneur. Je parcourus un peu la ville avec mes nouveaux compagnons. Tous deux semblaient très sympathiques et nous plaisantâmes énormément au cours de cette parade.
Peu avant le coucher du premier astre, nous nous rendîmes au château où nous étions conviés pour le banquet. Le seigneur nous accueillit à bras ouverts.
— Venez, nous dit-il. Je vais vous présenter.
Il fit un tour rapide des principaux acteurs de la cour puis, lorsqu'une porte claqua, il se retourna et poussa une exclamation.
— Ah ! Et je vous présente maintenant ma fille, la princesse Dalyenka.
Une jeune femme s'approcha délicatement. Je faillis pousser un cri et me retint de justesse.
— Je suis enchantée de faire votre connaissance, chevaliers, dit-elle. J'ai beaucoup prié pour vous tous au cours du tournoi.
Nos yeux se croisèrent. La pureté de son regard n'avait pas disparu pendant ces quatre longs cycles mais celui-ci semblait plus dur qu'autrefois. Son visage avait mûri sans perdre sa fraîcheur et, malgré sa taille inchangée, ma fée était devenue une femme. Une femme toute de courbes et d'arabesques. Une femme splendide.
Certains trouveront sans doute son nez trop long, ses lèvres trop fines et son menton trop volontaire mais à mes yeux, elle était la perfection même.

Le banquet sembla bien long car la princesse se trouvait loin de moi. Lorsqu'elle se retira enfin, je fis de même et quittai avec hâte le palais. Je dus d'abord ramener Manuscrit chez Acanthan avant de rejoindre le jardin de ma fée.
Elle était là, assise auprès d'un if non loin des platanes, comme autrefois. Je m'approchai et m'installai à ses côtés.
— La lune n'est pas pleine, me reprocha-t-elle gentiment.
— Je ne pouvais attendre davantage, princesse Dalyenka.
Je marquai une pause avant de reprendre :
— Pourquoi m'avoir caché votre identité ?
— Certains sont effrayés par mon rang ; d'autres en tombent amoureux. Vous, au moins, m'aimiez pour ce que j'étais.
— Ne parlez pas au passé, douce fée, je vous porte toujours en mon cœur.
Elle leva sur moi ses yeux de glace.
— J'ai grandi, mon fantôme, je sais maintenant que je ne commande pas le monde. J'ai perdu mes illusions pendant que vous appreniez l'art du combat.
Elle tendit un bras vers moi et déroula délicatement mon voile.
— Vous n'avez pas changé, bel elfe. Vous ne changerez pas ; tandis que moi...
Elle se leva dans un mouvement plein de grâce. Je l'imitai, l'empêchai de s'enfuir et caressai ses longs cheveux blonds. J'avais tant rêvé ces retrouvailles... Je me penchai vers ses lèvres et l'embrassai tendrement.
— Ne me quittez jamais, dis-je.
Dalyenka s'enfouit au creux de mes bras et nous demeurâmes un long moment ainsi enlacés.
— Je dois rentrer avant que l'on ne s'aperçoive de mon absence.
Je la laissai partir avec regrets en lui promettant de revenir la nuit suivante.

Le lendemain matin, je me rendis au château et le seigneur de Thiers me proposa de devenir le nouveau maître d'armes

de la cour. J'acceptai avec plaisir : grâce à cette affectation, je pourrais rester auprès de mon aimée.
Je commençai mon service quelques chiffres plus tard. Je devais entraîner une nouvelle promotion de gardes. Tous voyaient en moi un véritable héros, presque un demi-dieu. Ils m'obéissaient au doigt et à l'œil et je pris beaucoup de plaisir à les voir s'améliorer.
Très vite, je m'aperçus que ce métier était pour moi une véritable vocation.
Chaque soir, je retrouvais Dalyenka et nous parlions de nos vies. Elle me posait mille questions à propos des elfes et des canidés. Elle me demandait de lui décrire les paysages que j'avais contemplés et rêvait de pouvoir un jour nager dans l'océan. Parfois, elle me jouait des airs à la harpe. Les mélodies nous enveloppaient dans un monde de douceur et nous étions heureux ; tout simplement heureux...

Malheureusement, tout a une fin.

C'était un soir de temps froid. Le seigneur de Thiers me convoqua dans son bureau privé. Il fit sortir tous ses serviteurs et demanda à ne pas être dérangé. Je tremblais de peur. Allait-il m'affecter loin d'ici ? Avait-il découvert ma liaison avec sa fille ? Nous étions jusqu'ici demeurés chastes malgré le brûlant désir que nous avions l'un pour l'autre. Nous n'avions donc rien à nous reprocher.
— Frère Invisible Olme Elfe et chevalier de Thiers, me dit-il pompeusement, je sais que vos vœux l'interdisent mais je vous demande solennellement d'y renoncer et de vous montrer à moi sans votre uniforme d'Invisible.
Je tressaillis. Pouvais-je vraiment me dévoiler sans danger ? Comment réagirait-il ? M'exilerait-il de sa contrée ?
Voyant ma réaction, le souverain me rassura :
— N'ayez crainte, quoi que vous cachiez, je ne reviendrai pas sur votre titre. Ôtez donc ce turban ; c'est un ordre.

Un peu tremblant malgré tous mes efforts pour paraître calme, je dénouai doucement mon voile et fit face à mon suzerain.
Je ne décelai pas une once de surprise dans ses yeux.
— Qu'êtes-vous ? demanda-t-il simplement.
— J'appartiens à la race elfique, répondis-je.
Il y eut un silence puis le seigneur prit à nouveau la parole :
— Je croyais ces histoires purement imaginaires... Vous n'aurez plus à porter cette tenue inconfortable ; ce soir, j'annoncerai publiquement votre appartenance. Vous serez accepté, faites-moi confiance.
Il ne manqua pas à sa parole. Il usa tant et si bien de son influence que nul ne me rejeta. Au contraire, ma cote de popularité augmenta et la loyauté de mes élèves s'en renforça. Pour tout un chacun, je n'étais plus seulement un chevalier mais aussi un être magique chargé de puissance. Ils me craignaient sans doute autant qu'ils me respectaient.
Pouvoir me promener sans voile me procura énormément de plaisir. Je me sentais libre, et sentir sur mon visage la douce brûlure des astres diurnes me réjouissait.
Dalyenka n'eut pas cette même réaction enthousiaste. Elle redoutait que le sort se retournât contre nous. J'aurais sans doute dû l'écouter. J'aurais dû me méfier, moi aussi, mais cela eut-il changé quelque chose ?

Dalyenka m'avait accueilli dans sa suite ce soir-là car une fine pluie de temps fleuri tombait depuis le matin. Assis sur un fauteuil moelleux, je la regardais tendrement. Elle venait d'installer sa haute harpe et s'apprêtait à m'interpréter une chanson qu'elle avait composée ce jour même.
— C'était étrange, m'avait-elle avoué, comme si une voix venue de nulle part me dictait chaque mot, chaque accord. Je pense qu'il s'agit d'une prophétie, je sens un grand pouvoir autour de cette musique. Je n'avais encore jamais canalisé un message d'une vibration si élevée.

Quand les premières notes avaient empli la chambre, j'avais en effet ressenti un frisson dans tout mon être et les paroles, bien que je ne les comprisse pas toutes, provoquèrent en moi un trouble irrépressible.
Les dernières notes vibraient encore dans l'air lorsque l'on frappa à la porte.
— Dalyenka, ouvre-moi, j'ai à te parler, ma fille.
La princesse se leva dans un bond et me poussa avec autorité dans la pièce attenante.
— Ne faites pas un bruit, me dit-elle avant de fermer précipitamment derrière elle. J'arrive, père !
— Bonsoir, ma petite, fit-il en entrant. Viens, asseyons-nous.
Il y eut un long silence puis le seigneur reprit :
— Tu sais, ma chérie, que nos relations avec Tilles sont des plus mauvaises et que notre contrée est fragilisée par le fait que je ne possède pas d'héritier au trône.
— Je suis désolée, père, d'être née femme, répondit la princesse avec raideur.
— Allons, nous avons suffisamment parlé de ceci. Je veux te parler de ton avenir. Tu as seize cycles maintenant, tu es en âge de te marier. Alior, le cadet de Tilles vient de fêter ses dix-huit cycles. Il est un peu jeune encore certes, mais plein de fougue. Il fera pour toi un merveilleux mari et il sera parfait pour gouverner Thiers après moi. Nous scellerons ainsi la paix avec la puissance de Tilles et notre peuple n'aura plus à craindre une guerre dont l'issue ne pourrait être que dramatique pour nous... Ma fille, je t'offre la possibilité de sauver les nôtres et de permettre à notre famille – par le biais de tes futurs enfants – de rester sur le trône de Thiers.
J'entendis un froissement de tissus et le bruit mat d'un baiser.
— La date du mariage a été fixée au premier jour du temps chaud. Tu seras magnifique dans la robe d'union de ta mère.

Sur ces mots, je l'entendis se lever et quitter la pièce. Un terrible silence s'ensuivit puis Dalyenka vint ouvrir la porte. Elle était pâle comme la mort mais pas une larme ne coulait sur ses joues.
— Vous ne pouvez pas vous marier avec cet homme, Dalyenka. Nous nous aimons...
— Le sort de tout un peuple est entre mes mains. Je ne peux abandonner mon pays. J'obéirai à mon père.
— Je ne peux me résoudre à vous laisser épouser ce prince de Tilles, je préférerais mourir.
— Votre destin reste encore à accomplir, vous ne pouvez vous permettre de rejoindre l'Après-Monde. Je vous ordonne de vivre, le sort d'Astheval repose en grande partie sur vos épaules. J'épouserai le prince Alior, mais vous m'aimerez avant lui, mon bel elfe.
Dalyenka prit alors mon visage inondé de larmes entre ses fines mains et elle m'embrassa doucement avant de s'écarter pour m'entraîner dans sa chambre.
— Je vous aimerai à jamais, murmura-t-elle.
Malgré mon désespoir, j'acceptai son engagement. Je la laisserais épouser son prince et ne me tuerais pas.
Je la soulevai tendrement et la déposai sur son lit. Ses longs cheveux dénoués formaient comme une couronne d'or autour de son visage rond et elle me souriait. En un souffle, j'oubliai tout ce qui venait de se passer, il ne restait plus que nous deux au monde. J'embrassai sa gorge blanche et délaçai son corset immaculé. Elle était belle ; elle était mienne. Je savais maintenant que je serais toujours présent dans son esprit et que nos âmes se retrouveraient dans l'au-delà, quoi qu'il advienne.
Lorsqu'elle s'endormit bien longtemps après, je ne pus la quitter des yeux et quand elle s'éveilla au matin, j'étais toujours penché sur elle à l'admirer. Elle eut un triste sourire en me découvrant. Elle posa ses lèvres sur les miennes et, voyant les rayons des astres diurnes filtrer à travers les épais rideaux de sa fenêtre, elle se leva.

— Vous devez partir maintenant. Nous n'oublierons jamais l'amour qui nous unit mais nous devrons attendre la mort pour nous retrouver. Partez vite.
Elle se détourna et je dus la quitter. Je me glissai sur le balcon et sautai à terre un peu plus bas. Je m'apprêtai à me faufiler jusqu'au jardin arboré lorsqu'une voix s'éleva derrière moi.
— Je vous attendais, chevalier Olme.
Je me retournai précipitamment et découvris le seigneur de Thiers adossé au mur gris.
— Vous aviez oublié votre manteau dans le salon de Dalyenka. J'ai tout de suite compris. Vous m'avez trahi, chevalier. Vous avez abusé de ma fille.
Il parlait avec une douceur effrayante et je ne pus m'empêcher de frissonner.
— Nous nous aimons, dis-je. Cependant, elle a choisi de vous obéir afin de sauver son peuple, je respecte sa décision et n'entraverai pas ce mariage.
— Peu m'importe votre parole, vous avez volé la pureté de Dalyenka et je vous ferai tuer pour cela.
Il marqua une pause et souffla dans un petit cylindre. Aussitôt trois gardes armés arrivèrent et me ligotèrent. Je ne fis pas un geste pour me défendre. À quoi bon ?
— Olme, vous serez brûlé vif dans le plus grand secret. Ma fille et moi serons vos seuls spectateurs. Officiellement, vous aurez trouvé la mort au cours d'une mission secrète. Vos funérailles seront grandioses, je vous le promets.
« Emmenez-le.

On me mena jusqu'à une cellule froide et sans source de lumière. Ma vision elfique me permettait heureusement de distinguer les moindres recoins de cette sordide geôle. Il n'y avait aucune issue visible et la porte était inviolable. Je m'écroulai sur la paille souillée et laissai libre cours à ma tristesse. Ainsi j'allais tout perdre : la femme que j'aimais, mes amis, mon travail, ma vie... Je ne pourrai même pas

tenir ma parole : j'avais pourtant promis à Dalyenka de ne pas mourir. J'avais, disait-elle, un destin à accomplir. Astheval devrait pourtant se passer de moi...
On m'apporta un bol de gruau, sans doute le soir était-il venu, puis on me laissa seul à nouveau.

***

Il y eut d'abord un grondement puis un bruit sourd et, enfin, le léger froissement d'un vêtement. Je me relevai brusquement, encore un peu endormi et les yeux gonflés d'avoir tant pleuré. Devant moi, un passage béant s'ouvrait dans le mur et la princesse Dalyenka venait d'y apparaître, une torche à la main.
— Suivez-moi, m'ordonna-t-elle. Vous ne devez pas mourir maintenant. Comme je vous l'ai déjà dit, il en va de l'avenir d'Astheval.
Après un temps de surprise, je bondis vers elle et voulus l'embrasser mais elle me repoussa.
— Plus tard, fuyons.
Elle fit quelques manœuvres avec une chaîne rouillée et le pan de mur se referma derrière moi. Nous marchâmes pendant plusieurs mi-chiffres dans des couloirs poussiéreux puis nous pénétrâmes dans une pièce où l'on avait disposé une table chargée de mets ainsi qu'une couche à l'aspect confortable. Dalyenka posa son flambeau dans un support fixé au mur et alluma le chandelier qui trônait entre les plats.
— Asseyez-vous et mangez, mon beau fantôme. Je vous raconterai tout pendant ce temps.
Un peu étonné, j'obéis cependant avec plaisir car depuis le début de mon incarcération, je n'avais absorbé que très peu de l'infâme gruau.
— J'ai surpris votre *conversation* avec mon père l'autre matin. J'ai d'abord paniqué, je ne savais comment réagir. J'ai pensé user de chantage mais mon père n'aurait jamais

marché à ce jeu-là. Je suis donc descendue en ville voir votre ami Acanthan. Vous m'aviez tant parlé de lui que je savais pouvoir lui faire confiance. Nous avons longuement discuté. C'est un homme charmant, c'est lui qui a réalisé les enluminures de mon livre favori. Il m'a même raconté qu'on avait tenté de voler cet ouvrage et que c'était vous qui l'aviez sauvé. En quelque sorte, c'est à ce moment que nos destins se sont liés...

« Après cet échange, nous avons réussi à échafauder un plan. Je connais tous les passages secrets de ce château ; j'ai passé mon enfance à les parcourir. Ce fut donc un jeu d'enfant pour moi de retrouver votre cellule. Avec Acanthan, nous avons préparé cette pièce. Mon père ignore tout des couloirs dissimulés entre les murs car il a grandi dans un manoir en campagne. Vous êtes donc en sécurité ici. Il vous faudra y rester le temps que les recherches lancées par mon père soient abandonnées. Il ne se doutera de rien, l'une des portes secrètes se trouve dans ma propre chambre. Il existe une issue à l'extérieur de l'enceinte de la ville. Quand le moment sera venu, Acanthan vous y attendra avec votre étalon.

— Votre père se demandera par où je me suis enfui, il finira par découvrir le passage.

— Impossible. D'une part, la manœuvre est trop compliquée et d'autre part, nous avons pris quelques précautions supplémentaires pour couvrir votre évasion... Acanthan a trafiqué un livre de référence sur les elfes. Il a rajouté un paragraphe vous conférant des pouvoirs de téléportation : il vous suffirait de toucher un premier végétal pour vous transformer en air et d'entrer en contact avec un second pour retrouver votre apparence originelle. C'était une idée de l'enlumineur : je lui ai dit que la première action de mon père serait de se tourner vers cette encyclopédie, il a imaginé la suite...

— Il pensera donc que je me suis téléporté hors de ma cellule à travers les mousses et il enverra des gardes à mes trousses.
— Oui, mais il finira par abandonner ses recherches et vous pourrez quitter la contrée. Hors de Thiers, il n'aura plus aucun pouvoir sur vous.
— Je devrai donc vous quitter. Ne puis-je rester ici indéfiniment ?
— Votre destin vous attend, mon Elfe.
Elle se leva et marcha lentement vers moi.
— Il faudra nous contenter de ce court répit offert par les dieux, dit-elle avant de m'embrasser.

Pendant près d'un temps, j'eus l'illusion d'être heureux. Chaque jour, Dalyenka et moi passions de nombreux chiffres ensemble et tout se déroulait selon ses plans. Mais chaque jour nous rapprochait également de la séparation et nous vivions avec au ventre la peur du temps qui passe.
Le seigneur de Thiers n'abandonna ses recherches que lorsqu'il devint urgent d'entamer les préparatifs pour le mariage de la princesse. Il me croyait retourné dans mon pays natal alors que je vivais encore entre ses murs...
Dalyenka décida que mon départ aurait lieu la veille de son mariage. Elle pensait que l'agitation créée par l'événement me protégerait lors de ma fuite.
Lorsqu'elle vint me retrouver pour la dernière fois, il me fallut beaucoup de courage pour ne pas fondre en larmes. Elle restait digne alors que son sort était pire que le mien : non seulement elle me perdrait mais elle épouserait un homme qu'elle n'aimerait sans doute jamais.
— Je m'habituerai, avait-elle dit. Les humains ont l'art de s'habituer à tout.
Quand je la pris dans mes bras et la serrai fort contre moi, je sentis son cœur battre au creux de sa poitrine. Elle se dégagea doucement :
— Venez, j'ai une dernière chose pour vous.

Dalyenka prit ma main et me mena jusqu'à une pièce ronde et vide à l'exception d'un puits pourvu d'une basse margelle de pierre.

— Asseyez-vous sur le sol.

Je m'exécutai et elle fit de même en face de moi, de l'autre côté du petit abîme. Je la vis clore ses paupières puis elle se mit à réciter une incantation dans une langue inconnue. Une lueur s'alluma au-dessus de la source et forma une colonne jusqu'au plafond. La jeune princesse fut prise de soubresauts et je dus me raisonner pour ne pas aller la secourir. Il ne fallait en aucun cas la déranger si elle usait de magie. Elle prononça une dernière parole et le rayonnement se fit plus violent. Je dus fermer les yeux et, quand je les rouvris, une épée flottait dans la lumière. Dalyenka se leva et prit la garde gravée de l'arme. Elle se tourna vers moi, son regard brumeux semblait venir d'un autre monde.

— Voici *l'épée du destin*, Warez. Que dans votre combat pour Astheval, elle vous soutienne à jamais, vous et les vôtres.

***

Sylvéa éclata de rire.

— « ...et que je ne vous y reprenne plus jamais ! » fit Verl en agitant son doigt sous le nez de la jeune elfe. Tu te rends compte de toutes les atrocités dont j'ai été victime étant enfant !

— Il faut dire que tu étais un gamin insupportable ! répliqua Sylvéa en s'emparant du dernier fruit avant qu'un autre ne le prenne.

— Comment !? s'indigna Verl. Tu vas le regretter !

Sur ces mots, il s'empara de l'agrume dans lequel Sylvéa s'apprêtait à planter les dents et s'enfuit en courant.

— Hé !

Il avait déjà atteint l'autre bout du pont.

— Rends-moi ça tout de suite !

— Viens le chercher ou c'est moi qui le mange ! hurla-t-il en exhibant son gain.
L'elfine s'élança mais il courait plus vite qu'elle. Ils tournèrent un moment autour du mât avant que Verl ne glisse sur une flaque d'eau et ne s'étale au sol. Sylvéa, qui le suivait de près, n'eut pas le temps de l'éviter et elle s'écroula sur lui. Elle profita de la situation pour récupérer son butin mais quand elle voulut s'enfuir à quatre pattes, Verl la retint par les jambes et le fruit lui échappa pour rouler jusqu'aux bottes du capitaine qui se mit aussitôt à vociférer.
— Vous deux, là ! Je ne vous paye pas pour jouer aux gamins ! Allez vous entraîner, et tout de suite !
Il secoua la tête d'un air las et tourna les talons. Sylvéa se tourna vers Verl et quand leurs yeux se croisèrent, elle ne put s'empêcher d'éclater de rire à nouveau.
Cela faisait une éternité qu'elle ne s'était pas tant amusée !
— Le patron a raison, allons nous entraîner, finit par dire son coéquipier en se relevant et en tendant la main à Sylvéa.
Elle acquiesça et accepta l'aide du jeune homme pour se remettre sur pied. Mais au dernier moment, elle bloqua ses jambes et l'envoya à terre.
— Ça, c'est pour m'avoir volé cet agrume ! puis elle s'éloigna, l'air très digne mais se retenant pour ne pas s'esclaffer.
À l'avant du pont, elle rejoignit ses compagnons et proposa à Selys de lui donner un cours qu'il accepta aussitôt avec un grand sourire.
Il progressait de jour en jour et elle adorait l'aider ainsi. Si elle n'avait pas eu sa mission à remplir, elle aurait tout fait pour devenir maître d'armes afin de connaître encore ce plaisir de former quelqu'un.
Elle lui enseigna une nouvelle attaque qu'il maîtrisa en un chiffre à peine. Ses facultés d'assimilation étaient impressionnantes !
— C'est bon, finit-elle par dire, tu peux te reposer pour aujourd'hui, ce n'est pas mal.
Elle préférait ne pas lui dire combien il était doué ; une personne trop sûre d'elle ne faisait jamais un bon combattant.

— À qui le tour ? demanda-t-elle en se retournant.
— Moi, je veux bien.
— Jérébiets !
— Si vous acceptez de vous mettre à mon niveau, bien sûr.
— Je croyais que vous ne saviez pas vous battre, s'étonna l'elfine.
— Je ne connais que les fondamentaux, reconnut-il.
— D'accord, dans deux chiffres, vous en saurez un peu plus...
Sa position était désolante et il fallut un bon moment à Sylvéa pour la corriger. Après seulement, elle put lui enseigner les premières parades. Elle insistait sur la défense car il n'avait aucun don apparent pour l'escrime et elle doutait de le voir un jour gagner un combat. Mieux valait lui apprendre à rester en vie le plus longtemps possible. Comme elle voyait son front se couvrir peu à peu de sueur, Sylvéa préféra arrêter la leçon rapidement.
— Nous continuerons demain si vous le souhaitez.
Jérébiets hocha la tête, prononça quelques remerciements pour le cours puis alla rejoindre l'arrière du bateau où un tonneau d'eau fraîche était mis à disposition pour la toilette des passagers.
— Je crois qu'il est plus doué avec une cithare, remarqua Verl.
— Heureusement pour lui, ne put s'empêcher d'ajouter Sylvéa avec un sourire plein de sous-entendus.
Le mercenaire eut un petit rire puis s'éloigna de quelques pas pour s'appuyer contre le rebord. Il observait les collines qui se dessinaient devant lui.
— Chaque jour elles sont plus hautes, nous ne tarderons plus à apercevoir les montagnes, je crois.
Sylvéa alla le rejoindre et examina à son tour le paysage. En effet, les alentours semblaient de plus en plus vallonnés et l'Agrante devenait étroite. Bientôt sans doute, ils atteindraient Avirant. Alors, l'elfine devrait quitter les amis qu'elle avait trouvés et poursuivre sa route seule. Elle ne se sentait plus si pressée de rallier la dernière ville, mais Solgi l'attendait. Et elle lui avait promis sa vengeance.
La journée passa comme un souffle. Sylvéa discutait avec ses compagnons et apprenait à comprendre le monde des hommes.

Jamais elle ne s'était sentie si proche d'eux. À force de côtoyer les humains, elle se rendait finalement compte que les elfes étaient au fond des êtres froids et distants. Ils ne se sentaient pas vraiment appartenir à Astheval malgré leurs beaux discours et leur soi-disant amour pour le règne végétal. Autrefois, le temps passait sur elle sans qu'elle ne le ressente mais maintenant, comme un humain, elle comptait les jours. Combien lui en restait-il à vivre ?
Elle se demandait si son père avait éprouvé lui aussi ces sentiments en vivant près de ce peuple d'éphémères. En était-il venu à se poser comme elle ces questions ou était-il demeuré elfe ? Parfois, elle aurait souhaité n'avoir jamais rencontré ni Verl ni les autres. Tout aurait été si simple alors. La douce insouciance – ou inconscience peut-être ? – des siens lui manquait.
Sylvéa soupira et leva les yeux vers le néant du ciel. Le jour venait de s'éteindre brusquement comme si quelqu'un venait d'étouffer la flamme d'une chandelle. Était-ce l'Ombre qui soufflait chaque soir sur le monde ?
Quelques notes égrenées sur les cordes d'une cithare la tirèrent de ses pensées et elle alla rejoindre ses frères d'armes autour de Jérébiets. Il entamait une ballade que Sylvéa l'avait déjà entendu chanter une fois au bord du fleuve, alors qu'elle le fuyait.

L'astre brillant du jour s'en est allé,
Avec lui les lunes qui flamboyaient.
L'Ombre sur le monde s'est déployée
Dévorant mers bleues, forêts et vallées.

Adieu douces promenades aimées
Au long des falaises d'or et d'argent,
Adieu paysages détruits désormais,
L'Ombre est passée, tuant et ravageant.

Être de lumière, cours au long de l'eau,
Rencontre ton destin, frappe de ton arme
Mais prends garde aux cruelles malédictions

Car de ce coup vengeur tu t'acquitteras
Et ton monde, cruel et indifférent,
Cessera à jamais l'appel de ton nom.

C'était un poème étrange car le dernier couplet était d'une forme et d'une narration totalement différentes des deux premiers. De plus, il mentionnait un seul astre tandis qu'il en existait plusieurs autrefois. Il devait être connu dans le monde des hommes car les mercenaires s'étaient mis à chanter avec le citharède. Quand Jérébiets eut joué les dernières notes, Zaÿrl frissonna.

— C'est une jolie chanson, fit Sylvéa.

— C'est une malédiction, répliqua Zaÿrl mais il refusa d'en dire plus.

***

Mes adieux furent très douloureux. Je savais que je ne reverrai probablement jamais ni Acanthan ni ma très chère Dalyenka. Quand j'eus lancé Manuscrit au galop, je sentis tout espoir et tout bonheur me quitter. Sans la promesse faite à la princesse, je me serais déjà suicidé, cela ne faisait aucun doute.

Au petit jour, il me restait encore la moitié du chemin à parcourir pour quitter la contrée de Thiers. J'avais décidé de me rendre dans l'est ; sur les terres de Démos. Il s'agissait d'un vaste territoire sans roi. Chaque cité possédait son propre gouvernement et sa propre culture. On y parlait plusieurs dialectes du Thiers et je pensais pouvoir y communiquer sans problème.

Grâce au renom d'Olme Elfe, je pourrais évoluer dans ces contrées sans masque et reprendre mon véritable nom : Warez. Les miens jouissaient désormais d'une bonne réputation...

Ma première étape fut dans la ville de Madell. Comme autrefois, j'y cherchai un travail en tant que mercenaire. Une famille de nobles ne tarda pas à m'engager pour donner des

leçons d'escrime à ses trois fils. Aucun ne deviendrait un grand bretteur mais ils sauraient se défendre en cas de danger. Je restai dans cette cité pendant trois longs et mornes cycles.
Je connus par la suite de nombreuses aventures toutes plus incroyables les unes que les autres. Je sauvai même une ville entière qu'une horrible harpie terrorisait. Après cet épisode, je devins un véritable héros : on écrivit des chansons sur moi, on vint me voir de très loin pour louer mes services. Partout où j'allais, on m'offrait gîte et couvert...

C'est par une chaude journée de temps fleuri que je rencontrai Radweck. La famille qui m'avait accueilli ce jour-là l'employait pour les corvées de ferme et l'exploitait sans scrupule. C'était un jeune orphelin d'environ dix-sept cycles. Très charpenté avec de larges épaules et des bras musculeux, brun et de peau mate, des yeux presque noirs brillant de malice... il me plut tout de suite pour sa bonne humeur et sa spontanéité. Très vite, je lui proposai de quitter son travail de garçon de ferme pour se joindre à moi. Il me répliqua en riant qu'il n'avait jamais tenu une épée de sa vie et qu'il ne me serait pas d'une grande utilité. Je l'assurai que j'étais très bon professeur et qu'il deviendrait vite un formidable combattant, je sentais en lui un grand potentiel. Sans pouvoir l'expliquer rationnellement, je savais que sa présence à mes côtés serait nécessaire. Curieux de nature, il accepta mon offre avec plaisir et nous quittâmes tous deux le couple de profiteurs.
Lors de notre passage dans la petite ville de Rilch, je lui achetai une monture de qualité et une bonne épée. J'avais décidé que nous camperions dans la forêt à quelques pilongueurs d'ici. C'était un lieu riche en fruits et nous pourrions y passer le temps chaud en toute sérénité.

— Refais encore une fois cette attaque, tu es un peu trop lent sur ce pas. Oui ! C'est mieux. Allez, pose ton arme et allons boire un coup, c'est suffisant pour aujourd'hui.
Radweck était un très bon élève, le meilleur même. Il apprit avec une vitesse étonnante et en plus d'être naturellement doué, il était gaucher, ce qui était très déstabilisant pour ses adversaires. Une légende disait que les gauchers étaient liés aux dieux et je me demandais bien ce qu'ils pouvaient attendre de Rad. À part quelques plaisanteries et une grosse dose de bonne humeur...
Vers le milieu du temps pluvieux, nous décidâmes de quitter la forêt. Le jeune homme possédait assez de bases pour me servir de coéquipier et un peu de pratique ne lui ferait pas de mal.
Notre premier travail fut assez simple : nous accompagnâmes une caravane de comédiens entre Rilch et Ersèn. Cela représentait un assez long trajet et les artistes s'arrêtaient quelques jours dans chacun des villages traversés. Nous fûmes attaqués deux fois par des coupe-jarrets et cela valut à Radweck de tuer son premier homme...
Je vis tout de suite que quelque chose n'allait pas. Au lieu de fêter notre victoire avec les autres, il restait à l'écart à caresser sa monture. Je ne savais pas s'il fallait le laisser seul ou non, aussi préférai-je intervenir.
— Rad, tu peux me parler si tu veux. Je comprends que ton premier combat t'ait secoué, ce n'est pas si simple d'ôter la vie à un homme.
Mon jeune ami acquiesça.
— Je ne sais pas comment expliquer ce qui s'est passé, Warez.
Il poussa un long soupir avant de continuer :
— Quand la lame s'est enfoncée dans sa poitrine, au lieu de trouver horrible la vision de cet homme agonisant, j'ai éprouvé du plaisir. Un plaisir malsain ; je savourais chacun de ses soubresauts, je jouissais à la vue du sang qui coulait de sa bouche et de sa blessure. J'avais l'impression de

renouer enfin avec une part d'ombre qui avait toujours été présente en moi. Des images sombres et étranges sont apparues dans mon esprit, comme s'il s'agissait d'anciens souvenirs enfouis. Une intense satisfaction a envahi chacune des parcelles de mon corps, comme si tout ce sang me nourrissait... Warez, je suis un monstre !
Je posai une main apaisante sur son épaule.
— Ne t'inquiète pas, mon ami, dis-je. C'est normal, tu étais pris par l'action. Nous ressentons tous un certain contentement en tuant et nous en avons tous honte par la suite. Allez, viens prendre un verre, tu l'as bien mérité, tu t'es très bien battu aujourd'hui.

***

— Activez-vous un peu, les gars ! hurla le capitaine aux bateliers qui déchargeaient les précieuses étoffes d'Oxalis.
Deux jours auparavant, le navire avait subi une attaque qui avait coûté la vie à l'un des pilotes mais les mercenaires avaient réussi à repousser les bandits. Tout le monde avait été très affecté par la mort du jeune homme et le capitaine avait même promis qu'il offrirait les funérailles à la famille.
Aidée de Verl, Sylvéa débarqua son arbre et ils l'emmenèrent à la sortie de la ville. Elle voulait partir le plus rapidement possible car les adieux lui faisaient peur. Elle savait qu'elle ne reverrait jamais ses compagnons, même si elle n'avait cessé de dire le contraire.
— Pourquoi transportes-tu cet arbre ? demanda Verl alors qu'ils rejoignaient tranquillement la cité où elle récupèrerait ses bagages.
— Il est un ami en quelque sorte, expliqua la jeune elfe. Ceux de ma race peuvent communiquer avec les végétaux.
— Mais alors, auraient-ils une âme ?
— Bien sûr ! répondit Sylvéa. J'ai découvert il y a peu que même les rochers en avaient une…
— Tu crois alors qu'Astheval a une âme propre elle aussi ?
Elle resta un instant songeuse.

— Je ne m'étais jamais posé la question… Les elfes s'inquiètent rarement de métaphysique, j'ai remarqué que c'était plutôt le propre des humains.
— Tu surestimes notre genre, railla son compagnon. La plupart se contentent de vivre en tout égoïsme : leur vie seule importe, quitte à détruire tout sur leur passage.
— Pour en revenir à ton interrogation, je pense qu'Astheval a probablement une conscience propre elle aussi. Mais je doute qu'un homme soit capable de s'immerger dans un tel esprit sans devenir fou.
Le reste du trajet de retour s'effectua dans le silence. Verl semblait méditer sur les paroles de Sylvéa. Sa vision du monde était peut-être en train de changer, songeait l'elfine.
La mienne s'est tellement modifiée au contact des humains. Je suis certaine que nous avons tous tellement à apprendre des autres…
Elle songea aux récits de son père et à tous les enseignements qu'il avait reçus du peuple canidé. Et si la véritable évolution ne pouvait se faire qu'en acceptant le contact d'autres cultures et en s'imprégnant des divers éclairages ? Existait-il une seule réalité ou n'était-elle que la somme de tous les points de vue ?
Sur le quai, les quatre autres mercenaires patientaient aux côtés de Jérébiets. Le capitaine était déjà parti réserver sa place pour le grand marché et les bateliers avaient rejoint une taverne à quelques pas de là. Les embrassades furent de courte durée. Huter et Creck avaient trouvé un poste ensemble en tant que gardiens lors de la foire, quant aux autres, ils partaient chacun de leur côté.
— Tu es certaine de ne pas vouloir me suivre ? demanda finalement Verl. Je suis sûr qu'il y aurait une place pour toi dans la compagnie que je rallie.
— C'est très gentil à toi de me le proposer mais je dois suivre ma route. J'ai été très heureuse qu'elle croise la tienne.
— À un autre jour alors, répondit-il non sans une certaine déception.
Sylvéa lui adressa un sourire, plaça ses mains en croix devant son visage pour souhaiter bonne chance à ses compagnons puis quitta

le port le cœur un peu lourd. Comme elle avait changé après quelque temps parmi les humains ! Son impassibilité elfique lui manquait. Il était tellement plus simple de vivre en gardant à distance ses émotions…

Elle avait besoin d'un bon cheval capable de marcher en montagne et de provisions. Elle espérait que sa modeste paye suffirait pour acheter le nécessaire.

Elle se renseigna auprès d'un citadin qui la dévisagea comme si elle avait deux têtes… Après ce long moment passé en compagnie de confrères avertis, elle avait oublié que son visage de jade provoquait souvent cet effet auprès des humains. Grâce aux explications pourtant confuses, l'elfine réussit à trouver une boutique qui proposait montures et vivres pour les voyageurs.

Parmi les animaux à vendre, elle choisit un poney noir. Il était certes petit mais trapu, et d'après l'homme, son pied était particulièrement sûr en montagne. Sylvéa avait déjà entendu parler de cette race. Les férens étaient réputés pour leur force et leur habileté sur les chemins accidentés. Moins d'un chiffre après, la jeune elfe enfourchait sa nouvelle monture et quittait la ville.

Le poney se révéla facile à manier et elle en fut soulagée. L'équitation ne lui procurait aucun plaisir et elle ne se sentait pas à l'aise à chevaucher un être qui pouvait la désarçonner quand il le voulait... Laissant l'animal suivre le sentier en direction des montagnes, Sylvéa envoya son esprit vers l'ypréau pour le prévenir de son départ.

Je sais, répondit-il, *je suis en route moi aussi.*

Contrairement à elle, le peuplier n'avait pas changé en traversant le pays des humains. Il demeurait impassible et froid. L'elfine se demanda ce qui le poussait à rester vivant dans de telles conditions, si loin des siens. Lorsqu'elle évoluait encore au sein de son Falsp, elle ne s'était jamais interrogée sur le sens de sa vie ; il y avait les danses, la douceur de sa mère et des bras de Solgi… La disparition de son père avait été un choc mais cela n'avait jamais remis en question sa volonté de vivre. En perdant son amant, elle avait soudain pris de la distance et contemplé l'inanité de son

existence. Mourir se serait révélé tellement simple et pourtant, son esprit avide avait échafaudé un plan pour survivre : la vengeance ! Quelle belle illusion et quelle formidable excuse pour repousser l'inévitable… Maintenant si proche de rencontrer son destin, elle doutait. Il était peut-être temps d'accepter la proposition de Verl ?
Le chemin s'incurvait pour contourner une colline et Sylvéa décida de mettre son cheval au petit trot, comme si la vitesse pouvait chasser ces pensées si déstabilisantes. Il n'en fut rien et elle songea une nouvelle fois aux amis qu'elle venait de laisser derrière elle. La tristesse la submergea. Jamais elle n'aurait cru possible de s'attacher autant à de simples hommes. Ils étaient nés depuis si peu de temps… Même la vie de Huter, le plus âgé du groupe, n'était qu'un souffle comparée à la sienne.
Sylvéa ferma les yeux quelques instants et, quand elle les rouvrit, elle découvrit avec stupeur Jérébiets, tranquillement installé sur le bord du chemin, un brin de paille à la bouche.
— Re-bonjour ! fit-il.
— Que faites-vous là ?
— Je vous attendais.
— Mais pourquoi ne me laissez-vous pas tranquille ?
— Mon destin est de vous accompagner, vous avez volé mon cœur, je suis obligé d'être auprès de vous pour vivre.
L'elfine leva les yeux au ciel. Elle avait pris cette mauvaise habitude de Verl et à chaque fois que quelque chose l'agaçait, elle ne pouvait s'empêcher de faire ce geste inutile.
— Vous avez réussi à vous acheter un cheval, vous ? remarqua Sylvéa. Puis-je me permettre de vous demander avec quel argent ?
— Mais bien sûr, répondit le citharède qu'un large sourire éclairait. Verl avait parié sa paye avec moi. Il pensait que vous le suivriez jusqu'aux terres de l'ouest.
— Vous avez osé jouer sur mon dos ?! s'indigna la jeune elfe.
— J'avais besoin de quelques pièces pour acheter cette monture et je savais que rien ne vous détournerait de votre quête. Certes vous acceptiez la présence de Verl à vos côtés et appréciiez ses

discussions – contrairement aux miennes – mais à moi, vous avez conté votre histoire. Je sais qui vous êtes. Je sais pourquoi vous voulez rejoindre ces montagnes maléfiques et à quel point cela est important pour vous. Je n'essayerai pas de vous détourner de votre route, je me contenterai de vous accompagner, même si je dois mourir pour cela.

Il avait prononcé sa tirade dans un seul souffle, comme s'il craignait qu'elle ne lui coupe la parole.

— Ne soyez pas stupide, il est encore temps pour vous de partir. Avec ce férens, vous pourrez aller où bon vous semble. Les terres de l'Ombre ne sont pas un endroit pour les hommes.

— Pas plus que pour les elfes… Je veux vous aider, peu m'importe d'y laisser la vie puisque sans vous je ne suis qu'un fantôme. Cet être de malheur que vous souhaitez anéantir est très puissant et je connais des centaines de légendes à son sujet. Je pourrai vous aider à trouver ses points faibles. Vous ne pouvez le combattre sans bien le connaître.

— Que voulez-vous que je réponde ? demanda Sylvéa en soupirant. Vous êtes maître de votre destin, je ne peux vous empêcher encore une fois de me suivre. Toutes mes tentatives ont été vaines jusqu'à présent.

Sur ces mots, elle poussa un peu son cheval afin qu'il reprenne le pas. Elle ne se retourna pas mais entendit le ménestrel se relever et enfourcher sa monture. Quelque part, elle se sentait soulagée de ne pas avoir à traverser seule ces montagnes. Pourtant, elle craignait aussi de ne pas parvenir à le protéger. Il était si maladroit et naïf... Elle haussa une fois de plus les épaules. Il avait décidé de la suivre, s'il mourait, ce serait entièrement de sa faute.

Quatrième partie
À l'ombre des cimes

Depuis cinq jours qu'ils chevauchaient, les montagnes semblaient toujours aussi lointaines, comme si un sortilège les maintenait hors de portée. La lumière blafarde du jour venait tout juste d'apparaître et Sylvéa s'était éclipsée pour ramasser quelques baies, laissant Jérébiets se réveiller en douceur. Pour l'instant, ils avaient réussi à ne pas piocher dans leurs réserves car les ressources étaient nombreuses dans les environs. Les hommes, en revanche, se faisaient rares. Tous semblaient fuir ces monts maléfiques...

Au moins, nous sommes tranquilles, nous n'avons pas croisé un seul humain depuis notre départ.

Elle s'agenouilla près d'un buisson couvert de fruits violets et sucrés. Il ne lui faudrait pas longtemps pour remplir son récipient. Elle glissa une baie entre ses lèvres et l'écrasa contre son palais. Quelle saveur exquise !

Un bruit dans les feuillages la fit sursauter, elle saisit le couteau qu'elle avait posé à côté de l'écuelle.

— Allons, allons, ceci n'est pas la bonne arme ! fit une voix. Vous ne pourrez rien contre moi avec ce cure-dents. Où est votre épée ?

Sylvéa laissa tomber la courte lame et dégaina aussitôt.

— Pranzli ! Où êtes-vous ?

— Votre esprit est vif, elfe, mais le sera-t-il suffisamment pour me tuer ?

— J'ai déjà abattu le premier d'entre vous !

Un énorme rire éclata et les ténèbres s'abattirent sur l'elfine. Une fois de plus, elle devenait aveugle. Elle serra les doigts autour de la garde froide et tendit l'oreille, quelque chose d'énorme approchait et la terre elle-même se mettait à trembler. Si ce Pranzli la privait de ses yeux, comment pourrait-elle le combattre ?

— Ne vous souciez pas tant, tonna la voix, je vais vous rendre votre vision, j'ai tant à vous montrer… Tant de peurs à partager…
À ces mots, Sylvéa ressentit une chaleur étouffante, l'air semblait s'être chargé d'humidité et elle suffoquait. Elle frotta ses yeux qui la brûlaient et distingua alors l'énorme bête qui s'approchait. Elle était semblable à la dernière mais au lieu de pinces et d'aiguillons, deux grands bras membraneux se déployèrent. Avant qu'elle n'ait pu faire un seul geste, ils entourèrent la jeune elfe, se plaquant contre son corps et son visage. Leur contact gluant provoqua un frisson dans tout son corps. Elle ne parvenait ni à bouger son bras pour riposter ni à prendre son souffle pour crier. L'air commençait à manquer et elle était prisonnière. Elle ne pouvait pas échouer ! Pas maintenant ! Pas si près du but !
Et subitement, elle se trouva dans un endroit désert. Tout autour d'elle, une terre plate et brune s'étendait. Elle leva les yeux vers le ciel mais ne rencontra que le non-être.
— Il y a quelqu'un ?
Sa voix résonna dans l'air désormais froid. Elle se retourna précipitamment, n'avait-elle pas entendu un bruit ? Le paysage derrière elle était pourtant aussi vide que précédemment. Dans quelle direction devait-elle aller ? Elle sauta sur le côté en réprimant un cri. Du coin de l'œil, elle venait d'apercevoir une tache noire. Quelqu'un la surveillait mais chaque fois qu'elle regardait de son côté, la chose disparaissait. Tournait-elle en même temps qu'elle ? Se trouvait-elle derrière à chaque instant ? Elle sentait comme un regard posé sur sa nuque et elle ne put réprimer un tremblement de peur.
— Montrez-vous ! cria-t-elle.
Comment pouvait-elle combattre un être qui demeurait hors de sa portée ? Peu à peu, la panique s'emparait de Sylvéa. La bête semblait être nulle part et partout à la fois. Sans lâcher son épée, l'elfine s'élança et se mit à courir aussi vite qu'elle le pouvait. Elle sentait que la chose la suivait, courait juste derrière elle. N'était-ce pas son souffle qu'elle discernait contre son cou ? D'un moment à

l'autre, l'ignoble monstre fondrait sur elle pour la dévorer… Elle accéléra encore mais rien ne changea. Brusquement, elle bondit sur la gauche et se retourna. Il n'y avait rien. Sylvéa soupira de soulagement, sans doute avait-elle tout inventé ! Elle secoua la tête – *quelle stupidité !* – et avança mais elle sentit une main poisseuse se refermer sur sa cheville. Elle hurla et s'écroula sur le sol. Elle voulait ramper pour s'extirper de l'étreinte mais la poigne puissante la retenait, enfonçant ses griffes dans sa chair et tirant sur sa jambe pour l'amener jusqu'à elle.
Sylvéa étouffait, le sol aride s'était mué en boue visqueuse qui pénétrait dans sa bouche et son nez tandis qu'elle se débattait de toutes ses forces. C'était impossible, ce n'était pas la réalité ! Elle se mit tant bien que mal à genoux malgré la douleur lancinante qui déchirait son mollet et leva son épée pour l'abattre dans le sol rocailleux en hurlant :
— C'est un rêve !
Le monde sembla retenir sa respiration l'espace d'un court instant puis il y eut une plainte horrible, un son que nul n'aurait pu imaginer et qui devait sortir tout droit des Royaumes Inférieurs. Au moment où Sylvéa croyait mourir, le paysage explosa autour d'elle et elle se retrouva à flotter dans le non-être.
Son corps avait disparu et elle ne ressentait plus rien. Comme si elle n'existait plus ou que sa conscience ne possédait plus de corps matériel. Avait-elle échoué ? Était-elle morte ?
— Pas encore, elfe, je n'en ai pas terminé avec toi...
À ces mots, Sylvéa se matérialisa à nouveau, allongée sur le sol froid d'une immense grotte. Elle n'en voyait pas la fin et le moindre petit bruit résonnait tant qu'elle ne pouvait dire de quel côté risquait de surgir le danger.
— Trop grand pour toi, elfe ? Je vais l'arranger !
Il y eut un bruit étrange, comme un mécanisme qui se met en marche, et Sylvéa vit avec horreur les murs se rapprocher d'elle. Elle dégaina et frappa contre la roche mais ne réussit qu'à produire des étincelles. La panique montait, elle ne parvenait plus à réfléchir : les parois se resserraient autour d'elle, il n'y aurait

bientôt plus de place pour bouger. Elle donna des coups de pieds de tous côtés, sans effet.
Elle se trouvait maintenant debout, bras croisés sur la poitrine, l'épée contre le corps. De chaque côté de ses épaules, dans son dos, devant elle, elle pouvait sentir la roche glaciale. Il n'y avait pas d'ouverture, pas la moindre aspérité, aucune chance de sortir et l'air devenait rare. Elle suffoquait d'autant plus que la peur accélérait les battements de son cœur.
— Un petit problème de claustrophobie ? tonna la voix. Tu as besoin d'espace ?
Un éclair illumina un souffle la roche, puis la pierre grise se transforma en un vitrage transparent. Sylvéa se trouvait sous l'eau. Elle leva les yeux, tourna la tête à gauche, à droite… L'eau l'entourait de toutes parts. Elle ne pouvait se retourner car la place manquait dans sa bulle de verre et l'air demeurait aussi rare qu'au sein de la roche. Elle devait calmer sa respiration, tenter de réfléchir, trouver une solution pour combattre ce Pranzli de façon efficace.
Sylvéa sursauta. Elle venait d'entendre un léger bruit de fêlure. Elle posa sa main contre la vitre devant elle et vit avec horreur le verre se briser en étoile tout autour de sa paume. D'un moment à l'autre, il allait se rompre. Elle imaginait déjà la douleur dans sa poitrine quand le liquide emplirait ses poumons... Il fallait trouver une solution, ne pas paniquer. Le bruit de fracture s'amplifia et l'elfine se mit à crier :
— Tout n'est qu'illusion, Pranzli ! Vous ne pouvez m'atteindre que si je crois à vos chimères et j'ai cessé d'y croire !
La vitre explosa dans un vacarme assourdissant. S'était-elle trompée ? Allait-elle mourir maintenant ?
Un froid pétrifiant envahit Sylvéa et elle entendit le Pranzli hurler. C'était un mélange de colère et de douleur. L'elfine ferma les yeux, tenta d'oublier la puissance de l'eau qui se refermait autour d'elle, et visualisa le Pranzli. Levant son épée en pensée comme en acte, elle évoqua l'image de sa lame plantée entre les deux bras membraneux de la bête.

Le cri de souffrance s'amplifia, montant dans des aigus douloureux pour les sens elfiques de Sylvéa. Elle se recroquevilla, les mains sur les oreilles, et sombra dans l'inconscience.

Une main douce et tendre caressait son visage tandis qu'une voix chaude murmurait des paroles réconfortantes. L'elfine ouvrit lentement les yeux et découvrit le visage rassurant de Jérébiets.
— Tout va bien, c'est fini maintenant.
Sylvéa se redressa et prit une ample inspiration. Elle avait l'impression de respirer pour la première fois depuis une éternité.
— Le Pranzli est-il parti ? demanda-t-elle.
— Si vous voulez parler de la bête immonde dont le corps vient de s'envoler entre les serres d'un énorme rapace, alors oui, je crois que vous l'avez vaincue.
La jeune elfe soupira.
— J'ai cru que j'allais mourir. Je préfère mille fois combattre le premier que celui-ci !
— Je ne comprends pas, qui sont ces Pranzlis et que s'est-il passé ?
Sylvéa se leva en s'appuyant sur l'épaule du barde.
— Ne restons pas ici, je vous raconterai tout ceci en mangeant, fit-elle en allant chercher son bol resté au pied du buisson.

Ils avaient déjeuné rapidement tout en discutant puis Sylvéa avait nettoyé ses blessures. Il ne s'agissait que d'illusions mais elle y avait tant cru que son corps avait conservé les marques de ses combats. Sans cesser de parler, ils avaient ensuite repris leur route vers les montagnes.
— C'est incroyable ! Cet être se servait de vos peurs pour vous attaquer. Comment pouvait-il savoir ce qui vous effrayait ?
— Mon père me disait dans une lettre de me méfier des Pranzlis car ils avaient été spécialement conçus pour me tuer. J'ai l'impression qu'ils connaissent tout de moi.
— Vous disiez qu'ils étaient trois ?
Sylvéa hocha la tête.

— Il vous en reste un à tuer dans ce cas et je ne vous serai d'aucune utilité, je le crains. Lorsque j'ai entendu le cri de ce monstre ce matin, j'ai accouru mais me suis heurté à une muraille invisible...
— Verl avait essayé de me prêter main-forte lors de mon premier combat, lui non plus n'avait pas pu me rejoindre.
Elle marqua une courte pause avant d'ajouter :
— Je me demande ce que me réserve le prochain Pranzli. J'ai la sensation qu'il ne tardera pas à apparaître. Nous sommes de plus en plus proches du repaire de l'Ombre ; il voudra me tuer avant que je n'entre sur ses terres. Enfin, je suppose...
L'elfine se pencha pour flatter l'encolure du férens.
— Que diriez-vous d'un petit galop ? Le terrain est propice pour le moment et je crains que ça ne soit bientôt plus le cas, proposa la jeune elfe.
— Avec plaisir ! répondit aussitôt le citharède en lançant son cheval en avant.
Les journées passaient vite… Sylvéa se surprenait à apprécier la présence du musicien. Il parlait moins qu'avant – tout du moins il ne parlait plus pour ne rien dire. Ses chansons du soir ainsi que sa simple présence à ses côtés permettaient à la jeune elfe de se sentir moins seule, moins en dehors du temps. Ils avaient quitté la dernière cité depuis vingt-deux jours quand ils parvinrent enfin au pied des montagnes. Aucun incident n'était survenu depuis l'attaque du dernier Pranzli mais Sylvéa sentait que le prochain ne tarderait plus à arriver. Jusqu'ici, ils trouvaient suffisamment de nourriture pour chaque repas et avaient même réussi à ramasser des fruits secs pour augmenter leurs réserves. Pourtant, depuis deux jours environ, les végétaux comestibles se faisaient plus rares et ils n'avaient trouvé la veille qu'un tubercule tout juste suffisant pour les nourrir. Les chevaux, eux aussi, commençaient à manquer d'herbe et il faudrait bientôt compléter leur alimentation avec les céréales et le fourrage concentré qu'ils transportaient depuis Avirant.

La journée touchait à sa fin quand Sylvéa sentit une présence dans l'air. Elle stoppa sa monture et se tourna vers Jérébiets.
— Nous devons nous arrêter, dit-elle.
— Déjà ? Nous allons bientôt pouvoir nous engager sur notre premier versant pourtant.
— Je sens que le Pranzli n'est pas loin, je préfère me reposer en attendant sa venue. Je ne sais pas à quoi m'attendre et je dois me tenir en forme.
Le citharède hocha la tête et descendit de cheval.
— Laissez-moi les rênes de votre férens, je m'en occupe, allongez-vous tranquillement. De toute façon, cela ne peut pas faire de mal aux poneys de se repaître.
— Merci, Jérébiets.
L'elfine mit pied à terre à son tour et alla s'adosser à un pin. Elle fit le vide et lia son esprit à celui de l'arbre contre lequel elle se tenait. Son langage semblait quelque peu différent de celui des conifères de son pays mais elle parvint à lui demander s'il sentait venir un être. La réponse mit beaucoup de temps à venir et Sylvéa crut qu'il refusait l'échange. Elle s'apprêter à rompre le contact quand une image lui vint : une silhouette sombre et nimbée d'azur approchait. Elle ouvrit les paupières, se leva et dégaina.
Le barde pansait les chevaux, quelques longueurs plus loin.
— Éloignez-vous, lui cria-t-elle. Le Pranzli arrive, il ne faut pas risquer que nos montures s'enfuient de peur.
Elle savait que le citharède hésiterait à la laisser seule. C'était pourtant la meilleure chose à faire puisqu'il ne pourrait pas l'aider dans ce combat. Elle préféra le quitter des yeux et se concentra sur l'approche de la bête. Elle parvenait maintenant à percevoir quelques sons insolites qui devinrent rapidement insoutenables. Comme précédemment, sa vision se brouilla et elle devint aveugle. Cela ne dura qu'un souffle et quand elle put à nouveau y voir, le Pranzli se tenait devant elle. Il n'était guère différent des deux premiers avec ses myriades de pattes crochues et sa carapace mais il possédait deux grands yeux bleus qui la fixaient.

— Bien, tu as eu raison de dégainer. Tiens fort ton épée, tu en auras besoin aujourd'hui.
Sylvéa ne parvenait pas à se détourner de ce regard pénétrant, son esprit était embrumé et elle ne pensa même pas à répondre. Doucement, elle se sentit choir. Tout semblait s'écouler au ralenti autour d'elle. Elle tomba sur un sol moelleux qui prit la forme de son corps et s'assoupit…

Sylvéa sentit que l'on posait sa tête sur quelque chose. Elle ouvrit lentement les yeux.
— Solgi ?
— Oui, ne t'inquiète plus, je suis auprès de toi pour toujours maintenant.
Il se pencha sur elle et l'embrassa avec douceur.
Sylvéa ne put s'empêcher d'éclater en sanglots. Elle lâcha l'épée qu'elle tenait toujours entre ses mains et entoura l'elfe de ses bras.
— Tu m'as tant manqué ! Le monde était horrible sans toi…
— Chut, n'aie pas peur, tout est fini. Viens, suis-moi, quelqu'un voudrait te voir.
Curieuse, l'elfine sauta sur ses pieds et suivit son amant hors de l'arbre-demeure. Elle s'arrêta net en découvrant l'elfe qui se tenait devant elle puis, émue par tant de bonheur, se jeta dans ses bras.
— Père ! C'est si bon de vous revoir enfin ! Comment cela se peut-il ? Suis-je morte ?
— Non, Sylvéa ! répondit son père en caressant sa joue. Ceci est la vie, la véritable vie !
— Tu m'encourageais pourtant à poursuivre ma route, je n'aurais pas dû quitter Astheval avant d'affronter l'Ombre…
— Peu importe l'Ombre ! interrompit Solgi. Warez t'a poussée à suivre cette voie car il savait que cela t'amènerait dans ce monde ; à nos côtés, pour toujours.
— J'aurais tellement souhaité venger vos morts !
— Je préfère te savoir près de moi. J'ai envie de te prendre à nouveau dans mes bras, de courir dans la forêt en ta compagnie, d'aller observer les leorces... et tant d'autres désirs encore !

L'elfine se réfugia aussitôt contre sa poitrine.
— Tu devras être patient, je ne suis plus la même qu'avant, j'ai vécu tant de nouvelles expériences depuis notre séparation.
— Je sais, Sylvéa, j'étais toujours à tes côtés et je n'ai jamais cessé d'être fier de toi. Je t'aime tant.
La jeune elfe se retourna, les larmes aux yeux. Sa mère venait d'arriver et elle rejoignait Warez. Son visage rayonnait de bonheur. Jamais elle ne l'avait vue ainsi, pas depuis la mort de son père. C'était merveilleux, tellement merveilleux. Une agréable musique s'élevait dans le Falsp. Sylvéa sauta en arrière et se mit à danser. Elle sentait les mains de Solgi se poser sur ses hanches et l'accompagner dans sa chorégraphie. Le monde était beau, parfait, fantastique !
Elle se concentra sur la mélodie car elle ne parvenait pas à saisir les paroles. Elle sursauta. Ce n'était pas de l'elfique ! Il lui semblait connaître cette voix, elle était grave et pure, agréable à écouter. Elle tendit l'oreille et parvint à saisir quelques vers :

Une fois frappant,
La bête est morte.
Une fois contre son imagination luttant,
La bête est morte.
Une fois dormant, mais pour combien de temps ?
La bête mourra-t-elle ?

Que signifiaient ces paroles ? Elles racontaient une histoire, cela devait parler d'elle. Une bête ? Sylvéa fouilla dans sa mémoire. Tout était flou mais quelque part, elle trouva l'image d'un monstre qui l'attaquait sans relâche, frappant de ses aiguillons mortels. Un mot cherchait à franchir le seuil de ses lèvres, il fallait qu'elle le prononce mais Solgi l'emmenait dans une gigue effrénée et elle ne parvenait pas à se concentrer. Elle devait pourtant le dire, le crier ! Elle arrêta brusquement sa danse.
— Pranzli !

Voilà le mot qu'elle cherchait. Un voile sembla se déchirer et tout lui revint en mémoire. Lors de son deuxième combat, un monde de peurs s'était déployé autour d'elle.
Elle observa celui qui l'entourait.
Un monde de bonheur.
— Ceci n'est qu'un rêve, murmura-t-elle. Il veut me retenir dans ce songe jusqu'à ce que mon véritable corps se meure.
Sylvéa s'élança vers son arbre-demeure et s'empara de son épée. Mieux valait partir tout de suite, avant qu'elle ne change d'avis. Comme elle l'avait fait dans les landes désertes, elle planta sa lame dans le sol en hurlant que tout n'était qu'illusion mais seul un éclat de rire l'accueillit.
C'eût été trop facile, susurra une voix dans son esprit.
Mais qu'attendait-on d'elle ? Elle se releva et délogea son épée. Si elle se souvenait bien, le Pranzli lui avait dit qu'elle aurait besoin de cette arme. Que fallait-il faire alors ?
— Sylvéa ?
Elle se retourna et sourit en voyant son père s'approcher d'elle.
— Que fais-tu avec l'*épée du destin* ?
— Rien, père, rien du tout, répondit-elle en se blottissant contre lui.
Elle sentait sa poitrine se soulever au rythme de sa respiration, ses cheveux chatouiller son front... Comment tout cela pouvait-il être faux ? Les larmes se mirent à couler le long de ses joues. Elle venait de comprendre ce qu'attendait d'elle le Pranzli. Comment pourrait-elle ? Elle leva sa main gauche et attira vers elle le visage de son père. Il l'embrassa sur le front, comme il avait coutume de le faire.
« Méfie-toi plus encore des Pranzlis, leurs pouvoirs sont immenses », avait-il écrit dans l'une de ses lettres.
— Je t'aime, murmura-t-elle.
— Moi aussi, je t'aime, ma fille.
Sylvéa leva son épée.
Ce n'est qu'une illusion du Pranzli, c'est tout, répétait-elle inlassablement.

Elle recula puis plongea son arme dans le ventre de son père. Il la regarda, plein d'incompréhension.
— Pourquoi ? demanda-t-il avant de s'écrouler sur le sol en lâchant la garde.
Sylvéa hurla de désespoir. Comment pouvait-elle poursuivre cette tâche ? Elle n'en pouvait déjà plus, mieux valait mourir, tout arrêter. Elle venait de commettre un parricide...
Ne sois pas bête, c'est l'Ombre qui l'a tué, tu dois accomplir ta vengeance. Relève-toi, par tous les dieux ! Achève ta besogne ! Il faut en finir au plus vite !
— Oui, je me lève.
Elle ramassa son épée et sortit de son arbre-demeure sans un regard sur le corps étendu de son père. Sa mère se trouvait juste au centre du Falsp, souriante comme autrefois. Sylvéa prit une grande inspiration et ferma les paupières.
— Veux-tu un peu de sève de coudrier, ma chérie ?
Ce n'est qu'une illusion, une simple illusion.
Elle sentit le fil traverser les chairs et le cri de sa mère lui déchira le cœur.
Finis ton travail, il ne reste plus qu'une personne maintenant.
Elle se retourna d'abord avant d'ouvrir les yeux. Elle ne voulait pas avoir à supporter la vision du corps sans vie de sa mère. Solgi se trouvait à quelques pas d'elle. Son regard révélait une telle confiance qu'elle sentit sa résolution chavirer.
Allons, tout n'est que mirage.
Elle s'approcha, la main crispée sur son arme. Et si elle s'était trompée ? Si elle venait de gâcher sa meilleure chance de vivre dans le bonheur ?
— Tu peux encore être heureuse, Sylvéa. Prends ma main, nous vivrons ensemble jusqu'à la fin des temps.
Les larmes inondaient le visage de l'elfine. Elle leva sa main gauche pour prendre celle de Solgi mais la musique avait repris et la voix humaine l'appelait.
— Tu n'es qu'une hallucination, dit-elle.

— Le bonheur n'est qu'un rêve, répondit son amant. Pourquoi ne pas en profiter ? C'est notre seule chance de vivre encore ensemble.
— Nous nous retrouverons dans l'Après-Monde, Solgi.
Elle plongea une fois de plus son épée dans le corps d'un elfe.
— Pourtant, je t'aimais, moi, murmura Solgi avant de s'écrouler sur le sol.
Sylvéa se retourna pour hurler mais le monde se disloquait autour d'elle. Un brusque bruissement d'ailes la rappela dans un autre lieu. Elle ouvrit les yeux sur le Pranzli qui, gisant immobile, attendait la venue de l'énorme rapace. Deux souffles plus tard, il avait disparu et Jérébiets accourait vers Sylvéa.
— J'ai eu si peur ! avoua-t-il. Voici deux jours qu'il vous tenait sous son regard. J'ai joué pour vous sans interruption, je pensais que peut-être ma musique traverserait le bouclier invisible…
— Je l'ai entendue, murmura Sylvéa. Elle est venue jusqu'à moi… Je suis lasse maintenant, je veux dormir.
Puis elle ajouta, si bas que Jérébiets ne put l'entendre :
— Je veux oublier, au moins l'espace d'une nuit.

***

Par la suite, nous travaillâmes en de nombreux lieux. Nous étions devenus inséparables et notre duo possédait une réputation à toute épreuve. Radweck avait maintenant un niveau d'escrime excellent et si ma stratégie laissait parfois à désirer, il trouvait toujours les bonnes solutions pour chaque problème.
Nous devions nous rendre à la cité de Silébas car nous avions reçu une missive du gouverneur. Il nous convoquait en son palais pour une mission urgente et ultrasecrète. Nous étions tous deux curieux de découvrir la nature de ce nouveau travail et malgré la fatigue, nous allions bon train.
Les portes étaient fermées quand nous arrivâmes à Silébas et nous dûmes montrer le sceau de notre dépêche pour pénétrer dans la ville.

Il faisait depuis quelques jours un froid glacial et chacun de nos souffles produisait un grand nuage blanc. Les voies étaient désertes et un calme inquiétant régnait tandis que la neige venait de se mettre à tomber, couvrant peu à peu d'un manteau blanc les pavés gelés.
Silébas était une ville étrange : toutes ses rues étaient étroites et se dirigeaient en spirale vers le centre où se dressait le château. Il fallait donc beaucoup marcher pour pénétrer dans la seconde enceinte.
Nous chevauchions à pas lents, nos montures avaient grand besoin de repos elles aussi, quand un léger mouvement dans une impasse attira mon regard. Je mis Radweck en garde d'un signe de la main discret. On nous suivait sans doute. Mon pouls s'accéléra lorsque j'aperçus une seconde ombre puis une troisième. Nous étions encerclés. Soudain, un chat surgit de nulle part et se planta devant nous, poils hérissés. Nos deux étalons se cabrèrent et, alors que nous tentions de les calmer, nos poursuivants en profitèrent pour nous cerner de toutes parts, arbalètes pointées sur nous.
— Mettez les mains sur la tête, ordonna l'un des hommes.
Nous nous exécutâmes, ils étaient trop nombreux pour que nous puissions tenter quelque chose.
Ils nous menèrent jusqu'à une ruelle, nous obligèrent à mettre pied à terre et nous attachèrent après avoir placé des sacs de toile puants sur nos têtes.
Je sentis que l'on me soulevait puis on me plaça dans un endroit étroit empestant l'alcool. Sûrement un tonneau.
Je tendis l'oreille. Tout était à nouveau calme autour de nous. Nos ravisseurs avaient dû nous abandonner en attendant le lever du jour. Sans doute souhaitaient-ils quitter la ville dès l'ouverture des portes. Mais pourquoi nous avoir enlevés ? Nous ne possédions rien de précieux.
Mes mains étaient liées dans mon dos et l'espace très restreint mais, grâce à ma souplesse elfique, je parvins à les passer sous mes jambes et à les ramener devant moi. Une douleur irradia mes bras et je dus me retenir pour ne pas

crier. Le plus vite que je pus, je défis la ficelle qui maintenait ma tête dans le sac et je pus enfin cisailler mes liens avec mes dents tranchantes.
D'un mouvement sec, je remis en place mon membre puis en tâtai les muscles. Tout semblait normal. J'aurai certainement quelques courbatures mais rien de bien méchant. Je me hâtai de délier la corde à mes pieds puis, après avoir vérifié qu'aucun bruit ne troublait la nuit, je cherchai à ouvrir le fût. Il me fallut un long moment pour sortir mais je pus enfin respirer l'air frais. Je me trouvais dans une cour pavée au milieu de centaines d'autres tonneaux. Il me restait à trouver celui qui contenait Radweck.
Je frappai deux petits coups sur celui à ma gauche. D'après le son qui me revint, il était rempli. Je jetai un coup d'œil autour de moi. Toujours personne à l'horizon. Le plus vite que je pus, je vérifiai chacun des tonneaux. Enfin, l'un d'eux sonna creux. Je me hâtai de l'ouvrir mais il était vide. Je soupirai et continuai mon travail. Quand je frappai sur le dernier, tout mon courage s'envola ; mon oreille elfique ne pouvait me tromper : il contenait bien de l'alcool. Mais alors, où pouvait bien se trouver mon ami ?

Je quittai la cour sans rencontrer aucune résistance et me faufilai en rasant les murs pour gagner l'enceinte du château. J'avais toujours la missive dans ma veste, je pourrais donc y entrer sans problème. La spirale des rues m'amena à une grande place où se dressaient de nombreux gibets dont la plupart étaient occupés. Je frissonnai en distinguant l'une des silhouettes.
— Radweck ! Ne pus-je m'empêcher de crier.
Je m'élançai, montai sur la potence et poussai un soupir de soulagement : la corde n'était pas passée autour de son cou mais sous ses bras. Je posai deux doigts sur sa carotide et sentis avec plaisir un pouls très léger mais bel et bien présent. J'eus un peu de mal à le détacher car je n'avais plus

d'arme pour trancher la corde mais je parvins à mes fins et pus le traîner jusqu'à une impasse.
Tout était désert, on aurait pu se croire dans une ville fantôme. Il s'était remis à neiger et les traces que je laissais derrière moi ne tardèrent pas à être totalement recouvertes. J'allongeai Radweck dans la poudreuse et tâtai sa tête. Il avait reçu un coup sur la nuque, ce qui expliquait son inconscience. Je vérifiai rapidement qu'aucun de ses membres n'avait été touché avant de continuer mon chemin. Je le portai sur mon épaule et repris l'artère principale.
Malgré mon fardeau, je parcourus rapidement la distance qui me séparait encore de la seconde enceinte. Il y avait deux gardes gelés à la porte. Ils reconnurent le sceau et appelèrent un valet pour transporter Radweck tandis qu'un second me conduisait jusqu'au bureau du gouverneur. Je dus patienter quelques instants et enfin, l'homme pénétra dans la pièce. Il n'était pas très grand mais assez trapu et ses épais sourcils blonds lui donnaient l'air un peu fruste.
— Nous ne vous attendions plus, dit-il pour tout préambule.
Il posa sur son bureau un fourreau muni d'une épée et s'assit d'un air las.
— Nous avions reçu votre épée, Warez, agrémentée d'un charmant mot signalant votre capture.
— Comme vous voyez, gouverneur, j'ai pu déjouer leurs pièges.
L'homme hocha la tête.
— Votre présence ici doit rester secrète, j'ai fait préparer des quartiers pour vous et votre associé. Vous pouvez rester ici jusqu'à sa guérison mais vous ne pourrez quitter vos appartements. Ensuite, je vous expliquerai le but de votre mission. Reprenez votre arme.

On m'accompagna jusqu'à ma chambre. Il y avait trois pièces : un espace meublé de fauteuils, une salle de bain avec un tub rempli d'eau fumante et une chambre à lits jumeaux dans l'un desquels reposait Radweck. On l'avait

déshabillé et sa tête était entourée d'un bandage. Je m'approchai et m'assis sur le bord de la couche.
— Rad ?
II ouvrit doucement les yeux et me sourit faiblement. Je posai le dos de ma main sur son front brûlant.
— Ne t'inquiète pas, tout va bien, nous avons eu beaucoup de chance. Pour une raison que j'ignore, ils ne cherchaient pas à nous tuer... Repose-toi maintenant, dors tout ton soûl.

***

Quand Sylvéa s'éveilla, le jour venait tout juste de se lever et Jérébiets faisait chauffer quelque aliment au-dessus du feu.
— Mmm, ça sent rudement bon ! fit la jeune elfe.
— J'ai trouvé quelques racines de drans, ça paraît incroyable mais c'est vrai ! Je les fais juste griller. Cela vous va ou vous les préférez autrement ?
— Ce sera parfait. L'odeur me met déjà l'eau à la bouche !
Le barde observa silencieusement la belle elfe. Malgré ses paroles joyeuses, il sentait en elle une profonde tristesse, plus grande encore qu'auparavant. Que s'était-il passé avec le Pranzli, la veille ?
— Voilà, celle-ci est prête ! Je vous la laisse sur la brochette, ce sera plus facile à manger.
Il tendit le rhizome à Sylvéa avant de demander :
— Alors, quel est le programme pour aujourd'hui ?
— Nous allons franchir notre première cime. J'ai contacté mon peuplier. Le froid arrivera très bientôt, accompagné de vent, nous devrons nous couvrir.
Pendant qu'ils mangeaient, le ménestrel conta une historiette légère au sujet des drans et des croyances qui y étaient associées dans certaines contrées de Démos. Il cherchait par tous les moyens à rendre le périple de l'elfine plus doux…
Ils se remirent en route dès la fin du repas. Cette pause forcée avait permis aux chevaux de se détendre et de se gaver d'herbe. Ils

étaient tous deux fringants et l'ascension de cette première hauteur se fit en un rien de temps, ils purent même atteindre une petite vallée avant la fin de la journée. Sylvéa et Jérébiets préféraient s'arrêter la nuit car les férens marchaient moins bien dans le noir. Mieux valait ne pas risquer de perdre d'aussi bonnes montures.

En observant tous ces monts si vastes, l'elfine se demandait comment ils trouveraient la demeure de l'Ombre. Si grande soit-elle, ce ne serait sans doute rien comparé aux immensités de la nature. Jérébiets, lui, maintenait qu'il fallait suivre la direction du nord. Selon les légendes, la terre de l'Ombre ne pouvait se trouver que si l'on ne quittait jamais des yeux cette orientation. Le barde avait aussi raconté qu'au début du règne de cet être maléfique, de nombreux hommes avaient tenté de rejoindre ce pays pour le tuer mais que pas un n'était revenu. Certains affirmaient qu'ils étaient morts, d'autres que l'Ombre les avait pris à son service en leur jetant des sorts. Il existait des centaines de mythes autour de ce démon, et le citharède les connaissait tous. Chaque soir, il trouvait une nouvelle histoire à raconter.

— Il faut que vous en sachiez le plus possible sur lui, disait-il toujours à Sylvéa.

Les jours passaient et nul ne venait ralentir leur marche. L'air devenait chaque soir plus glacial et ici ou là, on pouvait voir quelques plaques d'eau gelée. Les animaux semblaient avoir déserté les lieux et les deux voyageurs devaient maintenant utiliser leurs provisions tant les végétaux se faisaient rares. Heureusement qu'ils avaient conservé d'importantes quantités de fruits secs car les réserves diminuaient rapidement. La nourriture des chevaux, elle aussi, s'amenuisait. Dès que Jérébiets trouvait un coin avec de l'herbe ou un arbre encore feuillu dans une vallée, il demandait à Sylvéa de faire une pause et proposait sa découverte aux montures. Elles avaient un peu maigri depuis le départ mais restaient alertes et leur pied demeurait sûr.

Depuis leur première ascension, l'elfine ne parvenait plus à compter le nombre de cols qu'ils avaient passés. Le temps, encore une fois, semblait suspendu. Les jours s'écoulaient sans qu'elle ne les remarque plus. Seule la présence de Jérébiets l'empêchait de retomber dans l'état second qui l'avait accompagnée depuis son Falsp jusqu'au *Destrier du fleuve* ;

— C'est incroyable ! Quand j'y pense ! s'exclama soudain Jérébiets.

Sylvéa se tourna vers lui d'un air questionneur.

— Vous vous rendez compte, il y a un cycle, je me trouvais dans une auberge où je jouais tranquillement et aujourd'hui... il laissa sa phrase en suspens et embrassa le paysage du regard. Cela paraît quand même incroyable.

— Il y a deux cycles à peine, j'allais m'unir, ajouta Sylvéa sur le même ton avec un sourire ironique. Après tout, reprit-elle, c'est peut-être cela le miracle de la vie : elle arrive toujours à prendre un chemin complètement différent de celui que l'on attendait…

— Assurément ! Si quelqu'un m'avait dit qu'un jour je partirais à la recherche de l'Ombre accompagné d'une elfe, je l'aurais traité de fou.

Il marqua une pause et flatta distraitement l'encolure de son cheval.

— Vous croyez que nous avons une chance de mettre fin à son règne ?

— Je crois que si nous n'en n'avions pas une, l'Ombre n'aurait jamais envoyé ses précieux Pranzlis contre moi.

— Alors pourquoi n'essaye-t-il pas de nous arrêter ?

Sylvéa haussa les épaules.

— Aucune idée, convint-elle. Si nous profitions de cette vallée pour galoper un peu ? dit-elle soudain comme pour couper court à ses pensées trop dérangeantes. Le jour va bientôt tomber, les chevaux auront le temps de se reposer pendant la nuit.

L'aède hocha la tête et ils partirent tous deux à l'allure supérieure. Les férens semblaient heureux de se défouler et ils décidèrent même d'entamer une course. Sylvéa ne parvenait plus à ralentir sa

monture alors elle lui laissa un peu plus de liberté dans les rênes et se contenta de suivre le mouvement. L'animal finit par se calmer tout seul et les deux voyageurs purent reprendre leur souffle. Jérébiets arrêta finalement son férens et se tourna vers l'elfine.
— Restons ici pour la nuit, proposa-t-il.
— Nous devrions d'abord faire marcher nos chevaux pour qu'ils sèchent un peu. Voyez ! Ils fument tant ils ont chaud.
— Vous avez raison, nous camperons un peu plus loin...
Le citharède remit sa monture au pas et l'approcha de celle de Sylvéa.
— Vous croyez que le voyage durera longtemps encore ? demanda-t-il après quelque temps de silence.
— Je ne sais pas, nous verrons bien, peut-être que... (elle marqua une pause) Oh ! Regardez, une plume bleue !
— Où ça ?
Sylvéa mit pied à terre et se pencha pour ramasser la grande penne.
— Elle est très belle. Vous ne trouvez pas ? Et puis, j'ai compris la leçon : la dernière fois que j'en ai laissé une sur le sol – vous vous souvenez ? – nous nous sommes retrouvés entre les mains de coupe-jarrets...
— Oui, il vaut mieux la garder avec vous. Connaissez-vous l'origine de cette croyance ?
Comme la jeune elfe secouait la tête, le ménestrel se mit à conter l'histoire :
— Il y a bien longtemps, à l'époque où les astres nimbaient encore Astheval de leur douce lumière, vivait une princesse pourvue d'une grande beauté mais aussi d'une terrible arrogance. Elle ne cessait de rabaisser autrui et d'exiger mille sacrifices de la part de ses sujets. Un jour pourtant, son père voulut la marier. Elle y consentit à la seule condition que le prétendant lui apportât un oiseau dont le plumage serait d'un bleu céruléen. Tout le monde savait qu'un tel animal n'existait pas ! Plusieurs nobles partirent pourtant à la recherche de cette chimère. Un jour, bien longtemps après, alors que tous étaient rentrés bredouilles, un paysan

demanda audience et présenta à la promise un somptueux rapace aux plumes d'azur. Dégoûtée par l'apparence humble de l'homme, la princesse se moqua en l'accablant de remarques dédaigneuses et refusa sa main. Le miséreux se mua alors en un magnifique dieu et condamna la princesse à une vie de souffrances. En guise de châtiment, sa beauté s'étiola et son pouvoir de séduction fut réduit à néant. Son charme à présent inopérant, elle fut unie de force à un homme fruste qui la rendit bien malheureuse. On dit que sur son lit de mort, elle fit pénitence et reconnut son péché d'orgueil. Magnanime, le dieu accepta ses excuses et réapparut en lui promettant de l'accueillir dans l'Après-Monde. Depuis, on se garde bien de refuser le présent d'un dieu !

Jérébiets resta un instant muet avant d'ajouter :

— Arrêtons-nous ici, ça ira pour les chevaux.

L'elfine lui tendit les rênes de sa monture et commença à allumer un feu. La mise en place du campement était devenue un véritable rituel. Chacun savait ce qu'il devait faire sans avoir besoin de parler. Quand il eut attaché et nourri les chevaux, Jérébiets fouilla dans les sacs et sortit une gamelle de fer pour réchauffer un condensé. Lorsqu'on faisait cuire ces blocs avec de l'eau, ils se dissolvaient pour former une purée. Cela ne valait certes pas les bons petits plats du *Destrier du fleuve* mais, après une journée passée à cheval, ce gruau de céréales et de légumes secs leur semblait délectable.

Tandis qu'il mélangeait tranquillement le repas, Sylvéa sortit les couvertures pour la nuit. Il s'agissait de sacs de couchage dont l'extérieur était doublé d'un tissu imperméable au cas où il jaillirait pendant leur sommeil. Elle avait du mal à se l'avouer mais ce voyage lui faisait du bien. Elle ne se sentait pas si pressée de trouver le repaire de l'Ombre. Ses chances de survie étaient minimes et en ce moment, la vie paraissait en valoir la peine. Il lui restait tant de cycles avant d'être vieille et usée... En profiterait-elle aux côtés du citharède ou mourrait-elle en assouvissant sa vengeance ?

Elle se tourna en souriant vers le musicien. Elle avait appris à le connaître pendant cette expédition, il ne ressemblait plus au jeune prétentieux un peu benêt qu'elle avait rencontré au *Destrier du fleuve*... Quel âge avait-il, déjà ? Vingt-cinq cycles ? Cela semblait si ridicule face aux deux cent deux temps fleuris qu'elle devait maintenant avoir.
Elle eut un frisson et regarda avec horreur le citharède.
— Vous ne vous sentez pas bien, Sylvéa ? demanda-t-il.
Elle secoua la tête.
— Si, si, tout va très bien. C'est..., j'ai juste un peu faim, je pense.
— Parfait, c'est justement prêt. Mangeons ! termina-t-il avec un large et franc sourire.
L'elfine acheva rapidement son repas et se leva.
— J'ai besoin de marcher un peu, je reviens dans quelques mi-chiffres.
Jérébiets lui lança un regard inquiet auquel elle répondit par une mimique rassurante. Le malaise qui l'avait envahie avant le souper ne disparaissait pas. Que pouvait-elle faire ? Elle sortit la grande plume de sa poche et la caressa distraitement. Finalement, il lui tardait de rencontrer l'Ombre et d'en finir. Sa vengeance serait assouvie, elle pourrait rejoindre le véritable Solgi dans l'Après-Monde et libérer Jérébiets… Il l'oublierait vite. Elle marcha longtemps encore avant de rejoindre le campement. Le ménestrel dormait déjà. Sylvéa s'enroula dans son épaisse couverture et ferma les yeux.

***

Radweck guérissait lentement, et rester enfermés tous les deux dans nos appartements commençait à nous peser. Des disputes éclataient pour des broutilles et je me sentais à chaque fois honteux de m'être emporté si facilement. Enfin, nous pûmes reprendre un peu l'entraînement. Nous défouler ne serait-ce qu'un chiffre chaque matin nous fit énormément de bien. Dix jours après environ, le gouverneur

nous contactait dans son bureau. Nous étions très curieux de connaître enfin la raison de son appel.
Il faisait sombre dans la pièce et une épaisse fumée issue d'une pipe en bois d'ébène dissimulait en partie son visage.
— Bien, asseyez-vous.
Nous nous exécutâmes : deux sièges avaient été placés en face de son imposant bureau de chêne massif.
— Pour commencer, je vais vous raconter une brève histoire. Connaissez-vous la légende de Kelzakoll ?
Je fis un signe de tête négatif tandis que Rad opinait vivement du chef.
— Puisque l'elfe Warez ignore tout de ce mythe, je vais l'expliquer, vous m'excuserez, Radweck...
« Il y a bien longtemps, du temps où les divinités se mêlaient encore parfois à nous, vivait un jeune dieu nommé Kelzakoll. Son père était le vent et sa mère Astheval elle-même. Un jour qu'il se promenait sur la surface de notre monde, il croisa le chemin d'une jeune femme magnifique au ventre tendu par la grossesse. Aussitôt, il en tomba follement amoureux et dans son orgueil divin, il se présenta à la demoiselle, lui déclara sa flamme et lui ordonna de le suivre dans son domaine pour y être sa reine. La femme refusa car elle venait de se marier et attendait un enfant de son époux qu'elle disait aimer. Fou de rage, le dieu lança un terrible sort pour tuer ce bébé qui osait se placer entre lui et sa conquête. Dans son courroux, il envoya une telle décharge d'énergie que la femme retomba inerte. Son père, le vent, furieux d'un tel comportement se mit à souffler en tempête et amena à lui l'âme du fœtus. Puis il s'adressa à son fils en ces termes : *Toi que j'ai créé, que la honte t'emplisse à jamais. Par ce geste dément, tu t'es banni. Je garde avec moi l'enfant de ton aimée et l'ensemble de tes pouvoirs. Tu erreras entre les deux mondes jusqu'à ce que le miracle s'accomplisse : que tes fautes soient lavées et que tu retrouves l'âme que tu voulais condamner.*

« Alors la tristesse s'empara du dieu, il tomba à genoux devant le corps sans vie de son aimée et jura de retrouver son enfant et de l'élever comme s'il était le sien.
« Bon, voilà pour le mythe. Belle histoire qui prouve une fois de plus que l'amour n'engendre que des soucis... Bref, tout ça pour parler des fameux temples de Kelzakoll qui sont dirigés par un prêtre : le Kher, chargé de réunir des prêtresses, de les engrosser afin que l'une d'elles mette enfin au jour l'enfant recherché par le dieu. Il y a cinq cycles environ, l'un de ces religieux est venu me trouver. Il voulait s'établir sur l'îlot de granite entre les rivières Zéluna et Mée à l'est de Silébas. J'ai aussitôt accepté car le loyer me semblait intéressant pour renflouer les caisses de mon petit domaine et je pensais que cela pourrait ouvrir de nouvelles perspectives pour les filles des villages environnants. Surtout depuis la dernière guerre qui avait laissé beaucoup de femmes célibataires rêvant d'enfants. J'ai donc accepté et de nombreux étrangers ainsi que quelques mages sont venus sur mes terres pour participer à la construction d'un édifice grandiose entièrement taillé dans le granite. Au début, tout s'est passé sans heurt puis des événements étranges ont commencé à arriver : de nombreux enfants ont disparu et l'on a retrouvé quelques corps affreusement mutilés. Des gamins qui n'avaient guère plus de cinq cycles pour l'ensemble. J'ai tout fait pour cacher ces monstruosités et j'ai commencé à soupçonner ce prêtre : Haurs-Koll. L'un de mes agents s'est alors infiltré dans le temple ; voici les plans qui ont pu être établis.
Il tira de son tiroir plusieurs rouleaux de parchemins et me les tendit.
— Ce que j'attends de vous, c'est que vous me débarrassiez de ce monstre qui enlève et torture des enfants pour des raisons obscures. Si vous réussissez, je vous offre un domaine sur les bords de la Zéluna et dix mille zebullins d'or. Une véritable fortune. En revanche, si vous échouez ou que vous préférez abandonner, c'est le billot qui vous attend.

Il marqua une pause significative avant de reprendre :
— Bien. Maintenant que vous savez tout, quittez ce bureau, j'ai encore beaucoup de travail et mon temps est trop précieux pour être gaspillé.

Il faisait sec et froid quand nous arrivâmes aux abords de la Zéluna. Comme nous avions fait courir nos chevaux, un nuage de fumée issu de leurs corps chauds nous entourait. Le chemin que nous empruntions était étroit et encaissé, et il s'en fallait de peu pour que nos pieds frottent la terre du talus. De nombreuses ronces et branches d'aubépine traversaient le sentier et mes avant-bras se couvraient d'égratignures, laissant parfois apparaître quelques gouttes de sang vert.
Enfin, nous pûmes nous arrêter dans une clairière inondée de lumière. Une herbe grasse poussait dru malgré le froid et les fréquentes averses de neige. Nous dessellâmes et frottâmes vigoureusement nos montures puis nous récoltâmes quelques branches sèches pour le feu. Tout était calme et c'était un véritable bonheur que de se retrouver enfin comme autrefois sur les chemins en compagnie de Radweck. Il était penché sur la gamelle de brouet et son agréable visage hâlé dégageait une sérénité et une bonne humeur communicatives. Il leva les yeux et voyant que je l'observais, me décocha une grimace monstrueuse. Je ris avec lui mais une angoisse indicible me tint soudain. L'air me semblait malsain autour de moi. Malgré la quiétude apparente, le son d'un pic épeiche au loin et de la rivière à quelques pas, je ne pus m'empêcher de frissonner. Quelque chose de monstrueux se passait par ici, les arbres semblaient s'adresser à moi et me susurrer de lourdes menaces. Les mots *mort, souffrance* et *vengeance* résonnaient dans ma tête et je sentais la peur monter lentement en moi.

Dès que les astres du jour furent à leur apogée, nous nous changeâmes, je revêtis mon habit d'Invisible et Rad celui

d'un riche marchand en pèlerinage. Les cartes étaient bien cachées dans une poche secrète sur ma selle, nous les avions étudiées le jour durant et les connaissions par cœur. Pour que notre plan fonctionne, nous devions laisser nos chevaux sur place et Radweck ne pourrait emporter pour arme qu'un petit poignard ainsi que le faisaient les bourgeois en sainte marche. Je serai donc aujourd'hui son garde du corps.
— À vos ordres, maître, fis-je en une courbette pour détendre un peu l'atmosphère que je sentais peser sur mes épaules.
Rad semblait pour sa part serein et je ne voulais pas qu'il s'aperçoive de l'inquiétude qui me rongeait.
Nous arrivâmes en vue du temple une quinzaine de mi-chiffres plus tard. C'était une construction remarquable : on ne savait dissocier le granite originel de celui qui avait été rajouté sur l'îlot, au centre des deux fleuves qui se rejoignaient à nouveau pour n'en former qu'un. Il y avait quelques ouvertures assez étroites situées à environ trois longueurs du sol et une seule entrée monumentale gardée par deux femmes en armes. Rad se présenta. Il venait de Rilch et voulait se purifier en ce temple avant de reprendre la route de Pelgremek où il se rendait en pèlerinage dans l'espoir que les dieux guérissent sa plus jeune fille, atteinte d'une maladie inconnue. Son baratin passa superbement, il faut dire qu'il était fort en palabres, et en moins de temps qu'il ne faut pour le dire, nous eûmes passé la lourde porte de bois et de métal.

Il fallut quelques souffles à nos yeux pour s'habituer à l'obscurité régnant malgré les centaines de bougies allumées en tous points. Une vingtaine de femmes aux ventres plus ou moins arrondis par la grossesse se tenaient agenouillées en prières de chaque côté d'une monumentale allée centrale pavée de blanc. L'une d'elles se leva avec quelque difficulté. Elle semblait proche du terme et son visage rayonnait de bonheur.

— Bonjour, messeigneurs. Puisse la paix être en vous. Je suis Jhu-Koll, à votre service.
— Bonjour, prêtresse de Kelzakoll. Pourriez-vous nous mener à la purification ?
— Il en sera fait selon votre bon plaisir. Suivez-moi, je vous prie.
Elle nous mena jusqu'à une salle où nous pûmes revêtir une longue veste blanche à capuche. Je pouvais ainsi dissimuler ma peau elfique sans aucun souci. Une fois changés, la femme réapparut et nous mena dans la salle des brumes. Une chaleur étouffante y régnait et la vapeur condensée fleurait bon la menthe et l'eucalyptus. Conformément aux croyances, nous devions nous purifier ici en faisant ressortir nos péchés par notre peau. J'avais du mal à croire à ces vertus mais je savais que l'on se sentait toujours bien après une telle séance suivie d'un bain froid.
Alors que je m'apprêtais à m'asseoir sur le banc de pierre, la femme s'approcha de moi et murmura à mon oreille, d'une voix si basse que je ne pus l'entendre que grâce à mon ouïe d'elfe :
— Bel être des bois, pour accomplir ta mission et ton destin, il te faudra pénétrer dans le temple à la nuit tombée. Sans ces bagues, l'affreux Haurs-Koll le saura.
Elle glissa dans ma main deux anneaux froids puis disparut dans un souffle. Ainsi, il devait s'agir du fameux agent du gouverneur de Silébas... Je refermai la main sur les bijoux et remerciai les dieux pour ce présent.

***

Je grinçai des dents lorsque mon grappin manqua sa cible, provoquant à mes oreilles un effroyable cliquetis. Derrière moi, Rad émergeait discrètement de l'eau. Grâce au pouvoir magique qui empêchait quiconque de rentrer la nuit s'il n'était pas muni d'une bague, personne ne montait la garde et nous pouvions nous déplacer beaucoup plus facilement.

Enfin, au troisième essai, le crochet trouva l'appui de l'étroite ouverture et je pus commencer l'ascension, bientôt suivi de mon ami.
Le rebord était étroit et nous eûmes bien du mal à y tenir tous deux le temps que je laisse glisser la corde le long du mur intérieur. Nous n'avions vu âme qui vive dans la grande salle à colonnes mais je restai l'oreille attentive pendant toute notre descente. Au moindre bruit, je ferais signe à Rad et nous pourrions tenter de nous dissimuler au plus vite derrière les piliers de granite. Rien ne vint perturber notre progression et dès que j'eus enroulé la corde autour de ma taille, nous traversâmes furtivement la pièce et nous dirigeâmes vers un large escalier de pierre grise. À l'étage inférieur se trouvaient les chambres des prêtresses et, si les informations de l'espionne étaient justes, nous devions monter pour trouver le repaire du prêtre. Une fois au premier cependant, le mystère restait total car seul Haurs-Koll y était autorisé. En haut des marches, nous nous retrouvâmes face à une unique porte contre laquelle je collai mon oreille. N'entendant rien, je frappai quelques coups dans la paume de Radweck pour lui expliquer la situation. Nous avions créé ce langage afin de discuter dans l'obscurité ; mes sens accrus, acuité visuelle comme auditive, servaient ainsi pour deux...
D'un commun accord, j'ouvris doucement la porte, elle n'était pas verrouillée.
Il y avait derrière le panneau une longue pièce et de chaque côté d'un étroit passage central, des dizaines de paillasses sur lesquelles reposaient des enfants. Je pensai d'abord qu'il devait s'agir de la progéniture des prêtresses mais ils avaient visiblement quatre ou cinq cycles. Le temple n'était pas encore achevé au moment de leur naissance. J'avançai encore en guidant Rad lorsque je m'aperçus que leurs poignets et leurs chevilles étaient entravés. Comment pouvait-on agir ainsi avec de si jeunes êtres ?

L'autre porte se trouvait au bout de la pièce, nous devions la traverser sans bruit, sans quoi les enfants risquaient de s'effrayer en nous découvrant.
Le sol était en parquet et, alors que nous allions atteindre le seuil, une latte grinça. J'entendis alors un léger froissement de drap à ma droite. Mon corps se raidit et je me tournai vers le garçonnet. Assis sur son lit, il semblait me voir malgré l'obscurité. Ses lèvres s'entrouvrirent, formèrent quelques mots mais aucun son ne franchit leur frontière. Je sentis un long frisson remonter le long de mon dos. Avais-je bien compris ? Il semblait appeler à l'aide. Que se passait-il donc en ce lieu maudit ?
Je décidai d'ouvrir la seconde porte pour en avoir le cœur net mais j'étais loin de m'attendre à ce que je découvris...

***

L'horreur me frappa de plein fouet et j'eus la sensation d'étouffer. En face de moi, un tout petit humain de trois cycles environ se trouvait lié par de multiples câbles. À chaque souffle, un courant bleu ciel moiré émanait de ces fils et traversait son corps qui se tordait de douleur tandis qu'il tentait vainement de hurler. À sa droite, dans un cube de verre rempli d'eau turquoise, une fillette se débattait, essayant de forcer un couvercle cadenassé. Un peu plus à gauche, la dépouille d'un enfant reposait sur une table de pierre, son dos était lacéré, d'énormes marques violettes couvraient ses jambes fines. Tous ces petits êtres étaient reliés à un large câble transparent dans lequel courait un liquide céruléen qui venait couler dans leurs veines. Je demeurai pétrifié par cette monstruosité. Mes pieds refusaient de bouger. Je voyais ces âmes innocentes souffrir et le silence qui régnait dans la pièce me semblait inapproprié, je ne pouvais plus réfléchir, le monde s'écroulait autour de moi... Je n'avais pas encore esquissé un seul mouvement que je vis Radweck bondir en avant. Il

tenta d'ouvrir le cadenas de la fillette mais rien ne bougea, il se précipita alors vers le garçon et essaya de le détacher mais la lumière azur le traversa et son corps fut projeté plusieurs longueurs en arrière. Enfin, le sort fictif qui me maintenait sur place céda et je pus bouger. Je courus vers lui pour l'aider à se relever mais il me repoussa, tira son épée et chercha à détruire le tuyau. Peine perdue, il ne parvint pas même à créer une légère entaille. Il semblait devenu fou à la vue de tant d'ignominies et agissait sans prendre le temps de raisonner.
Je devais rester calme et réfléchir, il y avait forcément quelque chose à faire pour soulager ces enfants. Le câble traversait la pièce puis allait jusqu'à un mur, à gauche d'une porte. C'était sans doute là que tout commençait. Je me jetai sur la clenche, ce n'était même pas verrouillé. Le local attenant était illuminé par une boule scintillant de bleu où naissait le câble. Je venais de trouver la source de l'énergie, je la sentais battre en moi, elle semblait susurrer de sourdes menaces, une vie propre l'animait et réclamait la souffrance. Il fallait maintenant prendre le temps de cogiter pour trouver un moyen de l'anéantir sans risque. Avant que mon esprit ait pu formuler la moindre hypothèse, je vis Rad courir, épée levée vers la boule d'énergie. Au moment où sa lame pénétrait la sphère, une énorme intensité m'obligea à fermer les yeux et un son cristallin emplit l'air. Lorsque je rouvris les paupières, mon ami gisait sur le sol et un homme de haute taille se trouvait à ses côtés, riant comme un enfant. Sur son épaule se tenait le chat qui nous avait attaqués dans Silébas.
— Quel imbécile ! fit-il. Seule la magie peut réduire cette puissance à néant, or aucun de vous ne possède le pouvoir, je suis l'unique mage en ces lieux. Vous auriez mieux fait d'accepter le billot du gouverneur, ici la mort sera plus lente, plus insidieuse. Vous serez de parfaits cobayes pour tester ma création. Ces enfants sont pratiques car nombreux mais ils sont peu résistants face à *la* puissance ! Mais un elfe est

un être vigoureux ; grâce à moi, peut-être jouiras-tu de la vie éternelle, toi aussi ! Car je suis proche, j'aurai bientôt la combinaison parfaite et Astheval entière sera à mes pieds, les dieux eux-mêmes n'oseront me défier ! Je suis le plus créateur de tous et voici mon enfant !
D'un geste théâtral, il désigna la sphère qui paraissait s'agiter au fur et à mesure que le ton du pontife montait. Car il s'agissait forcément du fameux Haurs-Koll. Ainsi, il s'était institué prêtre de Kelzakoll afin d'avoir à sa disposition des sujets pour ses expériences. Que cherchait-il vraiment ? Le pouvoir ? La vie éternelle ? Cet homme était totalement dément et je devais absolument débarrasser le monde de sa folie. Je dégainai d'un mouvement leste et chargeai en un souffle. D'un simple revers de la main, il envoya vers moi un filet de magie céruléenne qui dévia mon assaut et transmit une décharge à ma lame. L'onde se propagea dans chacune de mes cellules et j'eus la sensation d'imploser. Il n'en fut rien pourtant et dès que j'eus repris mes esprits, j'attaquais à nouveau. Le religieux ne bougea pas, il paraissait s'amuser dc la situation. Il lui suffit cette fois d'un mouvement de tête et je fus soulevé du sol par une force implacable puis heurtai le mur derrière moi avec fracas. Le goût sucré de mon sang emplit ma bouche. Je m'étais probablement mordu la lèvre dans la chute. Mon épée gisait à deux longueurs, la violence du coup avait été telle que je l'avais lâchée. Il fallait que je trouve un moyen de la reprendre, je devais me débarrasser de ce fou, l'empêcher de nuire davantage... Ma tête me faisait souffrir et ma vue se brouillait. N'ayant plus rien à perdre pourtant, je rampai aussi vite que mon corps meurtri me le permettait et réussis à regagner ma fidèle lame. Dès que ma main toucha la fusée, une intense brûlure m'envahit. Je levai les yeux vers le prêtre qui s'approchait avec un sourire ravi. Son regard dément semblait jouir de la situation. Il prononça un simple mot et je me retrouvais écartelé dans les airs, face à lui. Partant de mes orteils, l'onde pénétra à nouveau mon être et mon corps se retrouva

peu à peu pétrifié. Je ne pouvais plus bouger, mes membres refusaient de m'obéir et mon esprit lui-même se transformait sournoisement en une roche immuable.

— Assez joué, tu as décliné le pacte équitable que je te proposais ! Les dieux aient pitié de ton âme car je n'en aurai aucune. Astheval elle-même tremblera tant le pouvoir se déchaînera sur toi !

Ainsi, ma vie allait s'arrêter en cet instant, je ne me lierais jamais à aucun arbre, je ne reverrais pas ma tendre fée. Quel âge pouvait-elle bien avoir maintenant ? Il y avait si longtemps que je l'avais quittée. Un instant, je songeai à nouveau aux paroles de Haurs-Koll. Et si j'avais accepté ? Aurait-il pu offrir l'immortalité à Dalyenka ? Ainsi, nous aurions pu vivre ensemble, l'éternité rien que pour nous...

Je voulais pleurer mais les pierres ne pleurent pas et mon cœur devenait dur lui aussi. Ma princesse n'avait que faire de l'éternité, jamais elle n'aurait supporté de voir mourir les siens et de rester jeune. Trop d'amour vivait en elle. Je survolai l'ensemble de mon existence en un souffle. Oui, je pouvais quitter ce monde, plus rien ne m'y rattachait à présent.

Au moment même où j'acceptai mon sort, une lumière vive comme un astre du jour se mit à brûler entre les mains du prêtre. Il me regarda droit dans les yeux et prononça quelques mots inconnus. Il s'apprêtait à jeter le sort quand je vis Rad lever son épée dans un dernier effort – moi qui le croyais mort, il ne faisait qu'attendre le moment opportun ! La lame toucha Haurs-Koll au moment où il jetait la boule, son tir fut dévié et ses yeux s'agrandirent d'horreur. Il tenta de rattraper l'énergie mais elle continua sa route et alla s'écraser au cœur de la source du pouvoir. Un instant, tout fut silencieux, la boule se contracta sur elle-même, formant une minuscule bille puis, dans un épouvantable fracas, tout explosa.

***

Une douce chaleur réchauffait mon corps étendu. Je n'avais aucune envie de bouger. Je me sentais si bien, mon esprit libre et vide voguait, léger comme l'air. L'herbe fraîche était presque duveteuse. J'ouvris les yeux sur un ciel d'azur. Comme un chat, j'étirai suavement mes membres. Un papillon bleu vint chatouiller mon nez avant de partir vers d'autres horizons.
Puis brusquement, le froid, la peur, la souffrance, tout me revint. Je bondis sur mes pieds. Épars autour de moi s'étalaient des blocs de granite de toutes tailles et entre eux, des corps : des femmes, des enfants. Je courus de l'un à l'autre, tous étaient morts ; cependant, moi, je vivais ! Pourquoi ? Je devais retrouver Radweck, si j'avais survécu, alors lui aussi, c'était obligatoire !
Il faisait chaud et pourtant, la veille seulement, la neige tombait dans la prairie. Que s'était-il passé ? Le pouvoir de la sphère avait-il rendu le monde fou comme il avait perverti l'esprit de son créateur ? Ou bien peut-être avais-je dormi pendant tout un temps ? J'avais l'impression de devenir moi aussi dément. Des milliers d'images incompréhensibles dansaient dans ma tête. Je voyais des personnes inconnues et au milieu d'elles, une petite elfe qui provoquait un léger pincement dans mon cœur.
Enfin, je reconnus un peu plus loin la lame de mon compagnon d'armes. Je courus vers mon ami et m'agenouillai à ses côtés. Son teint était frais et sa peau tiède. Il vivait, assurément. Je le secouai doucement, aucune réaction. Je collai mon oreille contre sa poitrine sans rien entendre. Mon oreille elfique ne pouvait pas se tromper, son cœur avait cessé de battre. Pourtant je me souvenais de lui riant et plaisantant, joutant avec moi... Lui mort, c'était impossible, il devait vivre ! Comme moi ! Je me mis à appuyer sur sa poitrine en rythme comme j'avais déjà vu faire plusieurs fois mais il demeura inerte. Je voulus alors gonfler ses poumons d'air en soufflant entre ses lèvres, sans plus de succès. Alors, la folie s'empara de mon être, je me

mis à hurler, à insulter les dieux, le monde entier. Radweck était le dernier maillon qui me rattachait à la vie, il ne me restait plus rien. Je lui offrirais une sépulture digne de son nom et je quitterais Astheval avec lui.
Je le positionnai sur mon dos et commençai à marcher vers l'Agrante quand un hennissement me fit relever la tête. Devant moi se tenait Manuscrit, troisième du nom. Il ne portait nul harnachement mais je hissai sans problème le corps de Rad sur son dos et lorsque je fus également monté à cru, il se mit en marche seul, comme s'il connaissait notre destination.

Il marcha jour et nuit sans s'arrêter et un beau matin, lorsque j'ouvris les yeux, l'Agrante se profilait à l'horizon. Il fallut encore un chiffre avant que nous ne l'atteignions et, comme si les dieux avaient tout prévu, une barque était amarrée à la rive. J'y plaçai le corps de mon ami et posai sur lui son épée en refermant ses doigts sur la garde. Puis, après avoir fait tomber quelques-unes de mes larmes sur son visage impassible, je tranchai la corde d'un coup sec de ma lame. Alors, comme dans la légende, le miracle se produisit. Au lieu de descendre le cours du fleuve, la barque commença à remonter le long de l'eau. Les dieux venaient de faire de Radweck un héros et il rejoindrait la source de l'Agrante en haut dans les montagnes où son âme serait choyée à jamais.
J'allais maintenant mourir moi aussi mais ma fin serait moins glorieuse. Doucement, j'entrai dans le cours de l'Agrante. Mon corps, lui, rejoindrait les miens, loin en aval. Alors que le courant glacé commençait à m'emporter, l'image de l'elfine s'imposa à mon esprit et je compris. Il y avait encore de la vie pour moi. Cette enfant, elle était ma fille que je chérirais, Sylvéa... Déjà, mon cœur se gonflait de joie à cette pensée. Tout ce que nous allions faire ensemble ! Il y avait de la vie et de l'amour encore pour moi. Luttant

contre l'Agrante, je rejoignis la rive. Je la rendrais plus heureuse que nul autre.
En sortant du fleuve pourtant, d'autres images m'assaillirent. L'elfe était devenue grande. Et au lieu du bonheur promis, je lus sur son visage la souffrance et le désespoir. Avais-je le droit de lui imposer cet avenir ? Ne valait-il pas mieux mourir et la laisser en paix, lui épargner tant de tristesse ?
Un grand cri résonna en moi : NON !
Non, je voulais la tenir dans mes bras, la faire sauter sur mes genoux, rire avec elle et lui apprendre l'art martial...
Alors je marchai vers Manuscrit et sautai sur son dos.
— Emmène-moi à Thiers, mon fidèle ami, j'ai encore quelqu'un à revoir avant de quitter la vallée de l'Agrante.

***

La lune était pleine, comme autrefois. Je sautai de l'arbre et atterris sur l'herbe tendre du parc. Elle était là, assise en tailleur sur le sol, me tournant le dos. Sa chevelure autrefois dorée avait pris de jolis reflets argentés.
— Bonsoir, mon beau fantôme. Je savais que je te reverrai une fois encore.
Sa voix avait pris beaucoup de profondeur et semblait empreinte de nostalgie.
— Je vais devoir retourner parmi les miens. Je dois me lier à un arbre...
— Je le sais. Vous avez maintenant entr'aperçu votre destin. Le temps est venu pour vous de donner vie à cette elfine qui nous sauvera peut-être.
— Elle sera à la hauteur de sa tâche, jamais Astheval ne verra personne plus merveilleuse !
Dalyenka eut un triste sourire en poursuivant. Bien que je ne visse pas son visage, sa voix le trahissait.
— Nos enfants sont toujours les meilleurs à nos yeux, je l'ai moi aussi appris. Je ne regrette pas ce mariage car il me

permit de mettre au monde de merveilleux fils. Quant à toi, tu eus un ami capable de tenir tes larmes à l'écart. Les dieux nous ont beaucoup offert et je les remercie chaque jour. Je t'ai aimé et tu m'as adorée en retour, tu es parti mais j'ai connu le bonheur d'être une mère sans deuil. Mes enfants sont grands maintenant mais ils continuent à me respecter toujours. J'ai bien vieilli, mais j'ai l'honneur de te revoir une dernière fois. Je veux que tu fermes les yeux, mon aimé. Souviens-toi de moi telle que tu m'as connue. Imagine encore cette robe pervenche que je portais si souvent ; et les rubans qui retenaient mes longs cheveux blonds. Et mes yeux rieurs couleur océan, souviens-toi de moi, à jamais comme d'une petite fée qui se voulait sérieuse...
Je la sentis s'approcher de moi et poser ses lèvres sur les miennes. Son parfum n'avait pas changé. J'ouvris mes bras et la tint serrée contre moi, m'imprégnant une dernière fois de son odeur.
— Tu n'as pas changé, mon bel elfe.
— Je t'aime, murmurai-je, à jamais.
— Les dieux nous réuniront dans l'Après-Monde, sois confiant.
Je voulus la rattraper mais elle glissa entre mes mains comme un voile de soie. Quand j'ouvris les paupières, elle avait disparu. Pour toujours.

***

Toute la matinée, les chevaux avaient dû rester concentrés pour ne pas risquer de tomber dans la pente raide et rocailleuse. Enfin, l'ascension se terminait, Sylvéa n'allait pas tarder à découvrir le paysage qui se cachait derrière la crête. Elle poussa un peu sa monture pour l'encourager et se dressa sur ses étriers.
— Oh ! Regardez, Jérébiets !
— Quoi ? C'est le repaire de l'Ombre ?
— Non, pas encore, mais cet endroit est magnifique !

En effet, il y avait un plateau et parmi l'herbe brûlée par le gel, les rochers et les dernières plaques d'eau glacée, pointaient çà et là des centaines de crocus violets ou blancs. Malgré l'altitude, quelques sapins poussaient sur les courts versants.
— Je crois qu'un ruisseau coule au centre, remarqua la jeune elfe. Allons-y, les chevaux doivent être assoiffés ; moi aussi d'ailleurs.
Ils descendirent les quelques longueurs de dénivelé et rejoignirent le mince filet d'eau.
— C'est agréable de voir enfin de la couleur, fit Sylvéa en désignant les crocus. Le temps fleuri revient !
Un arbre tortueux poussait au bord de l'eau où quelques pierres avaient formé une légère retenue et une minuscule cascade. L'elfine mit pied à terre et plongea ses mains dans le cours.
— C'est glacial ! Croyez-vous que ce soit l'Agrante ?
— C'est possible, répondit Jérébiets en approchant pour laisser son cheval s'abreuver.
— Dans mon pays, elle est si large que l'on ne voit pas l'autre rive.
— Je suppose que même les dieux sont petits à leur naissance.
Sylvéa jeta un regard ironique sur le citharède et se mit à rire. Il haussa les épaules et s'agenouilla pour boire. Il était tellement susceptible !
— J'aime cet endroit, finit par dire la jeune elfe pour changer de sujet.
— Moi, il me fait froid dans le dos. Ce lieu a l'air malade.
— Au contraire, il est en train de revivre !
Il grommela et se remit à cheval.
— Vous avez vu ! s'exclama-t-il soudain. On dirait un chemin !
Sylvéa se retourna et découvrit à son tour le mince sentier qui serpentait au creux d'une étroite combe.
— Alors suivons-le. Il doit bien mener quelque part.

La journée touchait à sa fin quand ils découvrirent l'étrange donjon à l'horizon. C'était presque impossible à décrire. On l'aurait cru taillé à même la roche. La tour s'élevait en tournant : elle apparaissait comme une sorte de spirale mais sa structure était

pourtant anguleuse. Chaque étage qui s'enroulait semblait sculpté pour former un pli. Un peu comme ces coulées de lave visqueuse qui refroidissaient en fronçant.
— C'est impressionnant ! Je crois que nous venons enfin de découvrir le repaire de l'Ombre. Mais comment a-t-il pu construire un tel bâtiment ?
Sylvéa ne répondit pas, elle observait en silence cet édifice où se scellerait sans doute son destin. L'image de son père lui vint en mémoire et elle porta spontanément la main à sa poche où elle cachait encore sa lettre. Il avait toujours tout su apparemment, savait-il alors combien elle aurait peur en découvrant ce lieu ? Au début, tout semblait si facile, peu lui importait de risquer sa vie puisqu'elle se sentait déjà morte. Depuis, pourtant, elle avait croisé de nombreux hommes, avait avancé quelque temps avec certains... Comme l'avait fait son père autrefois, elle avait appris à aimer ces éphémères malgré leurs défauts. Aujourd'hui, elle n'était plus si certaine d'avoir envie que tout disparaisse. Certes, elle rêvait de revoir Solgi et son père, mais...
— Chevauchons jusqu'à cette arête, ainsi il ne nous restera qu'un chiffre à pied pour atteindre le donjon.
— Pourquoi « à pied » ? demanda Jérébiets.
— Mieux vaudra laisser les chevaux en arrière. Si nous devons fuir dans la précipitation, nous aurons plus de chance d'y arriver s'ils ne nous ont pas été volés.
Le citharède hocha la tête. Il n'avait pas l'air totalement convaincu mais il remit tout de même son poney en marche.
— Je ne comprends pas pourquoi aucune troupe n'est venue nous arrêter, dit-il enfin. Cette Ombre est l'être le plus puissant d'Astheval, il lui suffirait de claquer des doigts pour que la montagne s'écroule sur nous.
— Cessez de vous poser des questions, Jérébiets. Nous lui demanderons demain...
— S'il nous en laisse le temps, murmura-t-il.
Sylvéa savait qu'il avait raison. Tout ceci était anormal, l'Ombre aurait déjà dû intervenir depuis longtemps. À la mort du dernier

Pranzli, il aurait dû lancer son armée sur elle. Depuis quelques chiffres, elle avait la désagréable sensation d'être observée. Pourtant, rien ne bougeait autour d'eux.
Ce n'est qu'une invention de mon imagination, comme dans les landes désertes du deuxième Pranzli.

Lorsqu'ils atteignirent l'arête, la nuit avait jeté son voile sur Astheval. Comme d'habitude, Jérébiets s'occupa des montures et Sylvéa alluma un minuscule feu qui serait invisible depuis la tour. Par chance, un petit groupe de sapins poussait ici et ils s'étaient installés juste entre les conifères. Les nombreuses branches dissimuleraient la présence des deux voyageurs. L'elfine s'enroula dans sa couverture en attendant que le barde finisse de préparer le repas. Il semblait soucieux et ses gestes étaient empreints d'une maladresse inhabituelle.
— Vous vous sentez bien ? finit par questionner la jeune elfe.
Il haussa les épaules.
— Je me pose des questions.
— Lesquelles ?
— Je me demandais si vous auriez pu m'aimer… si vous n'aviez pas connu Solgi avant.
Sylvéa demeura immobile et fixa le feu.
— Je n'ai pas le droit de vous aimer.
— Mais pourquoi ?
— Vous ne pouvez pas comprendre. Je..., je suis une elfe ! Qu'est-ce que votre vie comparée à la mienne ? Je ne veux pas vous voir vieillir alors que je resterai jeune. Je ne supporterais pas de perdre encore une fois quelqu'un. C'est pourquoi je dois aller au bout de ma vengeance, je préfère partir maintenant.
— Alors quittons ce monde ensemble, intervint Jérébiets en s'approchant d'elle. Nous affronterons tous les deux la malédiction qui pèse sur le destructeur de l'Ombre.
Il prit son visage entre ses mains et poursuivit en plongeant ses yeux dans le regard de jade de son aimée :
— Moi aussi, je choisis la mort plutôt qu'une vie sans amour.

Il l'embrassa avec une infinie tendresse à laquelle Sylvéa ne put s'empêcher de répondre. Il passait ses doigts dans ses cheveux courts, caressait ses épaules, son dos... Ses lèvres étaient suaves et chaudes. Elle s'emplit de leur délicatesse. Cédant à l'appel de son désir qui se faisait de plus en plus ardent, elle glissa une main le long de sa nuque. Sa peau était d'une douceur infinie. Elle regrettait de ne pas s'être abandonnée plus tôt. Ne parvenant pas à renier totalement son essence elfique, elle avait caparaçonné ses émotions qui éclataient maintenant au grand jour. Son ventre se creusait d'une soif inextinguible, elle aurait voulu le recevoir en elle, explorer son corps de sa bouche…

Mais elle ne pouvait pas le laisser mourir pour elle. Elle revoyait Solgi effondré sur le sol de leur Falsp. Elle ne voulait pas revivre encore une fois ce cauchemar. Lentement pour ne pas éveiller de soupçons, faisant taire son impétueux désir, elle tendit le bras vers son épée.

Tremblant, le ménestrel s'écarta d'elle un instant pour la contempler à la lueur du feu.

— Vous m'aimez donc un peu ? demanda-t-il.

— Malheureusement je vous aime…, répondit Sylvéa en frappant de sa garde la tempe du citharède.

Il s'écroula dans ses bras.

— C'est pourquoi je veux vous garder en vie.

Doucement, l'elfine s'extirpa de sa couverture et y installa Jérébiets. Elle roula le deuxième plaid et le plaça sous la tête du jeune homme. Son visage semblait si serein en cet instant… Elle prit la nourriture qu'il avait préparée et la mangea rapidement. Il reprendrait sans doute vite ses esprits, mieux valait se dépêcher. Elle se pencha pour l'embrasser une dernière fois. Elle n'aurait jamais dû lui avouer ses sentiments, c'était maintenant encore plus difficile de le laisser...

Sylvéa s'apprêtait à se relever pour quitter le campement quand une idée lui vint. Elle ouvrit sa poche et en tira la grande penne bleue.

—Je n'en ai plus besoin maintenant, murmura-t-elle. Qu'elle apporte chance à votre vie.
Avec délicatesse, pour ne pas le réveiller, la jeune elfe plaça la plume contre sa poitrine et referma le lacet. Ainsi, elle était certaine qu'il la trouverait. Sylvéa se redressa, regarda une dernière fois le visage de celui qu'elle aimait malgré elle et s'éloigna sans bruit.

***

Maintenant, il ne me restait plus qu'à tout préparer pour la venue de ma fille. Pour commencer, j'empruntai la galerie secrète et me rendis dans la geôle où j'avais été enfermé autrefois. Je savais que ma fille y ferait un passage et elle aurait besoin de moi pour en sortir. Préparer sa future fuite fut un jeu d'enfant. Dès que j'eus fini, je me rendis sur la tombe de mon ami Acanthan. J'aurais tant aimé le voir une dernière fois mais il était décédé depuis des cycles déjà ; il aurait été trop dangereux pour moi de m'aventurer à Thiers à cette époque.
Il me fallut ensuite retrouver les Grichkoks. J'avais autrefois sauvé ce peuple étrange de l'asservissement tandis que je menais une enquête sur les flancs des montagnes du sud-ouest. Le financier pour le compte duquel je travaillais s'étonnait du succès récent d'un concurrent. Ce dernier parvenait à vendre ses pierres précieuses pour un prix défiant toute concurrence. J'avais ainsi découvert que l'immonde gestionnaire exploitait une race de petits humanoïdes, les faisant travailler dans des conditions déplorables. Les lois condamnaient l'esclavage mais uniquement lorsqu'il s'agissait d'humains... Je pris alors l'initiative de libérer les Grichkoks. Cela ne fut pas une mince affaire mais au prix de nombreuses vies, nous parvînmes à fausser compagnie au tyran et les prisonniers purent fuir le pays.

Je savais maintenant, grâce à ma connaissance du futur, qu'ils avaient suivi mes conseils et s'étaient établis au-delà des montagnes, en aval de la vallée des hommes. J'achetai des tuniques pour ma fille et écrivis une lettre dans une auberge, la larme à l'œil. Il me tardait de la rencontrer enfin.
— Vous désirez manger ? demanda le tavernier d'une voix criarde.
Je hochai la tête et demandai ce qu'il me proposait.
— Il reste des racines de drans cuites à l'eau, une cuisse de qâa grillée...
— Du qâa ? m'étonnai-je.
— Oui, c'est un animal découvert il y a peu. Sa chair bleue est tout à fait savoureuse.
Une viande bleue, une espèce nouvelle... Se pouvait-il que la boule d'énergie ait créé des êtres en libérant son pouvoir ? Après tout, elle m'avait bien appris le futur.
— Je me contenterai des tubercules et d'un peu de pain, merci.

Lorsque je me retrouvai devant les hautes montagnes qui marquaient les limites de la terre des hommes, une vague de nostalgie s'empara de moi. Je savais que je n'y retournerai jamais. Mon propre futur se brouillait, je me voyais partant guerroyer contre l'Ombre puis tout devenait sombre autour de moi. Qu'allait-il arriver ? L'issue du combat de ma fille demeurait lui aussi inconnu mais j'avais l'intime conviction qu'elle triompherait.
J'hésitai un moment à laisser Manuscrit derrière moi mais le temps comptait, il fallait que je rentre au plus vite car mon deux centième cycle arrivait et je ne pourrais pas vivre longtemps sans un arbre attaché à moi. J'optai donc pour l'emmener. Il ne s'agissait bien entendu plus de l'étalon gagné autrefois grâce à Acanthan mais j'avais toujours nommé mes montures ainsi en souvenir de mon enlumineur et ami. Je tenais tout particulièrement à celui-ci car je l'avais vu naître et qu'il était un descendant du premier Manuscrit.

Je le gardai donc et il gravit la montagne avec beaucoup de courage. Lorsque j'arrivai au campement des Grichkoks, il y eut d'abord un mouvement de panique puis celui qui était maintenant leur chef et que j'avais plus particulièrement aidé autrefois me reconnut. Il organisa une grande fête en mon honneur et me montra les travaux qu'ils entreprenaient. Je crois que les Grichkoks ne peuvent vivre sans toujours construire, creuser, charrier de la terre et du gravier. Il s'agit d'une véritable obsession.
Je demeurai quelques jours parmi eux, mis tout en place pour l'arrivée de Sylvéa puis repris la route vers mon Falsp.

J'arriverai dans treize jours maintenant. On se méfiera de moi dans un premier temps, puis on m'écoutera raconter mes nombreuses aventures... Ensuite, il y aura cette jeune elfe qui me regardera de ses tendres yeux. Je tenterai de mettre un peu de côté l'image de ma petite fée et je lui demanderai de s'unir à moi. Elle me répondra par un grand sourire ravi et me donnera le plus merveilleux des enfants. Et alors, l'histoire se poursuivra... Quant à l'issue, qui sait ? La prophétie de Dalyenka se réalisera sans doute mais quel est vraiment son sens ?

***

Sylvéa remerciait la nature de l'avoir pourvue d'yeux aussi sensibles car nulle lumière n'éclairait le donjon et sans sa vision nocturne, elle n'aurait jamais réussi à le retrouver. Aucun bruit ne brisait le silence et elle n'apercevait aucune silhouette autour du repaire de l'Ombre. S'était-elle trompée ? Cet étrange rocher taillé n'était-il pas la tanière du monstre qui avait tué Solgi ?
La tour se dressait maintenant juste devant elle. L'elfine leva les yeux vers son sommet. Elle était incroyablement haute mais presque étroite à la base. La jeune elfe inspecta la paroi striée. Elle ne voyait aucune ouverture dans cet énorme bloc de pierre. Après

un rapide regard alentour, elle décida de contourner le bâtiment. Peut-être la porte se trouvait-elle de l'autre côté.
Sans cesser d'observer les environs au cas où quelqu'un surgirait, Sylvéa se remit en marche mais ne découvrit pas une seule entrée. Non seulement ce lieu était désert mais en plus, elle ne pouvait pas pénétrer dans la tour ! Elle avait sûrement fait erreur, ceci était un monument dédié à des dieux oubliés depuis des cycles et des cycles… L'Ombre se terrait sûrement ailleurs.
La jeune elfe soupira et leva une dernière fois les yeux vers la cime de l'édifice. Elle sursauta. Elle avait cru apercevoir une lueur là-haut. Avait-elle rêvé ?
Il n'y a qu'un seul moyen de le savoir.
Elle posa les mains sur la roche. Il lui suffirait de suivre la spirale jusqu'en haut. La pierre était taillée de telle façon que les prises étaient nombreuses. L'ascension serait longue mais simple.
Au début, elle le fut, la pente n'était pas raide et Sylvéa pouvait presque monter rien qu'à l'aide de ses pieds. Pourtant, plus elle approchait du sommet et plus les creux des plis – dont elle se servait comme de prises – étaient éloignés les uns des autres. La paroi devenait plus verticale et parfois même, s'inclinait vers l'extérieur. Sylvéa était soulagée que Jérébiets ne l'ait pas accompagnée, jamais il n'aurait pu la suivre jusqu'ici. L'évocation du troubadour provoqua un douloureux pincement dans son cœur. Elle se maudissait de ne pas avoir su profiter plus de sa présence. Lorsqu'elle avait combattu le premier Pranzli et que son visage l'avait aidée à vaincre, elle avait tenté d'enfouir au plus profond d'elle ce trouble. Avait-elle eu honte d'éprouver de tels sentiments pour un homme si irritant ? Était-ce par fidélité pour Solgi qu'elle n'avait pu s'avouer cet amour naissant ? Elle fit taire ses pensées, elle devait se concentrer sur son ascension.
Sans ses longs membres elfiques et son habitude de l'escalade, Sylvéa n'aurait eu aucune chance. Elle montait doucement mais d'une allure régulière et d'une façon efficace. Il ne lui resta bientôt plus que trois longueurs avant d'atteindre le sommet. La nuit devait être déjà bien avancée. Peut-être Jérébiets la recherchait-il

déjà ? Peut-être était-il en bas de la tour ? Ou peut-être dormait-il toujours ? Sylvéa n'avait pas eu l'impression de frapper très fort mais elle pouvait se tromper. Elle s'arrêta un souffle et ferma les yeux le temps d'une inspiration. Elle y était presque mais les creux étaient maintenant minuscules et si espacés qu'elle devait s'élancer pour les atteindre. Son pied glissa plusieurs fois dans le vide mais ses doigts tenaient bon et elle parvint enfin à prendre appui sur le rebord. Elle se hissa sur le large parapet et atterrit sur une plate-forme. Ses bras la faisaient souffrir, elle avait beaucoup forcé pour les dernières longueurs. Elle se mit sur le dos pour reprendre un peu son souffle puis se releva et découvrit avec stupeur un homme assis dans un grand fauteuil de pierre de l'autre côté du belvédère.

— Je t'attendais, elfe.

Sylvéa se releva précipitamment et dégaina.

— Allons, pas tant de hâte, parlons d'abord.

— Pourquoi m'avoir laissée venir jusqu'ici ?

— Ta route fut très intéressante à suivre, je dois dire. Certains passages étaient hilarants ! Ce pauvre petit musicien que vous avez laissé en bas pour qu'il vive ! Quelle absurdité ! Dès que je vous aurai achevée, je donnerai l'ordre à mes troupes de l'abattre.

— Vous devrez d'abord me tuer !

— C'est bien ce que j'ai dit. Tu devrais écouter un peu ce que disent les autres. Ils n'ont pas toujours tort tandis que toi...

« Même avant la mort de ton stupide elfe, tu ne pouvais t'empêcher de ne croire qu'en tes pensées. Ton monde aurait pu exister sans les autres car toi seule comptais et nul autre.

— C'est faux, s'indigna Sylvéa. J'aimais mon Falsp, mes parents, Solgi...

— Je n'ai pas dit le contraire, tu les aimais, à ta manière elfique. Vous êtes si narcissiques et égocentrés.

— Je ne le suis pas, se défendit Sylvéa.

— Oh ! Vraiment ? fit-il, ironique. Alors pourquoi n'as-tu pas laissé ceux de ton Falsp te tuer ? Tu aurais plus vite rejoint ton elfe.

— Je voulais d'abord venger sa mort et celle de mon père.
— Faux ! Tu ne voulais pas mourir, voilà tout. Joli prétexte.
— Ce que vous dites est stupide. Si j'avais voulu vivre, je ne serais pas ici aujourd'hui et j'aurais suivi Verl...
— Tu savais au fond de toi que Jérébiets t'accompagnerait si tu poursuivais ta route. Et tu avais envie d'être avec lui. Tu appréciais Verl, bien sûr, mais il a surtout été pour toi un moyen de rendre le musicien jaloux.
— Tout ceci est ridicule ! Admettons, je voulais juste qu'il me suive alors pourquoi suis-je ici sans lui ?
— Oui, mais là, problème, pendant ton voyage à ses côtés, tu te rends compte qu'il n'existe aucun avenir possible avec lui. Et pour cause ! Tu es une elfe encore très jeune, il te reste des centaines de cycles à vivre alors que lui sera vieux dans vingt temps fleuris à peine. Décidément, il vaut mieux mourir plutôt qu'endurer une telle épreuve !
Sylvéa se tut. Comment cet être immonde qui avait tant tué et tant détruit en Astheval pouvait-il la juger ainsi ? Il faisait d'elle un monstre, un être personnel et insensible. L'image des Pranzlis lui revint en mémoire. Elle avait vaincu la haine, puis la peur, et enfin, son propre bonheur. Aujourd'hui, devait-elle affronter le mensonge ou la vérité ? Était-elle vraiment telle qu'il la décrivait ?
La tête haute, Sylvéa s'approcha de lui, ses deux mains tenaient la garde de son épée dont elle posa la pointe sur le sol.
— J'admets, dit-elle en priant pour que son choix fût le bon. Je suis un être égoïste, j'ai peur d'approcher la mort mais je crains plus encore de souffrir. Cependant, vous avez oublié un détail, Ombre, j'aime le monde sur lequel je vis. Je veux revoir les astres qui brillaient dans le ciel, je veux qu'Astheval s'éveille à nouveau. Je ne crains plus la malédiction qui vous entoure et j'ai grand-hâte de libérer ma terre de votre infâme présence.
L'homme se leva lentement. Il était assez râblé et sa peau était mate, il portait une tunique marron. Ses cheveux bruns étaient teintés de gris et il arborait une barbe courte. Il plongea ses yeux

sans âme dans ceux de Sylvéa. Bien que foncés, ils brillaient d'une anormale lueur bleu azur.
— Je suis heureux finalement que Zargs comme les Pranzlis n'aient pu te tuer, ils m'auraient privé du plaisir de te voir encore souffrir. Et puis, je voulais te montrer un ami qui m'est très cher.
Il fit un geste négligeant de la main et un second trône apparu. Sylvéa retint son souffle. Son père s'y tenait, totalement paralysé, et seuls ses yeux bougeaient. Elle voulut courir vers lui pour lui venir en aide mais son instinct la retint. Elle devait d'abord vaincre l'Ombre.
— Je te présente celui qui prétendait être mon ami, celui qui m'a appris l'art martial, l'Invisible Olme Elfe, Warez ! C'est lui qui m'a abandonné alors que le pouvoir bleu venait de s'incarner en moi !
La lumière se fit en Sylvéa. Tout était clair maintenant…
— C'est faux, ne put-elle s'empêcher de répondre. Je connais tout de l'histoire de mon père, il vous croyait mort ! Il n'a jamais cessé de me parler de vous. Vous êtes Radweck, son coéquipier. Il vous aimait infiniment. Quand j'étais petite, il me parlait de vous avec des larmes aux coins des yeux. Il vous a offert une digne cérémonie en vous croyant mort !
— Et mon corps a remonté le cours de l'Agrante. Il est venu s'échouer à sa source. Quand j'ai ouvert les yeux, j'étais seul et une rage immense bouillonnait en moi. Le pouvoir azuréen cherchait à prendre possession de mon âme et personne n'était présent pour me venir en aide. Les premiers jours, j'ai résisté à ses avances, j'ai prié pour que ton père apparaisse et vienne me délivrer. Elle a commencé par me tenter avec mille promesses délicieuses puis me voyant incorruptible, elle a fouillé mon corps de ses doigts immatériels. Chaque souffle est devenu souffrance. J'ai appelé la mort, l'ai invitée à venir me chercher mais elle s'est refusée à moi. Alors, j'ai accueilli en moi la vibration céruléenne. Je lui ai ouvert mon esprit. Elle a empli mon être de sa force incommensurable, faisant de moi l'homme le plus influent d'Astheval. Enfin, je pouvais dominer chaque créature de notre monde selon mes désirs. Je pouvais les soumettre à ma volonté

d'un seul geste, les anéantir d'une simple parole. Je pouvais goûter leur mort et sentir leur souffle de vie renforcer davantage mon propre pouvoir. Les dieux reculaient face à moi et, sous ma puissance infinie, Astheval elle-même s'est déchirée, sombrant peu à peu dans le néant...

— Moi, je ne plierai pas ! hurla Sylvéa pour couper court au monologue de son adversaire dont le regard vibrait de démence.

Elle fixa un long moment son père dans les yeux.

— J'accepte mon destin, pour toi, pour Solgi, mais aussi pour Jérébiets, car je veux qu'il vive encore.

L'elfine se mit en garde face à l'Ombre, face à celui qui avait été le héros de ses histoires d'enfant.

Radweck ne portait aucune arme. Il fit un pas vers Sylvéa et leva les mains dans sa direction en prononçant d'étranges paroles. Aussitôt, un éclair bleu s'échappa de ses doigts tendus et fila vers la jeune elfe. Elle s'apprêtait à se baisser quand elle sentit la rune qui la liait à son arbre s'épaissir.

— *Ne bouge pas,* dit-il.

L'éclair sembla rebondir sur Sylvéa et frappa de plein fouet l'Ombre. Ahuri, il secoua tout son corps comme pour chasser un mauvais esprit.

— Je vois, dit-il en se ressaisissant.

— *Que s'est-il passé ?* demanda l'elfine à travers le lien.

— *Sa magie ne peut rien contre les peupliers blancs, c'est pourquoi Astheval m'avait choisi aux Portes des Mondes. Tu pourras combattre à l'épée, ainsi ; il ne s'y attendait pas.*

L'homme passa tranquillement la main dans ses cheveux. Sylvéa avait bien envie de calmer son arrogance mais elle ne bougea pas. Cet homme n'était pas réellement Radweck, son âme avait été pervertie par la force bleue, c'était la seule explication…

— Puisque tu n'apprécies pas mes charmes, lança-t-il finalement, je vais trouver une arme à ton niveau ! Ton père te verra mourir et il restera ainsi immobile jusqu'à ce que je disparaisse avec les dernières parcelles d'Astheval.

Il récita une nouvelle suite de mots dénués de sens pour Sylvéa et une énorme hache de guerre apparut dans ses deux mains.
— Voilà qui te conviendra mieux, je suppose.
L'arme était impressionnante mais Sylvéa avait bien survécu au premier Pranzli... Elle devait garder confiance en elle. Son arme, elle non plus, n'était pas banale, elle s'appelait l'*épée du destin*, elle avait une volonté propre et emmenait son guerrier où elle le souhaitait. C'était ce que son père disait et elle devait le croire.
La hache s'abattit, Sylvéa sauta sur le côté et attaqua l'Ombre à la hanche. Son coup fut aussitôt paré et la violence de la riposte envoya la jeune elfe sur le sol deux longueurs plus loin. Comment cela pouvait-il être possible ?
Sylvéa se releva rapidement, avant que l'homme ne soit sur elle, et elle eut tout juste le temps d'éviter son attaque. Elle n'était pas habituée à lutter contre des haches aussi bien maniées et devait redoubler de prudence. Il chargeait, elle parait puis ripostait. Chaque fois, les parades l'expédiaient en arrière. Elle devait trouver une nouvelle technique car il semblait connaître chacune de ses bottes. Ils avaient bénéficié du même maître d'armes et cela se ressentait. Elle repoussa le coup qui venait, se baissa pour simuler une attaque aux jambes mais recula au dernier moment et profita de l'effet de surprise pour porter un coup au bras droit. Radweck fit un bon en arrière. Son membre saignait abondamment.
— Heureusement que tu as touché celui-ci, elfe ! Tu l'ignores peut-être mais je suis gaucher !
Il prononça une phrase dans une langue étrangère et la hache qu'il tenait toujours se transforma en une énorme claymore. Cette arme se maniait habituellement avec deux mains mais l'Ombre la saisit d'une seule.
L'elfine observa silencieusement. Ainsi, il n'était pas droitier, elle ne se souvenait pas de ce détail dans les histoires de son père mais cela semblait logique après tout. On disait que ces gens avaient un rapport avec les dieux et il en avait tué de nombreux... La bonne nouvelle était que sa blessure l'obligeait apparemment à utiliser un

espadon. Sylvéa se sentait plus à l'aise avec ce genre d'arme. Jusqu'ici, elle n'avait pu montrer tout son savoir en escrime car la hache la bloquait. Maintenant, elle allait lui prouver sa valeur !
L'Ombre approcha, ils croisèrent le fer et Sylvéa choisit des mouvements simples, le temps de découvrir les frappes de son adversaire. Il ne semblait pas souffrir et pourtant, son bras pendait à son côté. Connaissait-il des sorts pour réduire la douleur ?
L'elfine avait l'impression de se retrouver en cours avec son père. Radweck avait exactement la même façon de combattre. Il se déplaçait de la même manière et sa force était décuplée par la puissance bleue qui s'était emparée de son âme. Cela la déstabilisait de lutter contre cet homme dont la méthode ressemblait tant à celle de Warez… mais elle possédait quelques attaques personnelles apprises lors de son voyage jusqu'à Avirant et Radweck ne s'y attendrait sûrement pas. Sylvéa décida de lui montrer l'un de ses coups : elle ouvrit une brèche dans sa protection et l'homme en profita pour prendre l'offensive. Au dernier moment, la jeune elfe se pencha sur le côté et attaqua. Elle le frôla au ventre. Elle n'avait pas pensé à inverser sa ruse. Son adversaire était gaucher ! Elle devait faire attention et agir à l'envers. Habituellement, cette astuce permettait de trancher la main du combattant.
Au moins avait-elle l'avantage.
Sylvéa comprenait qu'il ait pu paraître si sûr de lui au début : avec ses dons magiques, il aurait facilement pu la tuer si l'ypréau ne l'avait pas protégée. Seulement maintenant, elle se trouvait sur son terrain. Malgré le niveau impressionnant de l'Ombre, avec l'*épée du destin* à la main, elle pouvait le vaincre ! Elle était une elfe ! Il avait la force mais elle possédait l'agilité et son âme n'était pas corrompue par le pouvoir. L'idée même de la vengeance l'avait quittée. Elle œuvrait maintenant pour libérer le monde entier : Astheval, Jérébiets, son père… et Radweck aussi. Elle sentait encore en lui la présence de celui qui accompagnait autrefois son

père, cet homme tellement attachant et plein d'humour dont lui parlait si souvent Warez…
Il plongea sur elle et sa lame déchira sa tunique sur sa hanche. Elle devait se concentrer et cesser de penser à autre chose qu'à son combat.
Elle commença à sautiller à gauche et à droite pour fatiguer son adversaire. Après son escalade, elle manquait d'énergie mais l'Ombre avait reçu une attaque magique, perdu l'usage d'un bras et il saignait aussi au niveau du ventre. Elle se sentait plus de vitalité que lui. Quand elle le perçut suffisamment affaibli, elle lança une nouvelle attaque composée qui lui était propre et parvint à le toucher une fois de plus. Ce n'était qu'une petite égratignure, rien de grave mais elle le sentait hésiter. La combattre devait faire naître en lui des images de son passé. Sans doute se souvenait-il de son apprentissage avec Warez et des bons moments passés ensemble et cela l'affaiblissait de toute évidence.
Je me demande quand même pourquoi il n'appelle pas des renforts.
— *Il ne peut pas,* répondit le peuplier blanc. *Avec ma présence, il ne peut utiliser sa magie que sur lui-même mais il lui est impossible de contacter une autre personne.*
Sylvéa remercia mentalement la présence de son arbre. Il pouvait tout de même se révéler utile parfois... Elle se pencha pour éviter une attaque et en profita pour toucher les membres. Son coup dura un peu trop longtemps et elle sentit sa chair se déchirer dans son dos. Elle laissa échapper un cri et se releva au moment où l'Ombre s'écroulait sur le sol. Sa blessure la faisait souffrir et elle avait du mal à bouger mais l'homme était étendu sur le belvédère, elle devait agir. Tentant d'oublier la douleur, elle prit son épée à deux mains et trancha net le poignet de son opposant avant qu'il n'ait eu le temps d'attaquer à nouveau. Essoufflée, elle alla au-dessus du corps de l'homme et leva son arme.
— Ne fais pas ça, dit l'Ombre d'une voix rauque, une terrible malédiction te...
Il n'eut pas le temps de finir que Sylvéa avait planté l'*épée du destin* dans son cœur. La lame s'enfonça jusque dans la roche. Ses yeux

se fermèrent et des centaines d'images défilèrent dans l'esprit de l'elfine : ses parents, Solgi, Saraide, Verl, Jérébiets... Jérébiets. Comme Joupie, elle venait d'accepter son destin. Une immense douleur montait en elle tandis que son corps se teintait de bleu mais elle refusait de lâcher la garde de son arme.
Peu importait le mal, elle venait d'accomplir sa tâche, enfin.
Son père, son amour..., tous libérés ! Les dieux renaîtraient et le non-être s'éloignerait d'Astheval. Elle voulut regarder son adversaire une dernière fois, contempler celui qui avait déchiré sa vie mais le monde se disloqua autour d'elle et quand elle ouvrit les paupières, les Ténèbres l'envahirent.

***

Une douce brûlure l'éveilla. Il porta la main à sa joue. Il n'y avait pourtant rien. Il grogna car il avait un terrible mal de tête. Il ouvrit les yeux et se leva. Quelque chose avait changé, la luminosité était plus importante que d'habitude. Il regarda la montagne face à lui et découvrit avec stupeur l'immensité bleue qui s'étendait au-dessus. Il se tourna encore car l'agréable chaleur demeurait et il remarqua alors la boule jaune qui trônait dans le ciel d'azur.
— C'est magnifique !
Des larmes s'étaient mises à couler le long de ses joues. C'était tellement beau. Il lui semblait avoir attendu toute sa vie pour découvrir un tel spectacle. Il y eut un bruit derrière lui. Il se retourna.
— Eh bien ! Qu'est-ce que tu fais ?
Il alla à la rencontre du férens en secouant la tête.
— Tu t'es encore enfuie, ma belle !
Il l'accrocha au premier sapin qu'il trouva et retourna vers son sac pour piocher parmi ses réserves. Il mangea tranquillement puis rangea ses affaires, sella le férens et accrocha les bagages sur le second qu'il lia au premier. Il écrasa les dernières braises et sauta sur le dos de sa monture. Décrochant la cithare qui était pendue à

sa selle, il laissa son cheval décider de la route pendant qu'il composait une ode au nouvel astre d'Astheval.
Sous cette lumière inattendue, le monde lui semblait plus pur, plus profond. Même ce peuplier mort qui avait étrangement poussé au milieu du chemin paraissait une œuvre d'art. Une nuée de papillons d'un bleu éclatant voletait autour de lui et un petit vent frais faisait jouer ses branches sèches. On aurait presque cru qu'il tentait de communiquer avec le citharède. Ce dernier se dit qu'il allait créer un vers spécial pour l'ypréau racorni qui se parait de joyaux comme les rayons de l'astre faisaient briller les gouttelettes d'eau le couvrant.

Épilogue

Et un beau matin, le Solénon était apparu dans le ciel, accompagné de ses doux nuages. Et dans la nuit, brillaient la lune d'argent et les étoiles des quatre dieux disparus.
Peu à peu, Astheval retrouva ses anciennes couleurs.
Au-delà des massifs du nord s'étendent les Prairies Brillantes tandis que l'Océan d'Émeraude borde les Terres Oubliées. L'Agrante traverse toujours le pays où vivent les hommes, les êtres secrets n'ont pas quitté leurs contrées mystérieuses et dans les montagnes où naît notre fleuve, se dresse solitaire la tour de l'Ombre. En son sommet, dit-on, est plantée l'épée de notre sauveur.

— Voilà, mon fils.
— Mais père, qui a tué l'Ombre Maléfique ?
— Il est temps de dormir maintenant.
L'homme se leva doucement et porta son enfant jusqu'à son lit.
— Allonge-toi, mon ange.
Il remonta la couverture contre son cou et coinça les bords sous le matelas. D'un geste tendre, il frôla la joue de son fils et embrassa doucement son front avant de quitter la pièce. Il ferma la porte après un petit signe de la main et soupira.
À pas lents, il retourna s'asseoir devant la cheminée. Longtemps, il scruta les flammes orange qui se tordaient dans l'âtre de pierre. Puis, après avoir fermé les yeux quelques instants, il plongea la main dans la poche contre sa poitrine et, faisant jouer sa couleur à la lueur du feu, il caressa longuement une grande plume bleue.
Il manquait un être à sa vie, il sentait en lui un vide immense qui jamais ne serait comblé.
— Mais qui es-tu ? murmura-t-il avec douleur. Qui es-tu ?

Être de lumière, cours au long de l'eau,
Rencontre ton destin, frappe de ton arme
Mais prends garde aux cruelles malédictions
Car de ce coup vengeur tu t'acquitteras
Et ton monde, cruel et indifférent,
Cessera à jamais l'appel de ton nom.

Postface

Vous vous demandez peut-être pourquoi Sylvéa a ramené en Astheval le corps du roi Arthur ? Vous vous demandez sûrement même pourquoi il n'y a pas été fait plus allusion dans ce roman ? C'est que, pour en savoir plus, il faudra attendre des cycles et des cycles…

Peut-être en apprendrez-vous davantage dans mon prochain roman *Les portes d'Astheval*…

Remerciements

Je tenais dans un premier temps à remercier mes bêta-lectrices : Oxygène, Ellen, Juliette et Charlotte pour leur aide inestimable.

Merci aussi à Nathalie pour son soutien de tous les jours !

Un grand merci à l'homme qui partage sa vie avec moi et subit tous les désagréments de mes lubies littéraires…

Merci à Françoise de Sans Coquille pour sa relecture toujours très professionnelle.

Merci également à Erica Petit pour son travail sur la couverture de ce roman.

Et enfin, merci à Joupie, la vraie petite jument au nez busqué et aux yeux pétillants. Lorsque j'écrivais ce roman, en 2001 et 2002, elle a croisé mon chemin au hasard d'un job d'été, mais le hasard existe-t-il ?
Elle a quitté la Terre en 2012. Que sa joie continue à vibrer en chaque lecteur de *La vengeance sans nom*, elle ne sera pas oubliée…

Cet ouvrage a été imprimé en France par
les presses de Thebookedition.com
113 rue Barthélemy Delespaul
59021 Lille cedex

Illustration couverture :
Erica Petit Illustration
http://andromnesia.com
https://www.facebook.com/ericapetitillustrations
aaliyah65@orange.fr
Modèle : Alexannabuts
Photo : Desposit-photo /shutterstock

Dépôt légal : juin 2015